KB096193

그 남자의 가출

손홍규
소설집

남자의
가출

창비

차
례

정읍에서 울다

혹시 정읍댁이라고 기억하는가?

잘 모르겠어요.

나도 그러네.

몇 해 전에 돌아가신 감나무집 할머니 아닐까요?

자네 어머니가 그분은 아니라고 해서.

어머니는 괜찮으세요?

……똑같네.

지난번에 말씀드린 건……

기다려보게.

그는 전화를 끊었다. 아들이 정말 알고 있으리라 여긴 건 아니었지만 더는 물어볼 곳도 없다는 생각에 허탈해졌다. 아내가 앓는 소리를 냈다. 아내는 이 여름에도 얇은 이불을 머리끝까지 끌어당겨 덮고 그 안에서 뒤척거렸다. 이불 아래쪽으로 맨발이 삐죽 빠져나왔고 몸의 굴곡이 선명히 드러났다. 그가 일어서며 기척을 내자 아내는 이불을 덮어쓴 채 말했다. 정읍댁, 정읍댁을 불러줘요. 목소리는 가느다랗고 떨렸지만 지그시 분노를 참는 사람이 간신히 내뱉은 것이라 해도 좋을 정도로 단호했다. 비록 아내의 정신이 온전하지 못하다 해도 그 목소리만은 주인의 살아온 날들을 기억하는 것 같았다.

아내는 성정이 드세고 거칠어서 젊은 시절부터 악바리로 통했고 마을 대소사에 사사건건 개입하여 분란을 일으켰다. 농활을 왔던 대학생들 사이에서는 욕쟁이 할머니로 알려져 대학 신문사에서 취재를 온 적도 있었다. 그러나 아내는 사람들에게 면박은 줄망정 뒤에서 딴소리는 하지 않아 고약한 성품이라고 할 수는 없었다. 호탕하고 손이 큰 아내는 스무해 남짓 마을 부녀회장직을 도맡았고 시에서 주최하는 체육대회나 자선바자회 같은 큰 행사만이 아니라 면 단위로 열리는 작은 행사에도 곧잘 불려가곤 했다. 마을잔치가 열리면 으레 그의 집 부엌과 마당에 부녀회 회원들이 모여 깔깔대며 음식 장만으로 분주했다. 그는 아내가 하는 일에 참례한 적이 없었다. 그러려니 내버려두고 한바퀴 휙 나갔다 오면 언제 그랬냐는 듯 아내의 야무진 손끝에 얌전해진 집 안은 다시 정갈한 모습으로 돌아와 있었다.

아내가 파킨슨병을 앓은 뒤로 그의 집은 소슬해졌다. 아내의 병세를 확인하러 오는 사람들은 부러 발소리조차 내지 않으려 애썼다. 아내는 기어이 마당 끝까지 배웅을 나가곤 했다. 굽은 허리로 부들부들 떨면서 마당을 가로질러 문 앞에 선 다음 손까지 흔들어 주어야 직성이 풀리는 듯했다. 선암 양반 계시오? ……마침 계셨구려. 마루로 나선 그는 몸이 반쪽으로 접힌 것처럼 허리가 얄궂게 굽은 노인을 보았다. 그보다 스무해가량 윗길인 노인은 누구에게도 하대를 하지 않았다. 어린 시절부터 사내라면 그것이 조무래기 사내아이든 염소수염이 난 늙은이든 공대를 하던 버릇이 몸에 밴 탓이었다.

아짐이 어쩐 일이시오?

마을회관서 얼른 오시라고 하우.

부녀회장들이 다 모이셨군요.

서울서 온 기자 양반들도 묵새기고 있어라.

날 더우니 쉬엄쉬엄하시지요.

반으로 접힌 노인은 호미 쥔 손을 휘휘 내저으며 고샅을 따라 가 버렸다. 그는 방으로 들어가 말코지에 걸린 모자를 썼다.

어디 가시우.

마을회관에.

무슨 일로요.

서울서 온다던 기자들.

정읍댁은요.

난 모르겠네.

정읍댁은요.

자네가 말을 해줘야 알지.

그는 한여름 뙤약볕에 그을린 길을 따라 걸었다. 마을회관에서는 낯이 익은 부녀회장들과 서울에서 왔다는 두명의 기자가 그를 맞았다. 취재기자는 삼십대 초반의 여자였다. 말끝을 늘이는 버릇이 있지만 서울내기가 분명해 보였다. 사진기자는 인상이 후덕하고 넉살이 좋은 사십대 중반의 사내였는데 대놓고 야릇하게 수작을 거는 부녀회장들과 죽이 잘 맞았다. 그는 모자를 벗어 쥐고 부녀회장들을 향해 고개를 숙였다. 덕분에 매스컴도 타니 출세했다고 농을 던진 사람은 아내와 내남없이 지내던 단곡리 부녀회장이었다. 취재기자가 방바닥에 녹음기를 놓고 질문을 시작했다. 그는 방 안을 채운 에어컨 바람 탓에 칼칼해진 목을 가다듬었다.

사내자식이 부녀회장 된 게 뭐 그리 특별한 일이라고 여기까지 오셨는지 모르겠지만……

인터뷰를 하는 동안 부녀회장들은 닭을 삶고 겉절이를 담갔다. 그전에 그는 회관 앞마당으로 불려나가 서너마리의 닭 모가지를 비틀어주어야 했다. 지난봄에 열린 황토현 동학농민혁명 기념제에 자원봉사자로 참여했을 때 안면을 익힌 사람들이 대부분이었지만 단곡리 부녀회장을 비롯해 몇몇은 서로의 사정을 잘 아는 처지였다. 잘 안다고 해서 내외할 것도 아닌데다 각 마을 부녀회장씩이나 하는 아낙들이라 그런지 말을 오이 분지르듯 뚝뚝 잘라 그와 취재기자 사이에 던지곤 했다. 그럴 때마다 사진기자가 부녀회장들을 향해 셔터를 눌러댔다. 닭 삶는 냄새와 고춧가루에 버무려진 푸성귀 냄새가 마을회관 사랑방을 시나브로 채웠다. 인터뷰가 거의 끝나갈 즈음에는 눈치 빠른 부녀회장들이 너스레를 떨었다. 아따 그놈의 인터뷰 고만해도 쓰겄네. 속창시가 비었다고 난리여라. 서울서 오신 기자님들 얼렁 끝내고 이리 오시오. 푹 삶은 달구새끼가 냄비서 뛰어나와 날아가겄소. 부녀회장들은 위생장갑을 끼고 커다란 양은 쟁반에 살코기를 찢어 올려놓았다. 취재기자는 막걸리 두 사발에 나가떨어졌고 사진기자는 평암마을 부녀회장의 허리를 끌어안고 춤을 추었다. 옴마, 고향집에 두고 온 막냇동생 같은 놈이 내 허리를 살살 꼬집네그랴. 허리만 꼬집다가 날 새겄다. 젖퉁이도 꼬집어달라 하시오. 어머님들! 누구 보고 어머니랴. 누님들! 전 여기가 우리 큰누님 가슴팍인 줄 알았습니다. 참말로 허리에 살이 뒤룩뒤룩 쪄서 젖퉁이나 거기나 매한가지겄소. 그가 석잔째 막걸리를 들이켤 때 누군가 그의 앞으로 닭다리를 슬쩍 밀어주었다. 고개를 들어보니 순자였다. 그와 한마을 살던 순자는 진산마을로 시집을 갔다가 이십여년 전부터는 대흥리에 살았다. 한마을 출신인지라 순자의 택호도 선암댁이었다. 그는 고개를 푹 숙였다. 눈앞에 순자가 밀어놓은 닭다리가 있었다. 그는 닭다리를 쥐고 흐물거리는 살을 한입 베어 물었다. 그나저나 기자 양반, 부녀회장님 스캔들은 보도 안 하시우? 누군가 옛일을 들추며 깔깔댔다.

아내가 병을 앓기 전 내장산 서래봉 아래 정읍천변에서 지금 열리는 것과 비슷한 모임이 있었다. 여러 마을 부녀회장들이 몸보신이나 하겠다며 복날에 모여 닭을 삶았다. 정읍 사람들이 바람벽이라 부르는 서래봉의 북쪽 사면 아래를 흐르는 정읍천은 내장저수지에 한번 고였다가 다시 흘러 운암에서 흘러온 지류와 합수한 뒤 정읍 시내 남쪽을 끼고 지난 다음 입암에서 거슬러올라온 천원천을 더한 뒤 북으로 방향을 꺾었다. 고부에 이르면 동진강이 되어 서해로 흘렀다. 십여년 전만 해도 근방 사람이나 찾던 곳이었는데 그즈음부터는 타지 사람들이 많이 찾아와 여름 내내 천변 주변 캠핑장은 말할 것도 없고 돗자리 깔 수 있는 곳이면 어디나 사람으로 북적였다.

부녀회장들은 천막을 치고 솥을 내걸어 닭을 삶고 돼지고기를 굽고 술과 음료를 마셨다. 아내는 마을회관에 맥주 한상자를 두고 왔다며 갖다달라 했고 그는 일 톤 트럭 포터에 그걸 싣고 갔다. 석산을 지나 송죽삼거리를 거쳐 부녀회장들의 야유회 장소에 도착했을 때 그는 순자를 보았다. 마침 부녀회장들은 순자와 아내의 택호가 선암댁으로 같다는 걸 두고 농담을 하는 중이었다. 선암 양반, 선암댁이 폴쎄부터 기다렸소. 아따 저 선암 양반인지 그 선암 양반인지 누가 알겠소. 맥주만 내려놓고 돌아가려던 그는 부녀회장들이 하나만 더 부탁하겠다며 졸라대는 통에 내장사 진입로에 있는 슈퍼에 다녀와야 했다. 순자가 조수석에 올랐다. 순자가 슈퍼에서 필요한 물품들을 사는 동안 그는 슈퍼 앞 파라솔 아래 앉아 기다렸다. 조금 뒤 순자가 차가운 캔커피를 그에게 내밀었다.

오빠…… 잘 지내요?

자네도 잘 지내는가?

여기 많이 변했지라?

난 모르겠네.

처녀 총각 때 왔잖아요.

그랬던가.

국립공원도 되기 전인게 오래전이긴 하죠.

순자가 불러일으킨 추억은 씁쓸했다. 너무 오래전 일이기도 했고 그때의 감정이 어떠했는지를 떠올릴 수 없어 막막하기도 해서였다. 그렇다 해도 환갑을 지난 지도 까마득한 나이에 듣는 오빠 소리는 살가웠다. 순자는 북면의 정읍농공단지로 십년 가까이 일을 다녔는데 그해 봄에 그만두었다고 했다. 오토바이를 타고 오갔던 터라 피부가 고비늙었다며 제 볼을 손으로 꼬집어 보일 때에는 젊은 시절의 순자가 언뜻 비치기도 했다. 그들은 고개를 돌려 말발굽 모양으로 병풍이라도 치듯 둘러선 내장산을 올려다보았다. 그날 이후 그와 순자는 종종 만났다. 순자는 포터 조수석에 오르면 소녀처럼 쾌활해졌고 세무서 근처 다선찻집에 앉아 쌍화탕을 마시며 거죽만 남은 손등을 쓸어주면 고개를 푹 숙이면서도 손을 빼지는 않았다. 추령으로 향하는 구불구불한 비탈길을 올라 단풍으로 물든 내장산을 내려다보았다. 단풍이 첫물처럼 흘렀고 딴 세상에서 불어온 듯한 청량한 바람이 이제는 늙어버린 두 사람의 얼굴을 훑고 지나갔다. 침묵이 불편해서 무슨 말이라도 해야 한다는 생각이 들었는지 순자는 내장산 케이블카를 타보고 싶다고 했다. 그는 단풍객들의 발길이 뜸해지면 가자고 말했다. 돌아보니 순자가 눈가를 손수건으로 찍어내고 있었다.

누군가 금오탕 근처의 정금식당에 앉아 백반을 먹는 그들을 보았던 모양인지 얼마 뒤 아내가 그에게 순자와 연애하느냐고 따져 물었다. 그는 아니라고 발뺌을 했고 부녀회장 모임에서 아내는 순자와 한판 드잡이를 했다. 아내에게 시달린 그는 다시는 순자 얼굴을 볼 엄두도 내지 않았다. 비겁한 짓이었다. 어찌 됐든 순자와 만나 사정을 설명해야 했고 이야기를 나누어야 했다. 순자에게 걸려온 전화를 몇번 모르쇠하자 순자도 더는 연락을 하지 않았다. 가슴 한구석에서 무언가가 서서히 붕괴되는 것만 같았으나 그처럼 부서지는 중인 감정이 그에게 소중한 것인지 혹은 쓸모없는 것인지를 따져보는 일조차 하지 않았다.

스캔들이랄 것도 없었다. 그의 아내가 순자와 드잡이를 할 때 순자도 끝까지 아닌 척했다. 두 사람의 다툼이 험악해지자 이러다 누구 하나 죽겠다 싶어 더럭 겁이 났는지 그와 순자가 정금식당에 마주 앉아 밥 먹는 꼴을 보았다던 부녀회장이 잘못 보았노라고, 다시 생각해보니 순자는 맞는데 함께 있던 사람은 우유공장 공장장인 것 같노라며 싸움을 말렸다. 무슨 생각으로 그랬는지 알 수 없으나 순자 역시 함께 밥 먹은 사람은 공장장이라며 맞장구를 쳤고 유일한 목격자마저 고개를 갸웃하며 순자의 역성을 들어주는 바람에 자칫 무슨 사달이 날 뻔했던 드잡이는 그쯤에서 아퀴가 났다. 그가 아는 건 거기까지였다. 순자가 정말로 우유공장 공장장이라는 작자와 사귀기라도 하는 것처럼 여기저기 어울려 다녔다는 이야기는 방금 들어 알았다. 부녀회장들은 순자의 남자친구 이야기가 나온 김에 우유공장 공장장에 대한 품평을 시작했고 그는 달아오른 얼굴을 감추기 위해 연거푸 막걸리만 들이켰다. 등천리 부녀회장이 서울에서 온 기자 두명을 마티즈 뒷좌석에 짐짝처럼 싣고 정읍역으로 가고 난 뒤 부녀회장 모임은 자연스럽게 파했다. 단곡리 부녀회장이 그에게 아내의 안부를 물었다. 부녀회장들은 여기까지 와서 문병을 하지 않을 수 없다고 의논이 분분했지만 단곡리 부녀회장을 비롯해 사정을 잘 아는 이들이 날이 선선해지면 가겠노라며 물렀다. 그가 마을회관 문을 잠그고 돌아서니 홀로 남은 순자가 저 멀리 입암산 꼭대기를 올려다보고 있었다. 두 사람은 오랫동안 말이 없었다. 그들의 침묵을 조롱이라도 하듯 쓰르라미가 왕왕 울었고 여름날 늦은 오후의 한풀 기세 꺾인 햇살이 두 늙은이의 야윈 어깨 위로 내려앉았다. 순자는 핸드백을 뒤져 청첩장을 꺼내 그에게 건네주었다.

자네 아들이 올해로 몇인가?

서른여섯이오.

늦장가는 아니네.

며느리 될 아이가 서른아홉이라서.

서로 좋으면 그만이지.

……그렇지요.

내가 실수했네.

실수는요.

서로 좋으면 그만이라고 했던 말 진심이네.

진심이든 아니든 무슨 소용이에요.

소용없지.

부질없어요.

나 때문이었는가?

……

공장장 말일세.

괜찮아요.

순자가 그에게 정희 언니 먹이라며 홍삼 드링크 상자를 건넸다. 그는 아내의 병은 보통 치매와 달라 별 쓸모가 없을 거라며 사양했다. 순자는 그럼 오빠나 먹으라며 한사코 그의 품에 안겨주었다. 막걸리 한잔에 얼굴이 달아오른 순자의 달큼한 숨이 그의 코밑을 간질였다. 만약 가슴 깊은 곳에 영혼이라 부를 수 있는 게 있다면 바로 그 영혼을 부드럽게 쓰다듬는 손길 같았다. 순자와 함께 있으면 언제나 그랬다. 그것이 불러일으키는 추억은 순자라는 한 여자와의 추억이 아니었다. 그의 유년 시절과 소년 시절이 혹은 그가 잃어버린 열망과 꿈이 담긴 과거 전체였으며 그가 결코 되돌아갈 수 없고 재현할 수 없는 인생의 어느 시기였다. 그가 아름다웠던 시절, 그가 선량했던 시절, 타락이 무언지 몰랐던 시절. 그래서 순자와 헤어질 때면 자신의 과거가 등을 돌리는 듯한 기분이 들었고 이 결별이 타인에 의해 강제로 이루어진 듯한 억울함을 느꼈다. 그의 가슴속 깊은 곳에 정말 영혼이 있는지는 알 수 없으나 아내에 대한 원망이 있는 것만은 사실이었다. 그가 아내와 결혼하여 일가의 가장으로 삶을 꾸리게 된 순간부터 그가 꿈꾸었던 모든 것들과 이별해야 했고 그토록 비장하게 그가 바라던 세계에서 떨어져나왔음에도 결국 초라한 늙은이밖에 되지 못했다는 서러움만은 확실히 그의 가슴속에 자리 잡고 있었다.

순자 자네, 혹시 정읍댁이라고 기억하는가?

잘 모르겠어요.

나도 그러네.

누군데요?

노망이 난 뒤로는 정읍댁만 찾네.

......

허튼소리겠지.

오빠, 정읍댁이라는 택호는 여기서는 쓰지 않아요.

타향이 아니니까 그러겠지.

군대 계실 때 언니랑 함께 살았죠? 거기 살 때 정읍에서 시집온 누군가와 알고 지냈겠죠.

순자는 오토바이를 타고 떠났다. 그는 젊은 시절 하사관으로 군에 복무하며 전출 다녔던 지역들을 되뇌었다. 포천, 파주, 수색, 김해…… 그 지명들이 낯설고도 낯익었다. 군에 남은 그 시절의 친구들은 벌써 원사나 준위로 퇴직을 했고 연락처를 아는 이도 겨우 한둘이었다. 그들 가운데 누군가 정읍댁이라는 사람을 기억할지도 모르지만 그러기 위해 풀어놓아야 할 지난 사연들이 버거웠다. 그날 저녁 그는 해마다 수첩에 옮겨 적기만 할 뿐 전화를 걸어본 적이 없는 번호를 한참이나 들여다보았다. 용기를 내서 번호를 눌렀으나 결번이었다.

며칠 동안 그는 눈코 뜰 새 없이 바빴다. 깻단을 베어 말린 뒤 털어냈다. 두어차례 소나기가 지나갔다. 고추를 따서 말리는 동안 몸살을 앓았다. 아내는 까무룩 정신을 잃기 일쑤였고 건강보험공단에서 조사관이 나와 살펴보고 돌아갔다. 요양보호사를 파견해줄 수 있다는 답을 들었다. 주말에 정읍 시내 예식장에서 순자의 아들 결혼식이 열렸다. 그는 몸살에 시달려 핼쑥해진 얼굴로 찾아가 인사만 한 뒤 돌아왔다. 순자는 하나뿐인 아들의 혼사를 기뻐하는 건지 슬퍼하는 건지 알 수 없는 얼굴이었다. 짙은 화장 탓이었는지도 모른다. 주말 내내 그는 아내 곁에 드러누워 있었다. 그처럼 아내 곁에 누우니 나란히 매장된 듯한 기분이 들었다. 열이 올라 두통이 났고 근육통 탓에 온몸이 욱신거렸다. 월요일 오전에 그는 입암보건소에 찾아갔다. 보건소에 도착한 그는 어디가 아프냐는 질문에 하마터면 정읍댁을 찾으러 왔다고 대답할 뻔했다. 주사를 맞고 돌아와 처방받은 약을 먹었다. 돌아오는 길에 내장산 나들목 근처에서 땅을 보러 나온 듯한 양복쟁이 두엇을 보았다. 그는 트럭을 세우고 그들 곁으로 가 한참을 기다렸다가 말을 트고 시세를 물었다. 집에 돌아와 깜박 잠든 차에 아들에게 전화가 왔다.

지난번에 말씀드린 건요?

매매가가 이만 오천원이라고 하네.

십만원이 아니고요?

부동산 업자들도 떠난 지 오래야.

아버지…… 정말 급해요.

서낭당 밭 팔아봐야 천만원이네. 그거라도 가져갈 텐가?

원자력연구소 토지수용은요?

정해진 시한이 끝났다네.

언제 수용될지 모른다는 말씀이군요.

자네 그리 급하면 애태우지 말게.

죄송해요 아버지…… 고맙습니다.

다음날 그는 관리기를 끌고 가 서낭당 밭가에 세워두고 보기에도 썩 괜찮은 감나무 한그루를 캐려고 삽을 쥐었다. 자전거를 타고 신작로를 지나던 이장이 끼익 소리를 내며 관리기 옆에 섰다.

아재, 감나무는 왜 팝니까?

마당에 옮겨 심으려고.

번거롭게 감나무 따위를.

밭을 내놓았어.

참말로요?

참말로.

십년만 묵히면 돈 좀 될 건데.

벌써 오십년 묵혔네.

이장은 자전거 페달을 밟고 콧노래를 흥얼거리며 마을 쪽으로 슬슬 달려갔다. 그는 삽을 놓고 모자를 벗었다. 눈앞이 아찔했다. 식은땀이라도 흘리면 좋으련만 몸은 펄펄 끓고 늦여름 해는 소리 없이 이글거리는데 손바닥은 버석거리기만 했다. 아내가 방문을 열었을 때 눈에 보이는 것이 휑한 마당이 아니라 감나무 한그루면 좋을 거라는 생각도 아쉽지만 내려놓았다. 오후에 다시 보건소를 찾은 그는 쯔쯔가무시가 의심된다는 이야기를 들었다. 그 길로 정읍 시내로 나가 사랑병원에 외래 진료를 갔다. 채혈 검사를 하더니 쯔쯔가무시가 맞다고 했다. 의사는 웃통을 벗게 하더니 진드기에 물린 자리 세군데를 금방 찾아냈다. 아내 혼자 두고 온 터라 곧장 입원할 수가 없었다. 그는 한참을 망설이다 순자에게 전화를 걸었다.

하루에 한번씩만 들여다봐줄 수 있겠는가?

그래요, 오빠. 이참에 정희 언니랑 할 얘기 못할 얘기 나눠보고도 싶고요.

병원에 입원해 있는 동안 딱히 할 일은 없었다. 항생제를 투여하고도 이틀 동안은 증상이 호전되지 않았으나 사흘째부터 열이 내렸다. 고열에 시달리다 눈을 뜨면 눈앞에 사람들이 어른거렸다. 다른 환자의 보호자들이었지만 거기에 꼭 아내가 있는 것만 같았다. 아내와 함께 산 뒤로 병원에 입원한 횟수는 손으로 꼽을 정도였지만 그때마다 아내는 늘 그의 곁에 있었다. 보온병이나 속옷 가방을 든 아내가 손에 잡힐 듯 그려졌다. 그가 전화를 걸기 전에 순자가 먼저 연락을 해왔다. 정희 언니는 걱정하지 말라고 듣기 좋은 목소리로 달랬다. 나흘째 되는 날에는 순자가 문병을 왔다. 열도 가시고 입맛도 되살아나 외출 허가를 받고 함께 병원 밖으로 나갔다. 밥을 먹고 차를 마시니 예전에 이처럼 함께 다니던 때가 떠올랐다.

퇴원하면 약속이나 지키세요.

무슨 약속?

내장산 케이블카.

그러세.

그날 저녁 며느리에게 전화가 왔다. 그가 무슨 말을 하기도 전에 며느리는 펑펑 울면서 죄송하다고 했다. 그제야 그는 아들의 다급함을 이해할 수 있었다. 협의이혼이라니. 전화를 끊고 보니 며느리는 그가 쯔쯔가무시로 입원해 있다는 사실조차 모르리라는 생각이 들었다. 약속이라도 한 듯 두 딸에게서 전화가 연달아 걸려왔다. 김제에 사는 큰딸과 부안에 사는 작은딸은 입을 맞추기라도 한 듯 올케를 욕했다. 귀가 먹먹할 지경이었다. 그는 딸들이 야속하지 않았다. 두 딸은 모두 가난했다. 가난해서 입만 살았다. 동생네에 찾아가 올케의 머리를 붙잡고 늘어지거나 조카를 빼돌리거나 드라마에서 볼 법한 일들을 감행할 만큼 모질지가 못했다. 어쨌든 아내와는 달랐다. 아내가 저렇게 쓰러져 노망이 들지 않았다면 아마도 냉큼 서울로 올라가 마을 사람 누구와 그러듯이 며느리와도 한판 드잡이를 했을 거였다. 두 딸도 그가 병원에 입원한 사실은 몰랐다. 아무래도 상관없었다. 그는 두 딸의 이야기를 묵묵히 들어줬고 통화를 끝내기 전에 정읍댁이라는 사람을 아는지 물었다. 두 딸은 전화기에 대고 고개를 저었을 것이다. 아빠, 요즘 사람들은 택호를 안 써요. 그래, 알았다. 그는 한숨을 내쉬며 전화를 끊었다. 비록 여러 환자가 함께 쓰는 병실이었지만 그는 난생처음 혼자 남겨진 기분이 들었다. 보호자가 없어 적적해서일 수도 있었고, 수술을 앞둔 것도 심각한 질병인 것도 아닌지라 마음이 호젓해서일 수도 있었다. 밤이 깊으면 병실은 시험을 앞두고 밤새 공부하는 수험생들로 가득 찬 독서실 같았다. 모두 잠들었지만 아무도 잠들지 못했다. 가볍고 얕은 잠 속에서 헤엄을 치느라 끙끙거렸다. 병원 근처 도로에서 들려오는 자동차의 날카로운 배기음과 엔진음이 주기적으로 머릿속을 헤집었다.

파킨슨병을 앓은 뒤로 아내는 잠이 많아졌다. 그리 많이 움직이지 않아도 힘들어했고 잠을 자면서도 숨을 몰아쉬었다. 잠든 아내를 바라보면 거대한 벽 사이에서 납작하게 눌린 듯 괴로워하는 표정을 읽을 수 있었다. 아내는 어디론가 가는 중이었고 그곳이 어디인지 알 수 없으나 그곳에 이르기를 완강하게 거부하는 중이었다. 아내는 아무 말도 하지 않았지만 내면에서는 무수한 말들이 오가고 있을 터였다. 그러니까 그는 어쩌면 그의 인생에서 잠 못 이루는 밤에 난생처음 온전히 아내만을 생각하게 된 거였다. 살아오는 동안 그럴 기회가 많았음에도 불구하고 이처럼 쯔쯔가무시를 앓다 치료가 끝나갈 즈음 아들과 며느리와 딸들의 음성이 귓가에 윙윙 대며 불면으로 이끄는 어느 낯선 밤에야 비로소.

　까무룩 잠들었다가 누군가의 신음에 잠에서 깬 그는 어둠 속에서 눈 뜬 채 새벽이 다가오는 걸 지켜보았다. 신음을 낸 환자 곁에서 그림자가 부스스 일어나더니 팔을 뻗어 이마를 짚어보는 듯했다. 영감, 목이 타우? 곧이어 슬리퍼를 끌며 나간 그림자는 복도에 있는 정수기에서 냉수를 한컵 받아와 환자의 윗몸을 일으켜세운 뒤 먹여주었다. 그들은 서로를 사랑하는 것 같았다. 어쩌면 그들도 그와 아내처럼 서로를 의심하고 조롱하고 힐난하고 할퀴며 살아왔을지도 모른다. 하지만 그 먼 길을 돌고 돌아 결국 여기에 이르렀으니 그들은 잘 견뎌낸 셈이다. 무관심의 늪에 빠질 위험을 간신히 피해가며 여기까지 오기 위해 그들이 얼마나 주의를 기울이고 신경을 곤두세우며 고군분투했는지 알 것 같았다.

　아침에 그 환자는 수술실로 들어갔다. 환자를 실은 침대를 따라가는 노부인은 환자와 꼭 닮았다. 의사는 그에게 퇴원해도 좋다고 했다. 병원을 나선 그는 주차장에 세워둔 트럭에 올라 집으로 향했다. 여름의 끝이었고 한뼘쯤 가을이 스며든 날이었다. 그는 정읍댁이 누구인지 알 것 같았다. 그와 아내가 젊었던 시절, 포천에서 파주에서 수색에서 그리고 저 멀리 남쪽 김해에서 아내는 최중사의 아내이면서 한편으로 군인 가족이 아닌 다른 이웃에게는 정읍댁이었으리라. 아내가 아내를 찾는다고 해서 이상할 건 없었다. 젊은 시절의 어느 한때에 기억이 고정된 것일 수도 있었고 혹은 바로 그 시절만이 기억에서 삭제된 것일 수도 있었다. 다정한 어느 이웃이 최중사의 귀가가 늦어지는 어느 밤 살가운 목소리로 아내를 달랬을 수도 있었다. 정읍댁, 산다는 건 다 그런 거라네.

아내 곁을 지키던 그는 서낭당 밭을 사고 싶어 하는 사람이 나섰다는 연락을 받고 자리에서 일어섰다. 그가 외출하려는 기색이면 어김없이 그러듯이 아내가 말했다. 정읍댁, 정읍댁을 불러줘요. 그는 다시 앉아 이불을 슬쩍 들어올렸다. 아내의 주름진 얼굴이 보였다. 아무도 줍지 않아 낙엽들 사이에서 말라비틀어진 은행 같았다. 퀴퀴한 냄새가 났다.

정읍댁이 그리 보고 싶은가?

정읍댁을 불러줘요.

감나무집 어른도 아니라 했지.

그 사람 아니에요.

단곡리 부녀회장도 아니겠지?

그 사람 아니에요.

그럼 대체 누군가.

정읍댁을 불러줘요.

자네가 자네를 찾는데 어디 가서 불러오나?

……

　　여기 있지 않은가.

　　그는 아내의 손을 쥐고 아내의 가슴팍에 올려주었다. 아내는 조금 떨었다. 그는 세무서 근처 다방에서 중개인과 매매가를 두고 실랑이를 벌였다. 그는 평당 오만원을 불렀고 중개인은 평당 이만 오천원도 후한 편이라고 눙쳤다. 그가 좀더 뻗대자 중개인이 평당 삼만 오천원 선에서 합의를 보겠다고 약속했다. 집에 돌아와 보니 아내가 없었다. 그는 아내가 있을 법한 곳을 찾아다녔다. 창고에도 축사에도 아내는 없었다. 오래전 이사를 간 뒤 이장이 헛간으로 쓰는 고창댁의 흙집에도 없었다. 그는 고샅길을 따라 빈집들을 돌아다녔다. 언제부턴가 마을에는 하나둘 빈집이 늘어갔다. 수십년 동안 몇해 걸러 하나씩 늘어난 터라 의외롭지는 않았으나 깊은 밤 그런 빈집 가운데 한곳에서 날카롭고 구슬픈 고양이 울음이라도 들려올라치면 오랫동안 이웃이었으나 이제는 어디에서 어떻게 사는지조차 알 수 없는 사람들의 얼굴이 구름을 벗어난 달처럼 떠오르곤 했다. 그는 마을에서 외따로 떨어진 과부댁의 헛간에서 아내를 찾아냈다. 거기에서 아내를 찾아내기는 처음이었다. 아내는 맨발로 절뚝이며 걸었다. 그는 아이처럼 잠든 아내 곁에 누워 아내가 알아듣지 못하리라는 걸 알면서도 아들과 며느리와 딸들에 대해 이야기했다. 서낭당 밭은 조만간 팔게 될 것이라고 말했을 때 아내가 흐느꼈다. 그는 깜짝 놀라 아내의 얼굴을 지그시 내려다보았다. 아내의 눈가에 눈물이 맺혔다. 그는 손수건으로 아내의 눈물을 닦아주었다. 그는 아내에게 변명이라도 하듯 말했다. 자네도 아는가보네. 그 밭에서 자네가 욕 많이 봤소. 약 치다가 쓰러져서 구급차에 실려간 것도 거기였고 새참으로 막걸리 먹고 취해서 이장네 경운기 얻어 타고 온 것도 거기였지. 자식새끼들 오면 해 질 무렵 배추 솎으러 가고 깻잎 따러 가고 물외 따러 가고 참 많이도 댕겼지. 내가 아네. 자네 맘이 어떨지. 원수 같은 자식 덕분에 그놈의 밭과 헤어지네. 시원하고 섭섭하고 애달프고 짠한 거 내가 다 아네. 어떻게 아냐고. ……내가 그러네. 그는 갓난아이 어르듯 아내에게 이런 말을 주절주절 늘어놓았으나 아내가 도리질을 치며 정읍댁을 불러달라고 말했다. 그러니까 시방 자네는 서낭당 밭 때문에 운 게 아니란 말인가. 그는 슬그머니 부아가 났다. 자네가 찾으려는 정읍댁은 자네 아닌가. 나는 노망이 들어도 그리되지는 않으려네. 앞만 보고 가다가 개골창에 처박히듯 저세상으로 떨어지려네.

툭하면 사라지는 아내를 찾아 돌아다니는 일에 지쳐갈 즈음이었다. 가을도 무르익은 어느날 요양보호사가 왔다. 단곡리 부녀회장이었다. 단곡리 부녀회장은 1급이 아닌 2급이라 집안일만 도울 수 있다고 했다. 건강보험공단에서 파견했다 해도 안면 있는 사람이 궂은일 하는 걸 맨눈으로 보기란 민망한 일이 아닐 수 없었다. 그는 포터를 몰고 나갔다. 네시간 동안 무얼 할까 생각하다가 순자에게 전화를 걸었다. 순자는 마침 시내에 있었다. 구시장 입구에서 순자를 태워 내장산으로 향했다. 단풍이 물들면 관광객으로 발 디딜

틈조차 없을 내장산 케이블카를 타보기로 했다. 케이블카는 운행 점검 중이었다. 단풍철이 되어야 운행이 재개된다는 안내문을 뒤로하고 발걸음을 돌렸다. 주차장으로 가는 길에 순자가 정읍댁이 누군지 알아냈냐고 물었다. 그는 아마도 그건 아내 자신인 것 같다고 말해주었다. 순자는 고개를 주억거리기는 했지만 별다른 말을 덧붙이지는 않았다. 늙는다는 건 그렇게 알 듯 모를 듯한 타인의 속내를 판단하지 않고 선선히 수긍할 수 있게 된다는 뜻인지도 모른다. 순자를 다시 구시장 입구에 내려주고 농협은행에 들러 아들에게 돈을 부쳤다. 집으로 돌아가는 길에 아들의 전화를 받았다. 운전 중이다. 그는 전화를 끊고 마을 입구에서 한참을 기다렸다. 얼추 시간이 되었다 싶었을 즈음 집으로 들어갔다. 단곡리 부녀회장은 아내가 잠들었다고 했다. 요양원으로 보내는 게 좋겠다는 말도 넌지시 건넸다. 그는 긍정도 부정도 하지 않은 채 단곡리 부녀회장을 마을 들머리까지 배웅했다. 돌아와 보니 잠들었다는 아내는 온데간데없었다. 빈 홍삼 드링크 병이 발끝에 차였다. 한시간 동안 마을을 뒤졌으나 아내를 찾을 수 없었다. 해가 설핏 기울었다. 가을해는 감쪽같아서 해가 지는가보다 싶으면 금세 어둑어둑 땅거미가 깔렸다. 그는 행여나 싶어 서낭당 밭에 가보았다. 그가 캐다 말아 한쪽으로 기운 감나무 아래 아내가 김이라도 매듯 쭈그리고 앉아 있었다. 땅벌에라도 쏘인 게 아닌가 싶어 더럭 겁이 났다. 조심스레 아내를 불렀다. 아내가 고개를 들고 그를 보았다. 그는 아내를 일으켜 세웠다. 이번에도 맨발이었다. 아내는 거기까지 오느라 남은 기력을 소진해버렸는지 한발짝도 떼지 못했다. 그는 아내를 업었다. 가볍고 차가웠다. 그가 신작로에 올라 마을 쪽으로 길을 잡자 아내가 그의 머리카락을 움켜쥐었다. 그가 어디로 가고 싶은 거냐고 묻자 아내가 끙끙댔다. 날은 이제 저물었고 아내를 찾아 헤맨 탓에 그도 피로했다. 이대로 아내가 잠들기만을 바랄 수밖에 없었다. 그는 반대쪽으로 길을 잡았다. 그의 머리카락을 쥐었던 아내의 손이 떨어져 나갔다. 하늘에 하나둘 별이 떠올랐다. 상처투성이 맨발인 아내를 업고 그는 휘적휘적 신작로를 걸어갔다. 아내가 고른 숨소리를 냈다. 잠이 들었나. 아내는 잠이 든 것도 그렇다고 정신이 온전한 것도 아니었으나 어딘가 그가 알지 못하는 낯설고도 낯익은 곳을 여행 중인 것만 같았다.

선암댁, 아니 정읍댁. 밤공기가 소삽하오. 이제 들어갑시다.

나 정읍댁 아니오.

정신이 들었소?

나 정읍댁 아니라고.

정신이 들었구려.

정읍댁이 누군지 참말로 모르시오.

자네가 정읍댁이지.

나 아니오.

그럼 누구란 말이오.

우리 딸 말이오.

우리 딸?

첫 애기. 포천서 얻은 우리 첫딸.

……

아내를 업고 걷는 탓인지 그의 이마에 식은땀이 맺혔다.

자네, 그 딸을 기억하는가.

기억하고말고.

폐렴으로 잃은 것도?

아무렴요.

내가 묻은 것도?

나 그게 포한이 되었소.

자네가 아무 말 없어서 난 몰랐네.

나도 가보고 싶었소.

시방이라도 갈 수 있네.

데려다주시오.

근데 왜 우리 딸이 정읍댁인가.

다 키워서 서울로 시집보낼 거였은게.

자네 혼자 큰딸을 키우고 있었네그려.

데려다주시오.

그래, 가세.

그는 길가에 조심스레 아내를 내려놓았다. 아내는 그를 물끄러미 올려다보았다. 아내의 두 눈에 밤하늘의 별이 그득했다. 그는 술밭으로 들어가 한참을 소리 죽여 울었다. 잊었던 일들, 잊었다고 믿었던 일들, 잊을 수 없는 일들이 한꺼번에 그에게 들이닥쳤다. 산

자식보다 죽은 자식이 그리워지는 날이 올 줄은 알았다. 그는 한번도 아름다웠던 적이 없는 것 같았다. 선량했던 적도 순수했던 적도 없는 것 같았다. 그럼에도 불구하고 아내를 사랑했던 것만 같았다. 목숨이 하늘과 같이 가지런하다고 믿어도 좋을 만큼 고요하고 차갑고 가벼운 밤이었다. 솔밭을 빠져나온 그는 아내를 다시 업고 길을 걸었다.

이렇게 업어주니 좋은가.

언제 업어준 적 있소.

많지.

픽도.

오래 살기나 하소.

오래 못 살면.

나도 못 살아.

픽이나.

남정네 죽으면 여편네 스무해라지만 여편네 죽으면 남정네 두해라네.

당신 살자고 나 죽지 말란 말이오.

그렇게라도 산다면야.

그렇게라도 살아봅시다.

여보, 임자. ……말 안해도 알지?

말 안하면 모르오.

말 안해도 아는 걸로 믿겠네.

맘대로 하시오.

그 남자의 가출기

누군가 분명히 나직한 목소리로 그의 이름을 불렀다. 온몸에 소름이 돋았다가 시나브로 사그라졌다. 한동안 생각에 잠겼던 그는 까무룩 잠에 빠졌다 설핏 깨어나기를 몇차례 거듭하다가 왼쪽 어깨를 겨냥한 적외선 치료기의 붉은 빛이 얼굴에 일렁이는 걸 느끼며 최후로 눈을 떴다. 이글거리는 왼뺨을 오른손으로 문지른 뒤 왜 매번 물리치료실 온열 매트 위에서 잠들었다가 깨어날 때마다 최후로 눈을 뜬다는 기분에 사로잡히는지를 자문해보았다. 환갑을 넘긴 지 세해째였다. 어머니는 그의 나이에 고요히 숨을 거두었다. 아버지는 환갑도 맞지 못하고 세상을 떴으니 지금의 그보다 예닐곱해는 적게 살았던 셈이다. 그의 입가에 떠오른 알 듯 모를 듯 한 옅은 미소가 허공으로 휘발되었다. 그는 왼팔을 들어보았다. 왼

손에 감당할 수 없는 무게의 생을 움켜쥐기라도 한 듯 그의 왼팔이 잘게 떨렸다. 어깨 높이에 이르자 예리한 통증이 손끝까지 번져갔다. 지난봄 소나무 우듬지의 전지 작업을 하다 추락했을 때부터 그 팔은 남의 팔인 것만 같았다.

그는 왼손 손아귀 가득 들어찬 허공의 일부를 물끄러미 바라보았다. 눈에 보이지 않는 무언가를 쥐고 있는 듯했다. 알 수 없는 것들에 대해 오래 생각하지 않는 버릇대로 그는 이내 고개를 털었다.

병원 입구에서 잠시 걸음을 멈춘 그는 허리를 숙여 반짝이는 쇠붙이를 주워들었다. 용도를 알 수 없는 쇳조각이었다. 무엇이라 해도 상관없을 듯했다. 괭이나 삽 혹은 호미의 날에서 떨어져 나온 조각일 수도 있었고 어느 낡은 서랍장에 달린 경첩의 일부이거나 바닥이 삭을 만큼 오래된 솥의 손잡이일 수도 있었다. 그러나 그것이 그의 심장의 일부였거나 혹은 발가락이었다 해도 이상하지 않을 듯했다. 외과 전문병원 현관 앞에 떨어진 작은 쇳조각의 사연이 궁금하지는 않았다. 자신의 삶이 더는 궁금하지 않듯이. 그는 왼손 바닥에 올려놓은 쇳조각을 함부로 타인에게 쥐버린 쓸모없는 물건처럼 다루고 싶어졌다. 찬바람이 그를 훑고 지나갔으나 소름이 돋지는 않았다. 그 자리에 스르르 무릎을 꿇고 앉은 그는 엄습하는 고통에서 스스로를 보호하기라도 하듯 둥글게 몸을 말았다. 그의 손아귀에서 쇳조각이 꿈틀거렸다. 비로소 그는 이 쇳조각이 어디에서 비롯되었는지를 알았다. 머나먼 과거 혹은 그가 기억할 수 없는 과거의 어느날 그가 부러뜨린 자신의 일부라는 사실을 퍼뜩 깨달았다. 그의 이름을 부르던 나직한 목소리가 귓가에 되살아났다. 아버지의 음성처럼 여겨지기도 했고 어머니의 그것처럼 여겨지기도 했다. 어느날 자신을 불렀던 당신들의 목소리 가운데 하나가 홀로 외로이 허공을 떠돌다 오늘에서야 그에게 당도한 듯했다. 어둡고 쓸쓸한 세월을 지나오는 동안 목소리도 늙었을 법하건만. 그는 늙었으되 목소리는 예전 그대로였다.

하루가 저물어갔다. 오래된 작은 도시의 건물들 사이로 비스듬한 빛이 깍지를 끼며 스며들었고 한번 망가져버린 그의 왼쪽 어깨 부근의 신경은 되살아날 기미가 보이지 않았다. 찬바람이 불기 시작한 뒤로 더욱 그러했다. 금이 갔던 목뼈는 수술을 받은 뒤 외려 더 단단해진 듯했으나 우악스런 손아귀에 뒷덜미를 붙잡힌 기분이 드는 건 어쩔 수 없었다.

엘피지로 개조된 98년식 9인승 스타렉스에 오른 그는 신중하게 키를 돌렸다. 가스가 얼 정도의 기온은 아니어서 털털거리기는 했지만 별 이상 없이 시동이 걸렸다. 그는 구시장 사거리에서 다리를 건너자마자 충동적으로 핸들을 왼쪽으로 꺾었다. 마침 좌회전 신호이기도 했지만 물리치료를 받기 위해 매일 오가던 길에 갑자기 알 수 없는 분노가 생겨서이기도 했다. 그러나 새로운 길이란 없었다. 호남고등학교 앞을 지나 과교동으로 넘어가는 익숙한 고갯길은 아니었으나 정읍사 공원을 지나거나 저 멀리 내장저수지를 끼고 돌거나 제아무리 멀고 먼 길을 택한다 해도 집으로 돌아가야만 한다면 어느 길이나 마찬가지임을 천변도로를 따라 달리며 그는 깨달았다. 가보지 못한 길이 어디에 있을까. 그는 식당 앞에 줄지어 선 관광버스와 저녁을 먹기 위해 몰려든 단풍객들의 무리를 무심히 바라보았다. 그의 오른손이 기어봉에서 자꾸만 미끄러졌다. 몇 해 전까지만 해도 그는 단풍철 관광객을 상대로 밭에서 수확한 단감을 팔았다. 벌이가 좋을 때는 도매시장에서 다른 과일을 떼다 팔기도 했다. 새벽부터 늦은 밤까지 품을 팔면 덕장에 걸린 황태처럼 몸이 얼었다 녹기를 반복했고 겨우내 이불을 둘러쓰고 살아도 피할 길 없는 한기가 이미 뼛속까지 스며들곤 했다. 집에 돌아가면 아내는 눈물 대신 콧물을 줄줄 흘리며 식은 손발을 주물렀고 그는 손에 쥔 겨우 한 사람 몫의 일당에 불과한 돈을 무시무시한 물건이라도 되듯 깊이깊이 앙궈두었다. 그런 기억을 떠올리자 왠지 모르게 치욕스러웠다. 어디에서 왔는지 알 수 없으나 아마도 신새벽부터 무거운 몸을 일으켜 발을 질질 끌고 집을 나선 다음 관광버스에 실려 여기까지 왔을 저 늙은이들 가운데 고단하지 않은 인생을 살아온 이는 과연 몇이나 될지. 단풍잎 한잎이 물매가 가파른 앞창에 붙은 채 바르르 떨었다. 그는 속도를 줄이지 않았다. 단풍잎은 결사적으로 들러붙었고 그의 마음속에서는 오기가 솟았다. 어쩌다 이렇게까지 됐는지는 알 수 없었다. 앞창에 들러붙은 단풍잎에서조차 수치를 느끼게 된 건.

시시각각 사위가 어두워졌다. 고물 승합차는 삐걱대는 소리를 내면서도 멈추지는 않았다. 차체 바닥에서 거대한 얼음장이 갈라지는 듯한 묵직한 소음이 들려왔다. 차는 언젠가 부서질 것이다. 그는 화끈거리는 오른손바닥을 이마에 댔다. 오래 묵어 번들거리기까지 하는 코르덴바지 위로도 불빛들이 획획 지나갔다. 축사 앞에 주차시킨 뒤 그는 대파 몇줄기가 뒷바퀴에 짓이겨진 걸 보았다. 뒷바퀴가 텃밭을 침범하기는 처음이었다. 운전병 시절부터 지금까지 사십여년 넘게 운전을 하면서 여러번 사고를 겪기도 했으나 죄책감을 느껴본 적이 없는데, 용서받을 수 없고 돌이킬 수 없는 죄를 저지른 듯한 기분이었다. 그러나 아무 일도 일어나지 않았다.

그는 텃밭을 지나 황소 한마리가 지키는 축사를 돌아 논두렁을 따라 걸었다. 어디선가 개 짖는 소리가 들려왔다. 메마른 울음이 헐벗은 농토를 가로지르지는 못한 채 어둠 속에서 사그라졌다. 초겨울 들판을 낀 농로를 걷노라니 자신의 마음속을 걷는 기분이었다. 그는 마음 한복판으로 들어가듯 벼 그루터기를 밟으며 논으로 걸어 들어갔다. 오래도록 걸었다. 어둠이 두터워질수록 축사 너머 그의 집에서 새어나오는 불빛은 기승을 부렸다. 그 집에서 아내는 어두컴컴한 밖을 내다보며 그가 들판의 어디쯤을 귀신처럼 걷고 있을지를 가늠할 것이었다. 아내는 모를 것이다. 아내가 물었을 때 그는 자신도 왜 그러는지 알 수 없었으므로 이십여년 전 탈곡기에 잘린 손가락을 찾고 있노라고 대답했다. 아내의 얼굴에 깊은 수심이 드리워지는 걸 보면서 그는 왠지 복수라도 하는 듯 유쾌하기까지 했다. 손가락이 잘린 건 아내 탓이 아님을 잘 알았건만 새삼스레 이 모든 일이 아내 때문인 것 같았다. 아내 탓이 아니라면 누구 탓이란 말인가. 그는 텅 빈 들판을 사납게 몰아치는 산바람을 맞으며 정체를 알 수 없으나 아버지와 어머니에게 물려받은 게 분명한 유서 깊은 슬픔에 사로잡혔다. 이 자리에서 벼가 자라고 잘리고 또다시 자라고 잘리는 동안 단 한번도 이 땅에 매인 질긴 운명의 끈을 잘라내지 못했다. 그러나…… 여기에서 부서지고 싶지는 않았다. 바지 주머니를 뒤졌으나 쇳조각을 찾지는 못했다. 종내는 그 쇳조각을 어디에 두었는지 기억해낼 수가 없게 되었다. 정말 목소리였는지도 모른다. 그런 생각을 하자 다시 목소리가 들렸다. 그는 어린 시절로 되돌아간 듯한 기분이었다. 자신을 부르는 목소리에 대답하고 싶었다. 네, 저 여기 있어요. 그러나 그 말은 소리가 되어 나오지 않았다.

그는 집에서 뜻밖에도 아들과 마주쳤다. 검은 양복을 차려 입은 걸 보니 문상을 하러 온 듯했다.

누구냐?

동창이오.

……젊은 녀석이 왜?

아무도 몰라요. 농약을 마신 채 하우스에 쓰러져 있는 걸 발견했답니다.

금방 가지는 못했겠구나.

……일주일이었답니다.

아들은 막차를 타고 서울로 돌아간다며 어둠 속으로 나갔다. 개 짖는 소리가 잦아들자 적막이 집 안까지 스며들었다. 아내는 웃지도 않으면서 코미디 프로를 시청했다. 아내의 머릿속은 농약을 마시고 자살했다는 아들 친구에 대한 생각으로 가득할 것이었다. 얼마나 못났으면 제 부모와 식솔들을 남겨두고 그런 몹쓸 짓을 했을까. 이렇게 중얼거리기도 했다. 아내의 시든 목소리를 들으며 그는 지그시 솟아나는 분노를 갈무리하기 위해 무던히도 애를 써야 했다. 그는 아들의 친구를 대신해 항변하고 싶은 심정이었다. 자네, 인간의 약점을 그렇게 비웃어서는 안되네. 그러나 역시 말이 되어 나오지는 않았다. 그는 염색한 지가 오래되어 희끗거리는 아내의 머리칼을 보았다. 아내는 왜 살까. 내게 고통을 주기 위해. 이런 문답은 아무 소용이 없었지만 분노를 달래기에는 썩 괜찮았다.

어느새 아내는 코를 골았다. 자정 지나 창문을 통해 들어온 달빛이 자꾸만 그를 흔들었다. 그는 잠들지 못한 채 웅크리고 앉았다가 누웠다가 다시 웅크리고 앉아 한숨을 내쉬었다. 아내는 여전히 세차게 코를 골았다. 수많은 사람들의 얼굴이 상념 속에서 떠올랐다가 졌다. 까맣게 잊었다고 여겼던 사람들까지 그를 찾아왔다. 그들의 공통점은 쓸모없는 삶을 살다갔다는 점이었다. 어느새 달은 기울었으나 어둠이 눈에 익은 그는 아내의 얼굴 윤곽을 정확히 알아볼 수 있었다. 이 사람은 평생을 나와 함께 살면서 모진 말을 참 많이도 내뱉어왔지. 그게 아내의 본심이 아니라는 건 그 역시 잘 알았다. 이 사람은 유별나게 겁이 많아. 두려움을 이기기 위해 흔히 사람들이 그러듯이 아무 일도 아니라는 듯 천박한 말을 내뱉곤 했어. 그 말들에 상처받지 않기 위해 또 나는 얼마나 애써야 했던가. 아내는 그 우둔함에 너무나 익숙해져 어떤 현명함과도 맞바꾸려

하지 않을 터였다. 그는 자신의 인생이 가망이 없다는 생각에 오한이 들었다. ……달빛도 없건만 뭐가 이렇게 나를 흔드는가. 그는 아내가 원망스러웠다. 젊은 시절 언젠가 죽네 사네 다툰 뒤 보따리를 싸고 친정으로 가겠다며 막무가내로 집을 나갔을 때 붙잡지 말 것을. 아내의 자궁에 커다란 혹이 생겨 수술을 받았을 때 상종하기조차 싫던 소장수 김씨를 찾아가 황소 두 마리를 넘기기로 약속하고 돈을 받아 돌아오던 날도 떠올랐다. 그의 심사는 이루 말할 수 없이 복잡했다. 증오와 연민이 끝없이 갈마들었고 후회와 막연한 희망이 자리를 바꾸며 똑같이 그를 괴롭혔다. 이봐 자네, 그렇게 잠이 단가? 자네 옆에 있는 나는 이렇게 외로운데. 그가 보기에 아내와 자신은 서로 다른 방식으로 늙어버린 것만 같았다. 새벽이 깊었다. 저렇게 코를 골다가도 조금 뒤면 아내는 습관처럼 눈을 뜰 거였다. 아니나 다를까 아내는 부스스 일어나 방을 나가더니 잠시 뒤에 바깥의 찬 기운을 묻힌 채 들어왔다. 아내의 몸에서 연탄 냄새가 났다.

안 자요?

그는 대답하지 않았다. 이윽고 아내는 다시 코를 골았다. 그는 어둠 속에서 옷을 입었다. 전지 작업을 하다 사고를 당하던 날까지 그는 매일 그 시각에 작업복을 입었다. 일꾼들은 사는 곳이 저마다 달랐다. 그는 스타렉스를 몰고 고창과 부안을 돌아 그들을 태운 뒤 현장으로 갔다. 대신 두 사람 몫의 일당을 받았다. 지난겨울 그처럼 스타렉스에 인부를 태우고 다니던 박씨가 사고를 냈다. 일을 마치고 돌아가던 길이었는데 눈길에 미끄러지면서 오 미터 아래 논

바닥으로 추락했다. 박씨는 죽었다. 자가용으로 영업을 한 셈이라 다른 인부들도 보험 혜택을 받지 못했다. 그렇게 한꺼번에 일고여덟 사람의 삶이 어수선해져버렸다. 그들의 딸린 식구를 생각하면 얼마나 많은 사람들의 삶이 각다분해졌는지 알 수 없었다. 그는 매일처럼 그만두어야지 하면서도 그 시각이면 어김없이 우유를 한컵 벌컥벌컥 마시고 기침을 하며 집을 나섰다. 찬 공기가 폐를 가득 채우면 솜털마저 쭈뼛거리는 듯했다. 한 생이 그런 방식으로 흘러 여기까지 이르렀다. 숱한 죽음의 고비를 넘어 용케 살아남아 볼품 없는 늙은이가 되어버렸다. 배운 것도 가진 것도 없었는데 지금도 별반 다르지 않았다. 아내는 고단한 듯했다. 나, 가네…… 아주 가네. 그는 잠든 아내를 남겨둔 채 집을 나섰다. 입동을 막 지난 새벽은 질겼다. 구름에 가렸는지 달은 보이지 않았다. 그는 낡은 운동화로 어둠을 질겅질겅 씹으며 걸었다. 운전석에 앉아 전조등을 켜자 그가 아내와 함께 옛집을 허문 자리에 지은 단층 양옥집이 섬처럼 어둠 속에서 떠올랐다. 그는 밤새 자신을 흔들던 것이 무언지 알 것 같았다. 그건 그의 내부에서 오랜 세월 발견되기만을 기다린 하나의 질문이었다. 예순셋, 어머니가 세상을 떠난 나이에 이르러서야 처음으로 맞닥뜨린 질문이었다. 나는 뭐지. 그는 나직한 목소리로 읊조리며 기어봉을 잡은 손에 부드럽게 힘을 주었다. 가속페달을 지그시 밟자 스타렉스가 앞으로 나아갔다. 난생처음 가보지 못한 길을 떠나던 그날 새벽, 그는 이전의 자신과 전혀 다른 사람이 되기를 열망했다.

그는 전주에서 대전으로 다시 강릉으로 그곳에서 동해안을 따라 포항을 지나 부산에 갔다. 어디를 가든 바다가 가로막았다. 진주에서 순천으로 순천에서 광주를 거쳐 목포에 이른 그는 무척이나긴 여행을 떠난 듯했으나 집을 떠난 지 닷새밖에 되지 않았다는 사실에 잠깐 허둥거렸다. 그러나 여생을 두고 길고 긴 그림자처럼 과거를 달고 살 수밖에 없다는 사실을 담담하게 인정할 줄도 알았다. 그는 아내와 처남들의 전화는 받지 않았으나 딸과 아들의 전화에는 짤막하게 대꾸를 해주었다. 너희 어머니와는 살지 않겠다. 딸은울었고 아들은 사랑이냐고 물었다. 그 말에는 대답하지 않았다. 작은처남은 끈질겼다. 그는 유달산 공원 아래 주차장에서 작은처남과 통화했다. 바닷바람이 처남의 목소리를 잡아채갔지만 술에 취했다는 사실은 알 수 있었다.

자형…… 누나가 불쌍하지도……

불쌍하지 않네. 자네는 몰라. 그 사람이 무슨 말을 하고 다니는지.

대체…… 말이…… 자형을…… 만들었수.

내가 그때 그냥 죽어버렸으면 좋겠다고 한다네.

자형…… 나도…… 안사람이 죽었으면…… 생각하우.

경우가 달라. 난 죽다 살아난 사람이네.

……죽다…… 않는…… 어디 있수…… 매일…… 살아나우.

자네는 몰라.

그는 군산을 지나 서산 못 미쳐 안면도로 빠졌다가 당진을 거처 고양을 지나 의정부에 갔다. 어디든 그가 머물 만한 곳이었으나 마찬가지로 어디든 그가 머물지 않아도 상관없는 곳이었다. 그는 포천에 이르러서야 전국을 거의 한바퀴 돌아 그곳까지 간 이유를 깨달았다. 거기에는 그의 젊은 시절이 한자락 묻혀 있었다. 그는 옛 기억을 더듬어 낭유리를 찾았다. 마을 입구의 다리를 건너자마자 왼편에 부대 위병소가 있었다. 그가 스타렉스를 세우자 위병이 다가왔다. 그는 위병에게 이 자리에 원래 수송부대가 있지 않느냐고 물었다. 젊은 병사는 고개를 갸웃 기울이더니 위병소에 들어갔다 한참 뒤에 나왔다. 그리고 이십여년 전까지는 수송대가 주둔했다는 이야기를 들려주었다. 그는 천천히 고개를 끄덕였다. 그는 부대 앞길을 건너 마을을 둘러보았다. 너무 오래된 일인지 기대만큼 옛일이 선명하게 떠오르지도 옛 풍경이 눈앞에 그려지지도 않았다. 그저 어디에서나 볼 수 있는 쇠락한 군부대 마을일 뿐이었다. 아내라면 기억할지도 모른다는 생각이 들었다. 이 마을에서 그들 부부는 신혼시절을 보냈다. 딸을 하나 얻었는데 일년도 채 못되어 폐렴으로 잃고 말았다. 지금의 큰딸은 저한테 언니가 있었다는 사실을 모르리라. 모르는 게 그것뿐일까. 그는 기억을 더듬어보았으나 마을 골목길이 낯설었다. 어쩌면 여기에서 딸을 잃었기에 기억하고 싶지 않은 곳으로 접어둔 터라 희미해졌을지도 모른다. 그러나 기이하게도 슬픔은 기억보다 힘이 세서 무엇 때문에 슬픈지 알 수 없음에도 그는 구체적인 슬픔에 사로잡힌 채 분명히 아내와 함께 날마다 걸었을 그 길을 처음인 듯 마지막인 듯 허위허위 걷는 것이었다. 셋방살이를 했던 집이라 짐작되는 곳에 이르러 그 집 앞으로 개울이 지나갔음을 기억해냈지만 제방공사가 이뤄진 탓에 둑에서 내려다보는 개울바닥은 까마득하게 깊어 보였다.

위병소 앞으로 돌아온 그는 슈퍼에서 사온 빵과 콜라가 든 봉지를 젊은 병사에게 건네주었다. 스타렉스에 오르자 하나뿐인 남동생에게 전화가 걸려왔다. 집을 나온 뒤로 처음이었다. ……아우.

형님…… 몸은 성하시오?

난 괜찮네.

형수님이 많이 속상해하십디다.

그 사람 말은 말게.

그는 왼팔에 통증을 느끼며 시동을 걸었다. 밤이 깊을 무렵 그는 우면 주공아파트 입구에서 마중을 나온 동생과 해후했다. 과묵한 편인 동생은 더더욱 말이 없었다. 13평짜리 아파트는 동생 내외가 거주하기에도 비좁았다. 그는 밤새 통증에 시달렸지만 내색을 하지 않기 위해 애를 썼다. 그러나 잠든 동안 새어나오는 신음까지는 어쩔 수 없었다. 그는 동생이 자신의 신음 때문에 잠들지 못한다는 사실을 잘 알았다.

아우, 돌아가실 때의 아버지가 떠오르는가? 난 여태껏 그때 아버지 얼굴이 무척 평온하다고 여겼는데 이제는 그런 얼굴로 떠올릴 수가 없네.

아버지는 고통 속에서 돌아가셨으니까요.

그래도 평온한 얼굴이었어.

고통이 깊으면 그리도 되는가 봅니다. ……형님도 그렇잖아요.

동생은 그 말을 끝으로 옆으로 돌아누웠다. 다음날 동생은 아파트 경비실로 출근하면서 십만원을 그의 주머니에 넣었다. 그는 고속도로 휴게소에서 그 돈을 꺼내보았다. 동생 냄새가 났다. 그는 돈에 코를 박고 한참을 그대로 있었다. 그는 전주에서 하루도 머물지 못했다. 그곳에 있으면 수술을 받던 날이 떠올랐다. 전북대 부속병원이었다. 살아 나올 수 없을지도 모른다는 말을 들었다. 이동침대에 실려 마취실로 들어갈 때 아내는 그를 돌보지 않았다. 딸과 아들은 제 어미를 찾는 그의 물음에 고개를 돌렸다. 아내는 아마도 심장이 벌렁거린다며 아예 병원을 빠져나갔을 게 분명했다. 수술을 하기 전 양쪽 관자놀이에 나사를 박아 무거운 추를 매단 그를 한번 보고는 병실에도 들어오려 하지 않던 아내였다. 그러나 삶이 이처럼 참혹하기 이를 데 없고 그 삶을 매순간 견디며 살아왔는데 왜 그것과 직접 마주치길 두려워한단 말인가. 그는 전주를 떠나 결국 고향으로 향했다.

그는 일년 가까이 자신이 무위의 세월을 보낸다고 믿으며 살았다. 완벽한 무위라고 할 수는 없었다. 겨울 내내 물리치료실에 다녔고 봄이 되자 조경업체의 인부들을 현장으로 실어다주는 일을 다시 시작했다. 젊은 시절의 벗을 만나기 위해 진안에 다녀온 적도 있고 서울과 인천에 사는 아들과 딸의 집을 한번씩 방문하기도 했다. 그는 술을 마시지 못했다. 그의 아버지도 그랬고 그의 어머니도 그랬다. 그가 아는 집안 어른 가운데 술을 즐기는 사람은 외숙부가 유일했다. 외숙부는 산 너머 장성에 살았는데 해마다 겨울이면 곶감을 실은 지게를 지고 그 산을 넘어왔다. 길마저 희미해진 서너개의 산봉우리를 돌아넘어야 하건만 외숙부는 됫병 소주를 홀짝이며 잘도 왔다가 그 길로 되돌아갔다. 어머니가 돌아가신 뒤로는 이태에 한번꼴로 줄더니 어느해 겨울 지게를 지고 나서다가 뇌출혈로 쓰러지고는 그만이었다. 문상하러 갔던 그는 외가의 담벼락에 기대 선 낯익은 바지게를 보았고 저 낡은 지게의 발채에 곶감을 싣고 누이의 얼굴 한번 쓰다듬으러 눈 덮인 산길을 허위허위 넘었을 외숙부의 삶이 못내 쓰라려 어머니 상을 당했던 날보다 서러움이 북받치기도 했다.

그는 아버지와 어머니 기일이 닥치면 묘소에 들러 벌초를 했다. 시내에서 마을 사람과 몇번 마주치기도 했지만 별다른 말을 나누지는 않았다. 동창들 서넛과는 계속 연락을 했고 갑계원들의 성화에 못 이겨 계모임에 나가볼까 했지만 아내가 나온다는 소식을 듣고는 발길을 돌려버렸다.

그의 마음속에서 질문은 여전히 하나였다. 사글세로 얻은 방에 누우면 슬그머니 그의 몸을 빠져나온 질문이 형상을 갖춰 어른거렸다. 대체로 사람의 형상이었으므로 그는 괴로웠다. 자신을 설명하기 위해 또다른 사람을 끌어들이면 끝없는 악순환으로 빠져드는 듯해 막막했다.

여름이 저물어가던 어느날 그는 시내에서 아내를 보았다. 아내는 종묘사에서 나오는 길이었고 그의 스타렉스는 구시장의 일방통행로를 느릿느릿 가는 중이었다. 언젠가 그처럼 조우하게 될 줄 알았으므로 그는 놀라지 않았다. 빛가림을 한 운전석 창을 통과한 부부의 시선이 잠깐 뒤엉켰으나 아내는 그를 알지 못하는 듯했다. 아내는 무언가에 놀란 듯 그 자리에 섰다가 시선을 돌리더니 버스정류장 쪽으로 종종걸음을 쳤다. 아내는 괜찮아 보였다. 아니 무더운 여름을 보낸 뒤의 늙은이치고는 혈색이 좋았고 입성도 깔끔했다. 여전히 그와 아내는 다른 방식으로 늙어가는 듯했다.

한동안 그는 새로운 혼란에 빠져 지냈다. 장마와 무더위를 겪으며 한층 낡아버린 듯한 사글셋방에서 살이 내려 여윈 육신을 얇은 이불에 넌 채 수없이 되풀이했던 질문과 대면했다. 그는 이 질문이 죽는 날까지 해결되지 않을 듯해 불안했다. 추석 다음날 고향에 내려온 동생과 부모의 묘소에 들른 그는 누군가 단정하게 벌초해놓은 걸 보았다. 동생은 여전히 별말이 없었다. 집으로 돌아가라거나 형님을 사로잡은 때늦은 열정의 정체가 무어냐고 묻지도 않았다. 그대신 퍽 야위셨구려, 하고 한마디했다. 헤어지기 전에 동생은 오랫동안 준비했던 말을 꺼내듯 머뭇거리면서도 또박또박 이렇게 덧붙였다.

어느날 경비실에 앉아 밖을 내다보는데 문밖이 저승이라던 말이 떠오릅디다. 내가 저걸 평생 바라보며 살았구나 싶으니 형님이 사무칩디다.

그는 허허롭게 웃었다. 자신을 흔드는 질문의 정체가 삶과 죽음에 관련된 것이 아니라는 걸 동생이 납득할 수 있게 설명할 자신이 없었다. 어쩌면 그건 분노와 더 가까웠다. 딸과 아들의 집을 한번씩 다녀온 뒤로 발걸음을 하지 않은 이유는 자식들을 볼 때마다 자신이 무한한 결과들의 원인이라는 생각이 들어서였다. 그는 조용히 머물다 가고 싶었다.

동생을 만난 뒤 그는 몸살을 앓았다. 지난겨울을 전기장판과 난로로 견뎠는데 다가올 겨울은 자신이 없었다. 그는 집에 전화를 걸었다. 집으로 가는 내내 전화를 걸어 아무도 받지 않는 걸 확인한 뒤 축사 앞에 스타렉스를 세웠다. 그가 해마다 대파를 갈았던 텃밭 자리는 어두워 보이지 않았다. 하지만 축사 안에서 황소의 기척이 들려왔고 그의 손때 묻은 관리기가 어둠 속에서도 힐끗 보였다. 그 사실에 묘한 안도감을 느꼈다. 그는 열쇠로 현관문을 열고 집에 들어갔다. 일년 만에 찾은 집은 아무것도 변하지 않았다. 불을 켜니 거실 벽에 걸린 액자며 그의 옷가지들이 방금 들일을 나갔다 돌아온 그를 맞이하듯 수런거렸다. 그는 안방 장롱에서 겨울옷을 챙겨 돌아나오다 고춧가루와 깨가 든 자루를 발견했다. 잠시 망설이던 그는 자루 주둥이를 한꺼번에 그러모아 어깨에 둘러맸다. 스타렉스에 올라 떠날 때 뒷집 이장댁이 지켜보았다는 사실을 그는 알지 못했다. 이틀 뒤 그는 아들의 전화를 받았다.

어머니가 불안해하셔요. 집에 도둑이 들었답니다. 밤새 잠을 못 이루셨어요.

그는 대꾸하지 않았다.

기차표를 끊었더니 다시 전화가 왔어요. 그 도둑놈 느이 아버지라더라, 이러시더군요.

아들의 목소리에 힐난하는 기색은 없었다.

괜찮으시냐고 여쭸더니 한동안 말씀이 없더군요. 그리고 덧붙이기를 불안하답니다. 도둑놈이 아버지인 걸 알았는데 뭐가 불안하시냐 했더니 뭐라고 한 줄 아세요?

그는 묻지 않았다.

대파를 심었는데 양파가 났어, 이러시더군요.

그날 오후 그는 시내 방앗간에서 기름을 짠 뒤 돌아 나오다 동창을 만났다. 시의회 의원을 지낸 동창 명수는 그에게 담배를 건넸다.

자네는 안 피우지? 오래 못 보니 깜빡했네. 지난번 계모임에서 제수씨를 봤는데 시름이 가득하데.

동창은 밭은기침을 했다.

그래도 난 자네가 부러우이.

그는 고개를 돌려 명수의 옆얼굴을 물끄러미 바라보았다. 찬바람에 말라붙은 살가죽에 손가락을 대면 살비듬이 흘러내릴 듯했다. 언제였던가. 그는 명수와 함께 소를 몰고 시위에 나섰다. 그때 명수는 기운이 넘쳤다. 여의도에 갔다 내려오는 전세버스 안에서 능청스럽게 사회를 보던 기억도 났다. 붙임성이 좋고 성정이 어진 녀석이었다. 농민회장을 지내고 시의회 의원을 지내는 동안에도 누구 하나 손가락질하지 않았다.

난 늙어버렸네.

나도 늙었어.

자넨 늙지 않았어.

……

난 자네를 볼 때마다 저 녀석은 날 때부터 사랑이 뭔지 아는 놈 같구나 했네.

그는 기습이라도 당한 듯 어리둥절했다. 명수의 입에서 흘러나온 낱말이 뜬금없었고 타인의 눈에 비친 자신이 어쩐지 자기와는 전혀 무관한 사람인 듯했다. 명수는 꽁초를 발로 짓이긴 뒤 생각났다는 듯 말했다.

봉출이가 재수술을 해야 하는데 형편이 그리 좋지 않다고들 하네.

아무도 그런 말은 안 해줬는데……

자네가 이렇게 떠돌이처럼 지내는 걸 아는데 부러 근심거리를 일러주겠는가.

참기름병이 든 자루가 그의 오른손에서 흘러내렸다. 명수가 떠난 자리에서 예의 쇳조각을 발견한 그는 그것이 오랜 벗의 심장의 일부였을지 혹은 발가락이었을지를 헤아리지 않았다. 언젠가 명수도 기어이 발견하게 될 테니. 그것의 정체를 따지느라 골머리를 앓는 건 명수의 몫일 테니.

그는 종종 아내가 없는 시각에 집에 들러 고추장, 쌀, 된장 따위를 퍼오거나 몇푼 들어 있지 않은 예금통장이며 싸구려 반지를 챙겨가지고 왔다. 그는 한쪽 집을 뜯어 다른 쪽에 그와 똑같은 집을 짓는 심정으로 집을 구성하는 사물들을 차근차근 자신의 사글셋방으로 옮겨왔다. 집에 들를 때마다 그가 가져갈 것들이 하나씩 줄었다. 어느날에는 황소가 보이지 않았다. 그리고 어느날에는 관리기가 보이지 않았다. 그는 관리기가 섰던 자리 옆 낡은 서랍장을 열어 녹슨 공구들을 보았다. 축사 시렁에 걸린 낫과 괭이 그리고 쇠스랑이며 삼발이가 저 먼 세계에 존재하는 것들처럼 여겨졌다. 아내는 가을 끝 무렵에 일꾼을 불러 산밭의 복분자를 모두 캐버렸다. 조합에 팔기 위해서가 아니라 친척들에게 선물하기 위해 기른 복분자였으나 입버릇처럼 손이 많이 가 힘들다더니 기어이 작파한 거였다. 그해에는 서낭당 밭의 단감이 열리지 않았다. 부쳐먹는 밭에서도 아내는 일손을 놓아버렸다. 어차피 밭주인은 보상을 바라고 대추나무를 잔뜩 심어둔 터라 한해쯤 땅을 놀려도 가타부타 말이 없을 거였다. 아내는 먼 길을 떠날 사람 같았다. 그는 두어번 먼발치로 아내를 보았다. 아내는 축사 앞 텃밭에 쭈그리고 앉아 돋아난 양파 잎을 멍하니 바라보고 있었다.

겨울 내내 그는 두고 온 것들을 생각하지 않으려 애썼다. 집을 떠나 두번째로 보내는 겨울은 어느 해보다 을씨년스러웠다. 그동안 그의 머릿속에는 양파를 무서운 것이라도 되듯 바라보던 아내가 떠나질 않았다. 불안하다고 했던가. 대파를 심었는데 양파가 났다지.

어느날 그는 블록 담에 끼워진 부고를 보았다. 암 수술 뒤 경과

가 좋아 한시름 놓았다더니 봄을 코앞에 두고 봉출이가 세상을 떴다. 이튿날 그는 스타렉스를 몰고 시 외곽 장례식장으로 갔다. 죽은 사람보다 십년은 더 늙어 보이는 봉출의 아내는 그를 알아보지 못했다. 상주인 봉출의 아들은 그와 맞절을 한 뒤 무릎걸음으로 다가와 그의 손을 먼저 잡았다.

아저씨, 많이 야위셨네요.

그는 문상객 틈에서 명수를 보았다. 명수는 고개를 저었다. 그가 묻기도 전에 명수가 말했다.

자살이야. 목을 맸다네.

그는 난생처음 술을 주량보다 조금 더 마셨다. 마지못해 술잔을 받아도 소주 한잔이었는데 석잔을 연거푸 마셨다. 명수가 턱짓을 했다. 제수씨가 오셨네.

그는 유족대기실로 들어가는 아내의 뒷모습을 보았다. 그는 자리를 털고 일어났다. 스타렉스를 몰고 호남고등학교 앞 삼거리를 지나는데 음주 단속에 걸렸다. 의경이 음주측정기를 그의 입 앞에 댔다. 순경이 다가오더니 그냥 보내주라고 했다. 아들의 친구였다. 경찰시험에 합격해 시내에서 가정을 이루고 산 지 오래라고 들었는데 용케도 그를 알아봐주었다. 그는 고맙다는 말도 못한 채 그 자리를 도망치듯 떠났다. 삶의 어느 순간에 이르면 썰물처럼 주위가 물러나는 경험을 하게 되는 듯했다. 그는 며칠 동안 낮이면 몽롱한 상태로 셋방 근처를 떠돌았고 밤이면 누군가 감쪽같이 목을 졸라 죽여줬으면 좋겠다는 생각을 품은 채 잠들었다. 자고 일어나면 이불이 눅눅해졌다. 한 생이 또다시 알 수 없는 곳으로 흘러가는 기분이었다. 집에 들른 그는 더이상 가져갈 게 없음을 깨달았다. 아들은 자꾸 그러면 현관문에 보조키를 달겠다는 말을 협박처럼 했지만 그런 일은 일어나지 않았다. 그는 겨울을 보내고 은성해진 햇빛을 받으며 무성해지는 양파밭을 보았다. 거기 앞에 아내처럼 쪼그리고 앉아 대파를 심었는데 왜 양파가 자라는지를 생각해 보았다. 알 수 없었다.

대파를 심었는데 양파가 났어. ……대체 무얼 심었기에 내가 된 걸까. 그는 날마다 파종되는 슬픔을 지켜보며 거기에서 자랄 새로운 슬픔을 예언하는 심정으로 중얼거렸다. 그리고 아내도 이런 생각을 했으리라 짐작했다. 집을 나온 뒤 처음으로 아내가 그리웠다.

봄이 되자 아내는 바빠졌다. 이른 아침부터 밤이 이슥할 때까지 집을 비웠다. 때로는 그가 집에 자주 들르는 눈치임을 알아 아예 안심하고 비우는 게 아닐까 싶을 정도였다. 어느날 그는 현관문 앞에 놓인 보자기로 싼 꾸러미를 보았다. 풀어보니 청국장이 든 찬합이었다. 그는 찬합을 스타렉스에 싣고 떠나려다 소 한마리 없는 축사 구석에 여전히 치우지 못한 두엄이 남았다는 사실이 마음에 걸려 발길을 돌렸다. 그는 시렁에서 삼발이와 쇠스랑을 내렸다. 리어카에 두엄을 싣고 서낭당 밭에 부렸다. 왼팔에 힘이 들어갔지만 예전 같지가 않았다. 세번을 왕복하니 두엄자리가 말끔해지긴 했으나 관리기 생각이 간절했다. 아내는 겨우 백만원에 관리기를 팔아넘겼다. 관리기 할부금을 갚느라 애달아했던 걸 생각하면 허망하기 짝이 없는 노릇이었다. 땀에 흠뻑 젖었으나 내부에서 솟은 열기 덕분에 마음은 외려 차분해졌다. 그는 마을 입구에서 자전거를 타고 오는 이장과 마주쳤다. 그가 차창을 내리자 이장이 운전석 문 쪽으로 바투 다가왔다.

비료는 얼마나 쓸 건가?

복합으로 스무포면 되겠지요.

대추밭도 올해는 갈아먹겠다고 하던데?

그럼 서른포만 해주세요.

거름은? 유기질로 스무포면 되겠는데 어떤가?

그것도 서른포로 해주세요.

이장은 셈이 곤란해졌다는 표정으로 자전거에 올라 휭하니 가버렸다. 며칠 뒤 서낭당 밭에 가보니 두엄이 모두 흩뿌려져 있었다. 그는 축사의 서랍장을 뒤져 전지가위를 찾아내 단감나무의 가지를 쳐주었다. 고추 모종은 아내가 품앗이로 다른 이들과 함께 심었으나 말뚝은 고추밭 가에 그대로 놓여 있었다. 그는 하루 종일 말뚝을 박고 줄을 쳤다. 깨밭은 손이 많이 가는 법인데 아내는 비닐조차 씌우지 않았다. 그는 여러 날 모른 체하다 바람이 없는 날을 택해 혼자 비닐을 씌웠다. 어느날 한낮에 그는 뽑다 만 양파밭에 앉아 지나온 생을 바라보듯 먼 하늘을 바라보았다. 고되지도 않았건만 손끝이 바르르 떨렸다.

그는 슈퍼마켓을 지나다 진열된 하우스 수박을 보았다. 입안에 침이 고였다. 그는 수박을 들고 집으로 갔다. 아내가 없는 집이 별스럽지가 않았다. 이제 그는 예전처럼 누구의 눈치도 보지 않고 사나흘에 한번꼴로는 집을 드나들었다. 모내기철이 다가오는데 아내는 논을 아예 남에게 맡겨버린 듯했다. 그는 가끔 내가 왜 이러나 싶으면서도 한번 근심이 생기면 생각은 밭과 논으로만 달려갔다. 그는 보자기가 있던 자리에 수박을 내려놓았다. 다음날 밤 통화에서 아들은 남의 일이라도 되는 듯 말했다.

어제는 도둑놈이 청국장 보자기를 들고 갔더랍니다. 청국장은 아버지가 좋아하시는 건데.

그는 아무 말도 하지 않았다. 아들은 제 아비를 두고 도둑놈이라 일컫는 게 무척 재미있는 일이라 여기는 듯했다.

근데 그 도둑놈이 수박을 놓고 갔다지요. 이건 뭐 물물교환이니 도둑놈이라고 할 수도 없겠지만요.

그는 슬그머니 부아가 치밀었지만 뭐라 말하는 순간 제 입으로 집을 드나들었다는 사실을 인정하는 꼴이 될 것 같아 꾹 참았다.

어머니 기분이 별로랍니다. ……평생을 살았는데 아직도 수박 싫어하는 걸 모른다면서요.

그 말을 듣자 아내가 이상하게도 수박을 싫어하고 반대로 이상하게도 참외를 좋아한다는 사실이 퍼뜩 떠올랐다. 전화를 끊은 그는 한숨을 내쉬었다. 그러나 언제부터였던가. 오래전 어느 기억 속에서 아내는 수박을 참 달게도 먹었다. 그가 손가락을 잃어버리기 전이었을 것이다. ……그러나 어쩌면 모든 게 전생의 기억일지도 모른다.

다음날 그는 스타렉스를 몰고 단골로 이용하던 종묘사에 갔다. 직원은 그를 알아보지 못했다. 낯설기는 그 편에서도 마찬가지였다. 그는 뭐라고 설명해야 할지 알 수 없었다. 대파를 파종했는데 양파가 난 걸 어떻게 따져야 할지도 몰랐다. 직원은 끈기있게 그가 입을 열기를 기다려주었다. 오랜 시간이 지난 뒤 그는 간신히 이렇게 물을 수 있었다.

대파를 심었는데 양파가 날 수도 있나?

직원은 배시시 웃었다.

공장에서 포장할 때 더러 대파 씨와 양파 씨가 바뀌기도 합니다.

그날 밤 그는 집에 전화를 걸었다. 아내는 방금 잠이 들었다가 깼는지 잠기가 가득한 목소리였다. 그는 첫마디를 어떻게 해야 할지 알 수 없었다.

대파를 심었는데 양파가 날 수도 있다네.

……

알아들었는가? 걱정하지 않아도 되네.

……간다면서요, 아주 간다면서요?

……

언제부턴가 그는 그렇게 집으로 가출해버렸다. 풀리지 않는 질문을 여전히 가슴에 품은 채 기꺼이 오래 흔들리기 위해.

배우가 된 노인

노인이 처음 공원에 나타났을 때 사람들은 그가 은퇴한 교수이
거나 고위공직자일 거라고 생각했다. 노인은 늘 구김이라곤 전혀
없는 회색 정장 차림이었는데 나이에 비해 여전히 풍성한 회색 머
리칼과 어울려 묘한 기품을 발산했다. 등은 조금도 굽지 않았고 걸
음걸이도 단정했으며 긴 벤치에 다리를 꼬고 앉으면 청초한 교태
마저 느껴졌다. 그의 기다란 다리는 학을 연상시켰기 때문에 그가
앉았던 자리에서 일어날 때면 어디론가 날아가버리기라도 할 듯
몸짓이 가벼워 보였다. 그가 다리를 꼬고 앉을 때 양복바지가 팽팽
해지면서 바짓자락이 슬쩍 올라가 탄력 있는 양말에 감싸인 복사
뼈가 드러났는데, 그 도드라진 뼈는 목 가운데 자리 잡은 울대뼈가
그러듯이 호리호리한데다 몸태가 부드러워 여성적인 분위기를 풍

기는 그에게 도저한 남성성을 부여하는 역할을 맡은 듯했다. 그는 길이 잘 든 가죽구두를 신었는데 구두는 잘 닦여 머리칼처럼 은은한 광택이 났다. 머리끝부터 발끝까지 일관된 회색 기운이 맴돌았다. 한마디로 그는 곱게 늙은 사내였다.

공원 북쪽 야트막한 산에는 공원에서 시작되어 공원에서 끝나는 산책로가 있었다. 그 산책로를 따라 숨을 헐떡이며 기다시피 걸으면서 악착같이 건강을 지키려 애쓰는 여느 노인들과 달리 그는 꼼짝도 않은 채 벤치에 앉았을 뿐이건만 혈색마저 좋았다. 그는 공원에서 크로께를 치거나 속보로 걷는 다른 노인들을 물끄러미 바라보기는 했지만 직접 끼어들지는 않았다. 그는 조용히 벤치에 앉아 소리 없이 호흡을 하는 것만으로도 건강을 유지할 수 있는 사람처럼 보였고 이런 사실이 비슷한 연배의 다른 노인들에게 불쾌감을 불러일으킨 듯했다. 이따금 육각정자에서 벌어지는 술추렴이나 오락회에 그는 한번도 불려간 적이 없었다. 하지만 내가 보기에 그는 공원을 소유한 유일한 사람이었다. 그는 누구와도 공원에서 보내는 시간을 공유하지 않았으며 그런 사실을 불편해하지도 않는 듯했다. 그가 공원에 나타나면 공원을 구성하는 사물들이—놀이터의 미끄럼틀, 그네, 시소를 비롯해 단순한 운동기구들, 일정한 간격으로 놓인 벤치와 아직 덜 자란 느티나무, 그리고 공원을 찾는 두어 종류의 새들과 좀처럼 사람의 손을 타지 않는 경계심 많은 고양이들마저—충성스러운 개처럼 그의 발치에 엎드렸다. 공원 관리인은 말할 것도 없고 인근 주민들이 자율적으로 조직한 봉사단도 토요일마다 기다란 쇠집게로 쓰레기를 주우며 그의 앞을 지날 때면 이 공원을 계획하고 설계하고 건설한 사람의 동상 앞을 지나기라도 하듯 무심함을 가장했지만 감출 수 없는 존경심이 깃든 눈빛들로 그를 바라보았다. 그들은 벤치에 앉아 우울한 낯으로 어딘지 모르는 곳에 시선을 던지는 노인을 관찰하면서 그 노인이 공원을 찾아주는 덕분에 자신들이 매주 이처럼 수고를 아끼지 않는 공원이 한층 더 품격있는 휴식처가 되었다는 생각을 떠올리는 듯했다. 윗몸을 약간 숙인 채 다리를 꼬고 앉은 노인은 눈에 보이지 않는 무언가를 가볍게 품은 것 같았고 그 모습이 꼭 기타 연주자를 연상시켰는데, 사람들이 그를 감탄의 눈길로 바라보며 지나갈 때면 이제 막 조율을 끝내고 객석을 바라보듯 턱을 들어올려 그들을 일별하기도 하는 것이었다.

공원은 화장터가 있던 자리였다. 화장터 이전을 공약으로 내걸었던 구청장은 당선되자마자 정력적으로 사업을 추진해 그곳을 공원으로 바꿔냈다. 그래서 공원은 상업구역, 근린구역, 주택구역 등으로 정확하게 구획된 다른 도심과 달리 원래부터 뒤죽박죽이었던 이 낡은 도심의 다른 공간들과 마찬가지로 무례하기 짝이 없었다. 그 공원 옆에 외벽의 대부분이 통유리로 마감된 신축 건물인 구립 도서관이 들어섰고 새로 조성된 공원이 재채기를 하며 뱉어낸 사과조각처럼 괴상한 모양의 쉼터가 공원과 도서관의 경계지대를 형성했다. 도서관 부속 공간인 쉼터는 공원을 기형적으로 축소한 곳인 듯도 했고 공원이라는 괴물이 꼬리를 감추며 사라지기 직전의 잔흔인 듯도 했다. 쉼터에서 도서관 건물을 바라보면 통유리에서 산란하는 빛들 때문에 난바다를 보듯 막막해졌고 그런 이미지 탓에 구조의 가능성이 희박한 대양 한가운데서 표류하는 듯한 기분이 더욱 강렬해지곤 했다.

내가 노인을 유심히 관찰하게 된 이유 가운데 하나는 노인이 일정한 벤치를 고수하지 않고 규칙적으로 혹은 불규칙적으로 자리를 옮겼기 때문이다. 일주일 동안은 놀이터 끝의 녹색 의자에 앉았다가 공원 지도가 그려진 팻말 옆 갈색 의자에 사흘을 머물렀다가 다시 놀이터 끝으로 가거나 크로케를 치는 다른 노인들의 엉덩이가 잘 보이는 가로등 아래 앉기도 했다. 그의 자리 이동은 하루 사이에 일어나지 않고 이처럼 일주일 혹은 며칠 간격으로 일어났기 때문에 무심코 하는 행동이 아니라 일관된 목적을 지닌 행동처럼 여겨졌다. 처음 몇주 동안은 그의 행동에서 특별한 낌새를 눈치채지 못했으나 두달이 지나자 그의 자리 이동이 퍽 신경질적인 행동이라는 기분이 들었다. 머리를 매만지기 위해 거울 앞에 섰다가 떠났다가 다시 돌아오기를 반복하는 까다로운 멋쟁이라도 보는 듯했다. 한번 벤치에 앉으면 좀처럼 자세를 바꾸지 않는 노인이 어느날이 되면 인내심의 한계에 다다른 듯 자리를 바꾸는 이유가 궁금해졌다.

노인은 공원 남쪽 언저리를 떠나지는 않았다. 과감한 구청장이 성급하게 공원을 조성하면서 재생고무가 섞인 아스콘으로 조깅 트랙을 깔았는데 처음에는 환영받던 이 트랙이 다른 구의 친환경적인 트랙과 비교되면서 민원이 발생했다. 초여름으로 접어들 무렵 포클레인과 인부들이 몰려와 트랙을 갈아엎으며 공사가 시작되었다. 그라인더와 천공기가 내는 소음이 도서관 유리창을 우박처럼 두들겼고 이따금 건물 전체가 쿵 울릴 정도의 진동이 느껴지곤 했다. 지하에서 발파 작업이라도 하듯 알 수 없는 진동이 열람실을 강타하면 백여개의 머리통이 일제히 칸막이 위로 둥둥 떠올랐는데 그럴 때마다 누군가의 카세트에서 이어폰 잭이 빠지면서 미국인의 목소리가 조롱처럼 울려 퍼지곤 했다. 누구도 알 수 없었다. 조깅 트랙을 갈아엎는 공사의 소음이 그토록 웅장한 이유를. 아마도 다른 곳에서 규모가 큰 공사가 진행되는 중이리라고 짐작할 뿐이었다. 도시건축을 전공했다는 누군가는 외곽순환고속도로 지하구간 공사장이 이곳에서 멀지 않으며 그곳에서 터뜨린 다이너마이트 소리가 도시의 하수관을 따라 여기까지 흘러들어온 게 분명하다고 말했지만 아무도 귀담아듣지는 않는 듯했다. 차라리 도서관에서 삼백 킬로쯤 떨어진 어떤 곳에서 지진이 일어났다고 하는 편이 더 나았을 것이다. 노인은 소음과 흙먼지를 견디며 벤치를 지켰다. 노인 앞으로 지나는 트랙을 뒤엎던 인부들이 안전을 이유로 노인을 다른 장소로 안내하려 했지만 헛수고였다. 그라인더가 그의 발아래서 불꽃을 튀겼고 천공기가 날려 보낸 돌 부스러기가 그의 무릎에 맞고 떨어졌다. 도서관 자치위원회가 소음에 항의하자 공사 감독관은 도서관 외벽에 소음차단벽을 설치하겠다고 위협했다. 도서관 이용자들은 차단벽이 정작 소음은 못막고 시야만 답답하게 할 것을 우려해 참을 만하다며 자치위원회를 만류했고 공사가 끝날 때까지 통유리에 달린 작은 창들을 폐쇄하는 것으로 결론이 났다.

공원을 찾는 노인들은 우르르 도서관으로 몰려와 신문 열람실에서 고성을 지르며 서로 다투다가 지하 구내식당으로 내려가 형편없는 식재료에 투덜대면서 밥을 먹고 쉼터에 앉아 자판기에서 뽑은 율무차 따위를 홀짝대면서, 커피를 마시거나 담배를 피우는 젊은이들을 한심하다는 듯 노려보곤 했다. 그들이 쉼터에 몰려 있으면 도서관 이용자들은 말년병장 앞에 선 이등병처럼 주눅이 들어 슬금슬금 공원 쪽으로 물러났는데 공사가 시작된 뒤로는 그럴 수도 없어 식사 뒤에 누리는 짤막한 휴식시간을 아예 포기해버리기도 했다. 나는 그런 노인들 가운데 몇몇의 집요한 눈길을 받으면서도 꿋꿋이 버티곤 했는데 내게 훈계를 하고 싶어 몸살이 날 지경이라는 걸 눈빛만으로도 알 수 있었다. 그들은 나이를 먹으면서 가장 먼저 이성이 파업을 한 사람들처럼 굴었다. 그들의 눈빛은 내게 많은 생각을 떠올리게 했다. 무엇보다 그 나이를 먹을 때까지 죽지 않고 살아남았다는 자부심이 느껴졌다. 나는 그들의 자부심을 존경할 마음이 없었지만 한편으로는 그 나이에 이를 때까지 살아남을 자신이 없는 스스로가 초라하게 여겨지기도 했다. 윤희는 내게 야심을 지녔으되 그것을 실행할 능력이 부족한 사람들이 흔히 빠지게 되는 자기혐오일 뿐이라고 말했다. 하지만 윤희는 그 견해를 곧바로 철회했다. 내게 애초부터 야심이라는 게 있기나 했는지 의문이라는 사족을 달면서. 우리는 주말이면 여느 연인들과 마찬가지로 극장에 가거나 미술관에 갔다. 주말의 데이트가 연극 리허설처럼 여겨졌을 때 윤희가 분통을 터뜨렸다. 이게 다 너 때문이야! 그렇다. 나 때문이었다. 최연소는 아니지만 이른 나이에 지점장에 올랐을 때 나는 얼떨떨했다. 드문 일은 아니었으나 내가 그런 지위에 오르리라고 생각해본 적은 없었다. 내가 지점장이 되었을 때 보험업계는 불황이었고 아마도 그게 내가 지점장이 된 가장 큰 이유였을 것이다. 새로 영입한 두명의 판매원은 나와 동갑이었는데 고객들에게 사기를 치고 수금한 돈을 챙겨 달아났다. 지점장이 된 지 반년 만에 사표를 쓰고 나왔을 때 윤희는 우리의 결혼을 당분간 미루는 게 좋겠다고 말했다. 나는 고개를 끄덕였다. 윤희가 권하는 대로 공무원시험을 준비하기 위해 순순히 학원에 등록했고 앞날이 불투명하기로는 나 못지않아 보이는 젊은이로 우글대는 구립도서관을 다니게 되었다. 그날 윤희는 미술관 앞에서 쭈그리고 앉아 가슴을 두드리며 울었는데 왜 우냐고 묻는 내 목소리는 내가 듣기에도 바보스러웠다. 네가 한심하고 내가 한심해서 그래. 내가 한심하다는 말은 금방 알아들었지만 윤희가 스스로를 한심하다고 한 말은 여러번 곱씹어보고서야 알아들었다. 한심한 놈을 만날 수밖에 없는 한심한 년이라는 뜻이었다. 알아듣게 되자 화가 났다. 언젠가 우리는 길거리에서 삿대질을 하며 싸우는 연인들을 보며 소리 죽여 웃기도 했는데 이번에는 우리가 그런 꼴이 되었다. 다시 입에 담기 힘든 비난이 서로를 겨냥하며 날아갔다. 다음날 아침 발가락이 몹시 아파 병원을 찾아가다가 싸이드미러가 부서진 승용차를 둘러싼 일가족을 보았다. 중년의 가장이 비슷한 연배의 아내에게 변명이라도 하듯 더듬거리며 무언가를 설명하는 중이었고 부모가 험악하게 싸우지나 않을까 불안해하는 게 역력한 초등학생과 중학생쯤 된 자매가 서로의 손을 꼭 잡고 있었다. 아마도 그들은 휴일의 외식을 포기해야 했을 것이다. 골절이 아니라는 진단을 받고 간단히 응급처치를 한 뒤 돌아오는 길에 승용차 앞에 홀로 앉아 금방이라도 눈물을 왈칵 쏟을 듯 절망적으로 담배를 피우는 중년 사내를 그냥 지나치지 못한 나는 무릎을 꿇고 용서를 빌었다. 제가 범인이에요. 중년 사내는 한참을 말없이 담배만 피우다 왜 그랬냐고 물었는데 그 목소리가 무척이나 다정해서 나는 그만 윤희와 어떻게 다퉜는지를 시시콜콜 털어놓고 말았다. 우리는 함께 자동차 정비소에 가서 싸이드미러 수리를 부탁했는데 정비소 직원은 통째로 교환하지 않으면 순정부품으로 수리해줄 수 없노라고 했다. 우리는 함께 분통을 터뜨렸고 익히 소문으로 들어 아는 자동차 부품 업계의 횡포를 일일이 거론하며 분개했다. 정비소 직원이 내놓은 싸구려 재생부품에 또 한번 발을 굴렀다. 그리고 중년 사내는 점점 대범해졌다. 남자는 약하지만 가장은 강하다! 부서진 것과 똑같은 걸로! 이왕이면 열선이 들어간 걸로! 전동접이식이면 좋지 않을까? 결국 내 일주일치 생활비가 전동접이식 싸이드미러라는 거품이 되어 사라졌다. 우리는 공원 근처의 중국집에서 짜장면과 짬뽕을 안주 삼아 고량주를 서너병 마셨고 유익하긴 하지만 실현 가능성은 적은 충고를 듬뿍 사례로 받은 뒤 형님 아우 사이가 되어 각자의 집으로 돌아갔다. 그뒤로 나는 중년 사내와 종종 골목에서 마주쳤는데 그이가 아내 몰래 의미심장한 눈짓을 할 때마다 사는 일이 고단할 게 분명한 저 일가족과 맺게 된 고약한 인연을 새삼 돌아보게 되었다. 소심한 두 딸과 어수룩한 남편을 둔 중년의 여자가 나를 바라보는 눈길에는 의혹이 가득했으며 이처럼 낯선 누군가에게 불한당 취급을 받을 수밖에 없는 내 신세가 다시 처량하게 여겨지는 것이었다.

윤희는 한동안 내 전화를 받지 않았다. 이렇게 차이는구나 싶었는데 토요일 오후에 전화가 왔다. 나랑 싸운 거 후회해? 그럼, 당연하지. 내 가슴 작다고 한 것도? 으응. 언제는 네 손에 딱 맞는다며 좋다더니(그런 얘기까지 할 필요는 없지 않은가.) 난쟁이 똥자루 운운하며 키 작은 여자는 원래 좋아하지 않았다고 했던 것도? 못생겼으면 성격이라도 좋아야지 했던 것도? 이런 식으로 윤희는 내가 어떤 비난의 말을 퍼부었는지를 세세히 상기시켜주었고 새삼 우리 역시 남들과 다를 바 없이 저속하고 비루한 방식으로 다투었음을 알게 되었다. 도서관 앞이니까 나와. 이미 나는 도서관 앞이었다. 나를 충분히 징계했다고 여겼는지 윤희는 언제 다툰 적이 있느냐는 듯 팔짱을 꼈다. 열람실을 구경시켜줄 수는 없는 노릇이어서 아직 쓸쓸한 겨울 끝 무렵의 공원을 거닐었다. 실추된 명예를 회복하려는 듯 우리는 고상한 단어들을 동원해 대화를 나누었고 그럼에도 불구하고 손상된 자존심을 온전히 되찾을 수는 없었다. 그러나 윤희의 머리에서 은은하게 풍겨 나오는 싸구려 샴푸 냄새와 팔뚝에 와 닿는 부드러운 젖가슴을 느끼며 나는 안도했다. 굳이 묻지는 않았다. 그사이 윤희에게 무슨 일이 있었다 해도 상관이 없지 않은가. 이렇게 지금 내 옆에 있으니 다행이다. 물론 짐작은 할 수 있었다. 윤희에게는 나 외에도 저울질할 수 있는 사내가 두어명 더 있었다. 한 여자의 인생에 남자 서넛은 많다고 할 수 없었다. 어쩌면 그 사내들 가운데 윤희가 스스로 예사롭지 않다고 표현하는 가정형편에 무심한 사내는 나 하나뿐이었는지도 모른다. 윤희의 어머니는 한평생 외도를 하느라 가정을 돌보지 않은 남편을 원망하다 화병으로 세상을 떠났다. 윤희의 오빠는 아버지를 흠씬 두들겨 팬 뒤 칠레로 이민을 가버렸다. 윤희는…… 고독한 딸이었다. 가족 가운데 누구도 자신의 말에 귀 기울이지 않는다는 사실을 깨달은 뒤로 윤희는 반드시 필요한 말을 해야 할 때가 아니면 입을 다물었다. 말하지 않았다고 해서 말이 생겨나지 않는 것은 아니었으므로 윤희의 가슴 밑바닥에는 발설되지 못한 말들이 하역된 채 녹슬었다. 나는 윤희가 오래된 드라마의 단역배우처럼 절규할 때 가슴을 두드리는 이유도 그래서일 거라고 짐작했다. 진실은 알 수 없었다. 스스로를 방어하기 위해 불행을 실제보다 부풀려서 이야기했을 가능성도 있기 때문이다. 그러나 무엇이 진실이든 마찬가지로 상관 없었다. 윤희가 털어놓는 흔하고 진부한 가족사를 들을 때 나는 차라리 내가 말기 암환자거나 치명적인 유전 질병을 지닌 시한부 인생이라면 좋겠다는 생각을 했다. 윤희는…… 윤희라는 한 인간으로만 따지자면 내게는 퍽 과분한 상대였으므로.

그날이었다. 우리 결혼하자. 텅 빈 공원에서 윤희가 내뱉은 말이 바람에 뒹구는 쓰레기처럼 누군가에게 멱살을 잡힌 채 발을 질질 끌며 멀어져갔다. 윤희의 목소리에는 이처럼 의미심장한 문장을 이토록 가볍게 취급할 수밖에 없는 스스로에 대한 연민이 묻어났다. 지금 사는 집 부동산에 내놔. 혼수는 되도록 쓰던 것들 깨끗이 단장해서 쓰기로 하고 예물은 생략하자. 나는 간단한 커플링으로 도 만족해. 내가 저축한 돈은 집 구하는 데 보탤게. 그리고 묻지도 않았는데 윤희는 아버지에게 기대할 건 없으므로 요행을 바라지는 말자고 덧붙였다. 나는 한번도 본 적 없는 윤희의 아버지가—어 쩌면 미래의 장인이기도 할—조금 미워졌다. 왜 미운지 정확히는 알 수 없었다. 조만간 아내가 될 여자가 내 앞에서 초라해졌기 때 문인지도, 혹은 막연히 같은 남자이기 때문에 공유할 수밖에 없는 어떤 수치심이 내 안에서 꿈틀댔기 때문인지도.

부동산에 들렀을 때 나는 잘못 찾아온 게 아닌가 싶어 밖으로 나 갔다가 다시 들어가야 했다. 거기에 그 노인이 있었다. 사십대 후 반의 중개사는 나를 남동생이라도 대하듯 허물없이 굴었기에 나 는 손님용 소파에 앉아 노인의 뒷모습을 흘끔거렸다. 노인은 공원 에서와 마찬가지로 흐트러짐 없이 단정하게 앉아 중개사와 이야 기를 나누었다. 그의 목소리는 세월조차 할퀴지 못한 듯했다. 풍파 에 시달려본 적이 없는 듯한 맑고 낮은 톤으로 노인은 중개사가 맞 선 상대라도 되듯 매혹적으로 말했다. 부동산에 가보았냐는 윤희의 닦달이 아니어도 나는 도서관과 집을 오가는 길에 들르곤 하였다. 처음에 중개사는 전세 계약을 한 지 반년도 채 되지 않았는데 방을 빼려는 이유가 뭐냐고 물었고 나는 마땅히 핑계가 없어 결혼하기 위해서라고 답했다. 그뒤로 중개사는 내가 왜 결혼한 뒤 이 동네에 살아야 하는지 새로운 이유를 한가지씩 찾아내며 설득했고 기다렸다는 듯 신혼부부에게 딱 어울리는 집이 나왔다며 당장이라도 안내하겠다고 고집을 부렸다. 그 말을 해주자 윤희는 아무래도 상관없다고 했지만 나는 도서관 쉼터에서 전투적인 태도로 율무차를 마시던 사람들을 떠올리고는 고개를 저었다. 내가 이사 이야기를 했을 때 가장 복잡한 표정을 지은 사람은 바로 그 중년의 가장이었다. 그는 내가 이 동네를 뜨는 게 자신에게 이로울지 해로울지를 가늠하는 듯했고 내가 보기에는 대수롭지 않은 일인데도 무척 심각한 문제에 직면한 것처럼 흔히 사람들이 머리에 쥐가 날 지경이 되었을 때 그러듯이 안간힘을 쓰며 인상을 찌푸렸다. 그런 얼굴을 보고 있노라니 그 사내의 인생에 주제넘게 끼어든 것만 같아 나 역시 그와 똑같은 강도로 괴로워졌다.

노인이 자리에서 일어나 몸을 돌렸을 때 눈이 마주쳤다. 왠지 나는 허둥대는 심정이었고 나도 모르게 고개를 꾸벅 숙였는데 노인은 인자한—달리 표현할 수 없을 만큼 이 수식어가 딱 어울리는 그런 얼굴로 미소를 짓고 부동산 사무실을 사뿐사뿐 걸어 나갔다. 그사이에 재빠르게 냉커피를 들고 내 앞에 선 중개사는 왜 이 동네가 신혼부부에게 좋은 곳인지를 이전과는 다른 이유를 들며 설명했는데 이번에는 중개사의 말이 전혀 귀에 들어오지 않았다. 나는 호기심을 참지 못해 그 노인이 무엇 때문에 부동산을 찾아왔는지를 물었다. 중개사는 어깨를 으쓱하더니 이곳에 오는 사람은 집을 구하려는 사람과 살던 집에서 나가려는 사람밖에 없다며 힐난하는 목소리로 말했다. 설탕이 듬뿍 들어간 냉커피를 마시며 두가지 사실을 알게 되었다. 노인은 살던 방에서 나가려고 하는데 그 방이 전세 삼천만원짜리 반지하라는 것과, 전세 오천만원으로 살고 있는 내 방이 두달 가까이 나가지 않는 이유는 집주인이 전세금을 이천만원이나 올렸기 때문이라는 것이었다.

나는 내 방 침대에 누운 채 횡재한 기분으로 조금은 들떴다. 오천만원으로 칠천만원짜리 방을 얻어 살고 있는 듯해서였다. 하지만 그런 억지 행복은 얼마 가지 않았다. 윤희는 알지 못한다. 사표를 쓰고 나올 때 대출이 있었다는 걸. 그 돈으로 두명의 판매원이 회사에 끼친 손해를 갈음했다는 것도. 윤희는 전세 팔천쯤의 방 두칸짜리 빌라를 바랐다. 윤희가 이천쯤을 마련할 수 있었으므로 내가 거기에 천을 더 보태면 가능했다. 하지만 어디에서 그 돈을 구한단 말인가. 윤희는 전세자금 대출을 극도로 꺼렸는데 이유는 간단했다. 빚 없이 시작하고 싶어. 이해할 수 있었다. 대학 졸업 뒤 학자금으로 대출받았던 빚을 갚는 데 칠년이 걸린 윤희는 매달 꼬박꼬박 대출금이 자동으로 이체되는 통장을 바라보며 목숨이 빠져나가는 기분이었다고 했다. 나는 꿈을 꾸고 싶었다. 부유하고 상냥한 남자의 손에 윤희의 손을 넘겨주면서 행복하길 바라, 하고 얼굴을 우그러뜨린 채 말하는 꿈을. 그대신 꿈에 노인이 등장했다. 전세 삼천짜리 반지하방에서 꿈틀대던 거대한 구더기가 방문을 열고 계단을 오르면서 점차 회색 양복을 입은 늠름한 노인으로 변하는 꿈이었다. 내가 꿈에서도 납득할 수 없었던 건 그 노인이 행복한지 혹은 불행한지 알 수 없다는 점이었다. 왜 알 수가 없었던 것일까. 다른 꿈에서는 누가 등장하든 그 사람의 감정마저 선명하게 느낄 수 있었는데. 어쨌든 나는 무척 반가웠다. 딱히 우리에게 공통점이 있다면 같은 부동산에 방을 내놓았다는 거라고 할 수 있었다. 하지만 꿈에서 나는 그 공통점이 무엇보다 중요하게 여겨졌고 노인 앞에 무릎을 꿇은 채 어떻게 하면 당신처럼 곱게 늙을 수 있는지 비법을 알려달라고 사정하다가 잠에서 깼던 것 같다. 아마도 노인이 나를 후려치려는 듯한 몸짓을 하는 바람에 화들짝 놀라며 깬 것 같다. 가능하다면 나는 단숨에 노인이 되고 싶었다. 노인이 겪었을 삶은 생략한 채 우아하고 세련되게 단숨에 늙어서 감히 나를 어쩌지 못한 이 험난한 세상을 부드럽게 조롱하다 죽고 싶었다.

그즈음의 토요일 아침에 도서관으로 향하던 나는 승용차 앞에 쭈그리고 앉아 죽음에 임박한 사람처럼 헐떡이며 담배를 피우는 중년의 가장을 보았다. 형님…… 소리가 나오다 말고 쏙 기어들어 갔다. 일주일치 생활비를 들여 바꿔주었던 전동접이식 싸이드미러가 죽어 자빠진 개의 혀처럼 축 늘어져 있었다. 이번에는 내가 범인이 아니었으므로 나는 편안한 마음으로 위로의 말을 던졌다. 전혀 위로를 받은 표정이 아니었다. 외려 싸이드미러의 눈동자에는 이런 말들이 차례차례 떠올랐다. 이번에도 네 녀석이 한 짓이지, 분명히 너일 거야, 너여야만 해, 네가 했다고 말해줘, 제발 부탁이야…… 하마터면 나는 내가 한 짓이라고 거짓 자백이라도 해버릴 뻔했다. 그날 처음으로 대낮에 공원에서 노인과 대화를 나눈 터라 나는 탈진한 상태가 되어 조금 일찍 귀가해 침대에 누웠다. 현관문을 두드리는 소리가 났는데 소심하기 짝이 없는 소리여서 정말 누가 밖에 서 있다는 사실을 믿을 수가 없었다. 문을 열고 보니 싸이드미러였다. 나는 싸이드미러와 함께 주택단지 어귀의 실내포장마차에서 소주를 대여섯병이나 마셨다. 싸이드미러가 대뜸 내게 던진 충고는 바로 이거였다. 동생, 이 동네에서 살지 마. 그리고 한참을 전동접이식 싸이드미러를 부순 불상놈을 욕하더니 전동접이식에 익숙하지 않아 접이 버튼 누르는 걸 깜빡 잊은 자신을 저주하기도 했다. 이 동네 놈팡이들은 싸이드미러를 태권도 발차기용 미트쯤으로 아나 봐. 어쨌든 그 놈팡이들에 나도 속했으므로 맞장구를 칠 수는 없었다. 나는 이 중년의 가장이 유독 내게만 대범한 척 구는 거라고 짐작했다. 갓 입대한 신병이 동기들과 숨어 고참병을 욕할 때 익숙하다는 듯 내뱉는 상스러운 말들에 사실은 스스로도 놀라듯이 싸이드미러도 음탕하거나 상스러운 낱말을 발음할 때 어딘지 모르게 부자연스러웠으며 숨길 수 없는 불안이 묻어났다. 아마도 싸이드미러는 가정에서도 직장에서도 누구에게도 이와 같은 방식으로 대화하지는 않을 거였다. 그 사내의 고민을 들어줬으니 이번에는 내 고민을 털어놓을 차례였다. 마침 윤희에게 전화가 왔다. 윤희는 아버지와 어떻게 다투었는지를 자세히 설명했는데 이게 내게는 좋은 대화거리였다. 내 이야기를 듣는 도중에 사이드 미러는 김치찌개를 퍼먹다가 흰 티셔츠에 국물을 흘렸다. 손으로 탁탁 털어내는 바람에 김치조각이 내 술잔에 풍덩 빠졌다. 그 가장이 겪은 고통이 너무 커서 나는 불만도 드러내지 못한 채 조심스레 새 술잔을 가져와야 했다. 마누라가 난리를 칠 텐데. 이런 말끝에 중년 사내는 앞으로의 걱정 따위는 잊어버리겠다는 듯 쿵쿵대더니 나를 물끄러미 바라보았다. 그러니까 내 말이 다 끝났냐는 뜻인 듯했다. 나는 고개를 끄덕였다. 참 신기해. 어떻게 그런 정신으로 지점장까지 했는지. 사실은…… 전임 지점장이 자살을 했거든요. 싸이드미러는 놀란 눈으로 나를 훑어보았는데 마땅히 오래전에 귀신이 되었어야 할 녀석이 여태 목숨을 부지했다는 걸 이해할 수 없다는 눈빛으로 그렇게 했다. 우리는 점점 취했고 그러는 동안 내가 한 말을 싸이드미러가 귀담아듣는다는 확신은 없었다. 나는 점점 가련한 중년의 가장이 아닌 나 자신에게 속삭이는 듯한 기분이 들었고 사실이야 어쨌든 그날 대낮에 노인과 나누었던 대화를 그런 식으로 복기했던 것이다. 그 노인을 제가 두달 가까이 관찰했는데 참 이상하더란 말이죠. 형님도 저 공원에서 조깅 트랙 공사가 한창인 건 아시죠. ……노인은 부동산에서 지나쳤던 나를 기억했다. 으레 처음 낯을 트는 사람들이 나누는 인사 뒤에 달리 할 말이 없어 나는 방을 내놓으셨죠?로 시작하는 뻔한 수작을 걸었다. 그런데 사실 무척이나 궁금했어요. 오늘 낮에 그 노인이 젊은 여자와 대화하는 걸 보았거든요. 게다가 왜 노인이 공사 때문에 불편한데도 한사코 공원 남쪽 부근만을 고집하는지도 알고 싶었어요. 왜 사연이 없겠어요. ……노인의 말에 따르면 노인의 어머니는 바로 공원이 있던 자리에서 한줌 재가 되었다. 일제시대부터 그 자리에 화장터가 있었다. 그 시절 노인은 젊었고 어머니의 죽음에 가벼운 현기증을 느끼기는 했어도 진짜 슬픔이라 일컬을 만한 감정을 느끼지는 못했다. 매장하지 않고 화장을 한 이유만은 잘 기억했는데 내가 듣기에는 이런 불효자가 또 어디 있을까 싶을 만큼 매정하기 짝이 없었다. 명절이나 기일에 성묘를 하러 가기가 귀찮아서였다고 한다. 노인의 이야기에 귀를 기울이는 내내 땀이 흘렀다. 이마에 흘러내린 땀을 손등으로 닦는데 신경질이 났다. 노인은 이렇게 말했다. 어디인지 정확한 위치를 알 수 없어서라고. 화장터에서 고개를 돌릴 때 보았던 공원 북쪽 야산의 씰루엣이 기억에 선명한데 이 자리에서 보았는지 아니면 저 자리에서 보았는지 확신할 수가 없노라고. 나는 속으로 실없는 웃음을 흘렸던 듯하다. 이 노인은 범죄자인 것이다. 범인은 범행 현장에 다시 찾아온다고 하지 않던가. 젊은 시절에 저질렀던 죄를 확인하기 위해 돌아온 평범한 늙은이라는 생각에 그동안 내가 품었던 경외감은 배신이라도 당한 듯 허물어졌다. 이윽고 노인은 헛웃음을 흘리며 자조하듯 덧붙였다. 내가 왜 자네에게 이런 말을 하는지 알 수가 없군. 그게 다…… 죽은 마누라 때문이지. 나는 속으로 생각했다. 어머니도 여기서 불사르고 아내마저 이곳에서 불사르셨군요. 대단한 방화범이십니다. 내 생각을 읽기라도 한 듯 노인은 고개를 저었다. 그리고 내게 물었다. 혹시 아까 보았나. 감색 투피스를 입은 여인을? 나는 고개를 끄덕였다. 그 여인마저 불사르지 못해 아쉬웠나요?라고 묻고 싶은 걸 간신히 참으면서. 내 아내일세. 젊은 날의 아내지. 그리고 노인의 입에서 뜬금없는 말이 튀어나왔다. 아내는 웜홀을 통과해 여기에 나타난 거야. 그때부터 내 머릿속은 뒤죽박죽이 되었다. 노인의 정신이 온전하지 못한 거라는 생각이 들었다. 하지만 노인의 이야기에는 사람의 마음을 사로잡는 무언가가 있었다. 어렴풋이, 하지만 틀릴 수가 없는 기억이 떠올랐다네. 그 시절 어머니를 화장할 때 아내는 나와 함께 있었지. 어쩌면 그걸 기억하기 때문에 아내를 화장할 때 이곳을 선택했던 것인지도 모른다네. 젊은 날의 아내는 늙어버린 나를 알아보지 못하더군. 하지만 내가 고민을 털어놓을 대상이라는 사실만은 아는 듯했네. 아내는 내 앞에서 울었어. 젊은 날의 나와 결혼을 해야 할지 말아야 할지 고민이 된다고 했다네. 자네라면 뭐라고 대답했겠나? (그런 일이 일어날 턱이 없으므로 생각할 가치조차 못 느낍니다. 그런데 대체 웜홀이라는 단어는 어디서 배우셨나요.) 나는 단호히 고개를 저었네. 그 청년과 결혼하지 말라고. 내 말을 듣고 아내는 슬픈 얼굴이 되어 다시 웜홀을 통과해 과거로 사라졌다네. (정신이 이상한 게 틀림없다. 그 여인은 공원 출입구를 통해 빠져나갔다. 쉼터에 앉아 율무차를 마시던 사람들이 음흉한 눈빛을 교환하며 그 여인의 몸매를 품평하기도 했으니까.)

내가 노인과의 대화를 복기하는 도중 싸이드미러는 신음인지 웃음인지 모를 끽끽 소리를 여러번 냈다. 혀 꼬인 내 목소리가 내 귀에도 바보스럽게 들렸다. 나도 말할 겁니다. 나와 결혼하지 말라고요. 나처럼 한심한 놈과 살면 네 운명도 한심해지는 거라고 말해줄 겁니다. 호기롭게 외치면서 우리는 어깨를 걸고 비틀비틀 골목을 걸었는데 만약 중년 가장의 사모님이 허릿장을 지른 채 골목 한가운데 버티고 섰지 않았더라면 거기에 주차된 차들의 싸이드미러를 죄다 깨버렸을지도 모른다. 내가 마지막으로 들었던 말은 잘 가게 동생!이 아니라 칠칠치 못하게 찌개 국물이나 흘리고 이게 대체 무슨 염병지랄이야?였던 것 같다. 그날 꿈에서 나는 공무원시험에 합격했는데 싸이드미러를 깬 은밀한 범행이 뒤늦게 드러나 임용이 취소되었다. 다음날 아침 진저리를 치며 깨어난 나는 족히 삼 리터의 물을 마신 뒤 도서관이 임시휴관이라는 사실을 떠올리고는 다시 잠을 청했으나 그때까지도 머릿속에 맴돌던 의문 탓에 벌떡 일어나고 말았다. 싸이드미러는 대체 어떻게 내가 사는 방을 정확히 알았을까. 나는 슬리퍼를 신은 채 동네 주민답게 방심한 태도로 골목을 어슬렁거렸다. 승용차가 주차된 자리가 싸이드미러의 집 앞이라는 것쯤은 알았는데 그 오층짜리 빌라 어느 곳이 정확히 그 일가족의 거처인지는 알지 못했다. 그리고 나는 건물 북쪽 반지하방과 담 사이 공간에 걸린 빨래들 사이에서 지난밤 싸이드미러가 입었던 티셔츠를 보았다. 김치찌개를 흘린 그 티셔츠가 깨끗이 세탁되어 걸렸으나 나는 환상인 듯 티셔츠에 남은 얼룩을 보았다. 불현듯 싸이드미러가 정말로 외로웠을 거라는, 내게 보여준 관심이 진심에서 우러나왔을 거라는 생각이 들었으며 어쩐지 이 동네에 살아도 괜찮겠다는 오싹한 생각마저 스멀스멀 솟아나는 거였다. 일요일 오후 내내 나는 노인이 사는 반지하방을 찾으려 애썼으나 끝내 발견하지는 못했다. 중개사에게 주소를 물으면 간단한 일이지만 왠지 나는 어느날인가 반드시 노인의 방을 지나쳐가게 될 것이며 그런 순간이 오면 노인의 방을 알아볼 수 있으리라는 예감이 들었다.

일주일 뒤에 싸이드미러는 내 방 침대에 걸터앉아 수상쩍은 제안을 했다. 고상하고 세련된 노인이 필요해. 중견기업의 회장 역할을 맡아줄 배우가. 배우라뇨? 싸이드미러의 설명에 따르면 지인 가운데 불법적인 일에 천부적인 재능을 지닌 사람이 있는데 이른바 야동이라 불리는 동영상 사업에 손을 댔다. 퇴물로 분류된 몇몇 에로배우를 섭외했는데 성기가 노출되는 촬영인 걸 알자 줄행랑을 쳤다고 한다. 꼴에 배우 근성은 지녔단 말이지. 뻔한 거잖아. 스토리야 이미 나왔지. 몰래카메라 형식이라서 얼굴은 또렷하게 나오지 않을 거야. 주로 그 부분이 선명하게 나오도록 찍겠지. 그리고 싸이드미러는 오른손을 쫙 펼쳤다. 오천만원이오? 나는 한대 얻어맞았다. 오백이지. 우리는 함께 공원으로 갔다. 노인을 본 사내는 입을 딱 벌린 채 한동안 말을 잊었다. 우리는 모두 죄를 짓는 심정이었다. 싸이드미러가 노인에게 주섬주섬 설명을 하는 동안 나는 어쩌다 노련한 뚜쟁이 역할을 맡게 되었는지를 생각했다. 마지막으로 싸이드미러가 손가락 세개를 폈다. 남자는 비열하게 용감하고 가장은 용감하게 비열하다! 나머지 이백이 우리가 중간에 가로챌 소개비인 모양이었다. 초여름의 햇살을 받으며 도서관이 우울하게 타올랐다. 나는 노인이 대번에 고개를 저을 거라고 예상했지만 그 예상은 빗나갔다. 사흘 뒤 우리는 불법적인 일에 천부적인 재능을 지녔다는 사람과 술자리를 가졌는데 이 사람은 재능이 퍽 다양했는지 총연출과 촬영감독을 모두 겸했다. 스태프는 따로 없었고 스무살을 갓 넘긴 듯한 비쩍 마른 여배우와 내 또래의 사내가 전부였다. 노인과 나는 조촐한 술자리에서조차 소외를 당한 듯 말없이 구운 고기를 집어먹었다. 술자리가 파할 무렵 내 또래의 사내가 깨진 술병으로 제 손목을 긋더니 구급차에 실려가버렸다. 남은 다섯은 자리를 옮겨 이차를 갔는데 싸이드미러의 지인은 그 자리에서 바로 나를 배우로 캐스팅했다. 회장과 젊은 여자의 정사가 영상의 전반부라면 이 죽일 연놈들을 응징하기 위해 뛰어든 여자의 남자친구가 강간하듯 여자와 벌이는 정사가 후반부였다. 그 남자친구가 바로 내가 맡을 역할이었다. 노인은 담담했다. 노인이 지닌 범상치 않은 성스러움은 그런 자리에서도 퇴색하지 않았다. 반면에 나는 여배우의 놀림감이었다. 부들부들 떨었던 탓에 술을 자주 흘렸고 곱창이 숯덩이가 되도록 내버려두었다는 힐난을 들어야했다. 윤희의 전화를 받을 때까지도 나는 내가 어디에 있는지조차 알지 못했다. 윤희는 아버지와 화해할 수 없다는 사실을 강조하면서도 집을 나가버린 아버지에 대한 걱정을 숨기지 않았다. 아빠가 사는 방에 가봤는데 나간 지 며칠 되었는지 밥통에 남은 밥이 딱딱해졌더라고. 나는 방금 뚜쟁이에서 배우로 신분 상승했다는 말을 할 수도 없었거니와 그렇게 받을 출연료가 우리가 필요로 하는 금액에는 턱없이 미치지 못한다는 사실도 말할 수 없었다. 대체 무슨 일인데 그래? 그냥 아르바이트야.

이틀 뒤 노인과 나는 고급주택들이 위압적으로 내려다보는 골목 입구에서 악수를 나누었다. 얼마나 오래 걸릴지 알 수 없지만 여기에서 기다릴게요. 노인은 흔흔히 웃었다. 날개 꺾인 학 혹은 황새 한 마리가 사뿐사뿐 골목으로 걸어 들어갔다. 싸이드미러는 소개비를 포기했고 나는 배우 역할을 포기했다. 촬영장에서 생긴 일은 훗날 싸이드미러를 통해 들어 알게 되었다. 노인은 수줍어하기는커녕 그런 일에 익숙한 사람처럼 행동했다고 한다. 감독은 노인의 물건이 생각보다 크고 빳빳해서 주의를 줬다. 그렇게 하시면 안됩니다. 혐오감을 불러일으켜야 해요. 돈 많은 늙은이가 젊은 여자와 정사를 벌이는데 그렇게 힘차게 하시면 어떡합니까. 그제야 노인은 얼굴을 붉혔다고 한다. 놀던 가락이 있어서…… 그 동영상은 며칠 뒤 '강남 고급주택가 몰카'라는 따위 제목으로 인터넷을 떠돌았다. 물론 그곳은 강남이 아니었지만 무슨 상관이랴. 나는 동영상을 본 뒤 노인이 일인이역을 맡았음을 알게 되었다. 노인은 부유하고 염치없는 회장님 역할과 분노한 젊은 애인 역할을 동시에 해치웠다. 아마도 동영상 전반부에서 회장을 여배우와 떼어놓은 사람은 감독이었을 것이다. 노인은 옷을 갈아입고 뛰어 들어왔는데 그러면서 감독과 역할을 다시 바꾼 것이었다. 나는 무엇보다 거죽만 남은 노인의 비쩍 마른 맨몸이 서글펐다. 노인의 피부를 잡아당기면 낡고 해진 외투처럼 훌렁 벗겨질 것만 같았다. 이런 사실은 모두 노인이 사라진 뒤 알게 되었으므로 그날 어둑해질 무렵 골목 입구에서 노인과 재회했을 때는 노인 앞에 어떤 운명이 기다릴지 짐작도 할 수 없었다. 노인은 나를 이끌고 식당에 들어갔다. 미국산이 아닌 한우라는 사실을 주인을 불러 다짐까지 받은 뒤에야 주문을 했다. 내가 좀 게걸스럽게 먹는 쪽이라면 노인은 한우의 육질과 육즙을 음미하면서 한점 한점을 신중하게 씹어 삼키는 쪽이었다. 나는 노인이 촬영장에서 겪은 일을 짐작만 할 수 있을 뿐 정확히 알 수는 없었기에 심사가 쓸쓸하고 비참해서 부러 태연한 척하는 거라고 생각했다. 그래서 조심스러울 수밖에 없었고 어쩌다 우리가 이처럼 식당에 마주 앉아 비싼 쇠고기를 함께 구워먹는 신세가 되었는지를 떠올렸다. ……알 수 없었다. 그저 같은 부동산에 집을 내놓은 사람들이라는 공통점 외에는.

나는 노인에게 앞으로의 계획을 물었다. 노인은 이미 내게 말했다. 죽은 아내와의 사이에서 얻은 딸자식이 있는데 마흔이 가까운 지금에야 결혼을 하게 되었노라고. 돌아보니 연주—내 딸의 이름이라네—는 제 어미가 그렇게 되고 난 뒤부터 결혼을 서둘렀다네. 마음의 짐을 내려놓았다는 생각이었겠지. 어차피 나는 그 아이 마음 어느 구석에도 자리 잡지 못했으니 당연한 일이라고 받아들이네. ……나는 아내가 죽을 때까지 머물렀던 요양원에 들어갈 생각이야. 아내가 머물렀던 바로 그 방에 들어갈 거라네. 나는 왜 하필이면 그 방이냐고 묻지 않을 수 없었다. 이번에도 웜홀 운운한다면 귀를 딱 막은 채 고기만 먹으리라 작정하면서. 아내는 죽기 전 일 년 동안 그곳에 있었지. 자주 찾아보지는 않았다네. 아내는 정신이 먼 곳으로 가버린 지 오래였거든. 아내가 죽고 유품을 챙기러 갔을 때 무심코 창밖을 내다보던 중 내 몸에 금이 갔다네.—따지고 보면 그때부터 나 역시 부서지는 중이었지—창에 아내가 비쳤다네. 간호사는 아내가 창가에 앉은 채 요양원으로 통하는 길을 뚫어져라 바라보았다고 말해주었네. 무얼 하느냐고 물으면 집 나간 남편이 돌아오길 기다린다고 대답했다는 거야. 내가 그랬다네. 나는 자신만만하고 부유했지. 하지만 재주는 부족했어. 내가 떠난 동안 누군가는 나를 기다렸다는 이 단순한 사실을 깨닫기까지 너무나 오랜 세월이 걸렸어.

처음으로 노인의 이마에 잡힌 주름살이 눈에 들어왔다. 그 주름살은 마치 노인이 말하는 동안 서서히 모습을 드러낸 것만 같았다. 그 방이 폐쇄되는 바람에 내가 그 방에 들어가기로 결정되기까지는 어려움이 많았다네. 나는 무슨 뜻이냐고 물었다. 창에 비친 아내가 지워지지 않는다네. 요양원 관리자들은 그 일을 쉬쉬하면서 그 방을 폐쇄하는 것으로 소문이 퍼져나가는 걸 막으려 했지. 나는 약속했다네. 그 방에 앉아 창에 새겨진 아내를 보는 것으로 여생을 마칠 것이며 누구에게도 이 사실을 말하지 않겠다고.

나는 다른 의문이 솟는 걸 억지로 누르며(웜홀 못지않은 황당한 말이었으니 당연하지 않은가.) 왜 내게 말하는 거냐고 물었다. 내 딸과 결혼할 미래의 사위를 몰래 훔쳐본 적이 있다네. 자네와 닮았어. 물론 자네보다 나이는 많지. 사위는—이 낱말을 발음할 때 노인의 목소리는 처음으로 갈라졌다—내 딸이 어떤 환경에서 자랐는지 어떻게 그 삶을 견뎌왔는지 잘 안다네. 모르고서는 지낼 수 있지만 알고서는 그러기가 힘들지. 고마웠다네. 간절히 바라면 창에 새겨지기도 한다네. 간절히 바라면…… 노인이 간절히 바라는 게 무엇인지 알 수 없었으나 노인이 무언가를 간절히 바란다는 사실만은 알 수 있었다. 그게 무엇인지 나는 결코 알 수 없으리라. 하지만 한가지만은 안다. 불가능한 일이라는 것만은.

사흘 뒤에 부동산에 들렀다. 중개사는 두가지 소식이 있다고 말했다. 좋은 소식과 나쁜 소식인데 관례에 따라 나쁜 소식부터 전한다며 집주인이 전세금을 천만원 더 올렸다고 알려주었다. 좋은 소식은 노인의 방이 계약되어 새로운 세입자가 오늘 입주할 예정이라는 것이다. 나쁜 소식은 알아들었는데 좋은 소식은 한참이 지난 뒤에도 무슨 말인지 알아듣지 못했다. 중개사는 매니큐어가 벗겨진 손가락을 내 눈앞에 들어 올리며 부동산 중개업의 고충을 늘어놓는데 이따금 사무실 밖을 향해 고개를 돌리곤 했다. 그럴 때의 중개사는 고단한 삶을 사는 여느 사십대 후반의 여자와 마찬가지로 관록이 엿보였다. 여자의 관록이 말이다. 노인은 바로 어제 이

자리에서 모든 절차를 마쳤다. 중개사는 노인이 세 든 빌라 건물 전체를 주인에게 위탁받아 관리했기에 그 자리에서 바로 전세금을 내줬다고 한다. 그러자 노인은 고개를 젓더니 계좌번호가 적힌 쪽지를 보여주었다. 부탁이 있어요. 전세금 삼천만원과 이 돈 오백만원 모두 지금 이 계좌로 송금해주시오. 어르신 명의가 아닌데도 괜찮으세요? 노인은 중개사를 믿는다며 괜찮다고 말했다. 노인은 영수증을 써주었고 중개사는 노인이 원하는 계좌로 삼천오백만원을 송금했다. 나는 수취인의 이름이 연주가 아니냐고 물었고 중개사는 흥미롭다는 듯이 눈빛을 빛내며 송연주가 맞노라고 대답했다. 적어도 나는 노인의 성이 무엇인지는 알게 된 셈이었다. 내게 삼백만원을 남긴 독지가의 성을 말이다.

나는 중개사가 건네준 삼백만원이 든 봉투를 안전핀이 빠진 수류탄처럼 안고 후들거리는 다리로 집에 돌아갔다. 그런 내 꼴을 싸이드미러의 사모님이 목격했는데 그 눈빛은 더이상 예전처럼 냉담하지는 않았다. 철없는 도련님을 바라보는 노련한 형수의 눈빛이랄까. 그 눈빛 때문이었는지도 모른다. 나는 백오십만원을 싸이드미러에게 건네주었다. 아우! 감격한 싸이드미러의 품에서는 축축한 땀내가 났다. 어쩌면 조만간 네 식구의 둥우리에 초대를 받을지도 모른다는 기대가 생겼다. 그날 오후 나는 윤희의 자취방으로 갔다. 울어서 눈이 퉁퉁 부은 윤희를 달래 한시간 반이나 지하철을 타고 윤희의 아버지가 산다는 동네를 찾아갔다. 윤희가 알려주지도 않았는데 나는 어느 반쯤 부서진 계단 아래 굳게 닫힌 반지하방 현관문 앞에 섰다. 자물쇠가 없었으므로 윤희의 눈동자에 기대가 떠올랐다. 현관문을 열고 들어갔을 때 콧속으로 밀려들던 것—부재의 냄새라고 표현할 수밖에 없는 쓸쓸하고 지독한 향기에 눈물이 울컥 솟았다. 예상했던 것과 달리 집 안은 휑뎅그렁했다. 방은 텅 비었다. 내 눈에는 아무것도 보이지 않았으나 적어도 윤희의 눈에는—아버지에게는 딸이 있었으므로—그 방에 새겨진 아버지가 보였던 것 같다. 이윽고 골목 앞에 트럭이 섰고 새로운 세입자가 부동산 중개업자와 함께 방에 들어왔다. 중개사는 이 방에 살던 분은 어제 살림을 정리해 떠났다고 말했다. 나는 알 수 있었다. 윤희의 통장에 우리로서는 거금이랄 수밖에 없는 돈이 입금되었으리라는 걸. 아마 윤희는 평생 의문을 품은 채 살게 될 것이었다. 아버지가 살던 방의 전세금보다 많은 액수의 돈이 어떻게 입금될 수 있었는지. 나는 찾아내지 못한 노인의 방이 바로 이곳임을 알았다. 그리고 나 또한 알지 못했다. 윤희의 아버지는 어떤 방식으로 몸을 팔았는지를. 윤희의 아버지도 나를 아는지를. 내가 누군가에게 좋은 사위로 여겨질 수 있는지를. 윤희의 아버지는 어떤 방식으로 최초이면서 최후인 배역을 열연했는지를.

　나는 노인이 어디로 갔는지 알 것 같았다. 요양원에서 돈 한푼 없는 노인에게 방을 내줄 리는 없었다. 노인은 이제 이 세상에는 없는 텅 빈 존재인 것이다. 어느날 나는 동네를 산책하다가 세탁소에 걸린 낯익은 양복을 보았다. 세탁소 주인은 요즘 추세인 복고풍이라며 저렴하게 임대해주겠다고 말했다. 나는 양복을 빌려 입고 공원에 갔다. 그사이 조깅 트랙은 흙길로 바뀌었다. 노인의 옷을 입었다고 해서 단번에 노인이 될 수 있는 건 아니었지만 어쩐지 내 안에 노인이 한명 거주하는 기분이었다. 이쪽 벤치에도 앉아보고 저쪽 벤치에도 앉아보았다. 노인이 왜 그처럼 옮겨 다녔는지 알 것 같았다. 어디에서 보아도 그 산이 그 산이었다. 그러니까 노인은 영영 젊은 시절에 자신이 정확히 어떤 자리에 섰는지를 알 수 없었을 것이다. 그건 과연 한 사람에게 무척 쓸쓸한 일일 테다. 나는 쉼터에 앉아 의심쩍은 눈길로 나를 바라보고 있을 다른 노인들 쪽으로 시선을 돌렸다. 나는 노인처럼 다리를 꼬고 앉은 채 배우가 된 듯한 기분으로 턱을 슬쩍 끌어당겼다. 싸이드미러의 말이 귓가에 맴돌았다. 나는 저 노인들을 보면 저게 곧 나의 미래구나, 먼 일로만 알았는데 눈 한번 깜빡하는 순간 내가 저렇게 앉아 율무차를 마시겠구나, 이런 생각밖에 안 들어. 나도 그랬다. 혐오스럽지 않은 인간이란 처음부터 불가능했다. 정체를 알 수 없는 진동이 느껴졌다. 도서관에서 사람들이 우르르 몰려나왔다. 어쩐지 이 동네에서 살 수도 있을 것 같다는 즐거운 생각이 들었다.

배
회

그는 박 부장과 술을 마셨다. 그들은 서로를 위로해야 할 명분이
있었고 위로받을 자격이 있었다. 술자리는 우울했다. 가을이 깊어
저녁은 쉬이 이울었다. 서둘러 물든 한그루 은행나무가 그들의 테
이블을 내려다보았다. 그들은 이따금 고개를 들어 가로등 빛에 드
러난 은행나무의 뱃구레를 올려다보았다. 바람이 은행나무를 흔들
고 지나가면 연노란 이파리들이 뭍으로 끌려나온 물고기의 비늘처
럼 번득이다가 하나둘 팽그르르 돌며 그들의 머리와 어깨 그리고
등과 발치로 곤두박질했다. 주점 바깥 테이블에 자리 잡은 손님은
그와 박 부장뿐이었다. 그는 추운 줄을 몰랐고 박 부장도 마찬가지
였다. 어쩐지 이 술자리가 박 부장과 함께하는 마지막 술자리인 것
만 같았고 이런 불길한 기분을 과거에도 느껴본 적이 있는지를 잠

간 생각해보았다. 이내 그는 그런 생각 자체가 모두 부질없게 여겨졌다. 밤이 이슥했다. 서로를 위로하려는 한마디 말조차 서로의 슬픔을 박탈하려는 시도로 여겨질 즈음이었다. 취하고 싶었으나 취하지 않았고 취할 수 없었으므로 취하기를 간절히 바랐다.

자네도 잘 알 거야. 사람이 태어나서 가장 먼저 하는 게 뭔지.

당연히 압니다. 울죠.

맞아, 그다음엔.

웃죠.

아니야.

그럼요.

울음을 그치는 거.

말은 되네요.

그런 생각 해본 적 있나.

무슨 생각요.

태어나자마자 울었는데 그치는 법을 몰라 여태도 울고 있다는.

박 부장님은 감상적인 분이군요.

자네는 감상에 빠지는 걸 두려워하는 사람이고.

빈소를 지키는 상주는 박 부장의 막내였다. 고등학생인 상주는 맞절을 한 뒤 무슨 말을 해야 할지 몰라 무르춤하게 선 그에게 한 걸음 다가오더니 그의 주름진 손을 잡았다. 열일곱살 소년의 손은 부드럽고 차가웠다. 이 아이는 너무 이른 나이에 어른이 되길 강요

받았구나. 발달장애를 앓던 형의 죽음에 이어 아버지의 장례를 치르는 소년이었다. 조문객이 거의 떠나버려 휑뎅그렁한 접객실에 들어선 그는 구석자리 상 앞에 홀로 앉은 아내를 보았다. 직접 얼굴을 마주한 건 별거한 지 두달 만이었다. 아내는 그사이 더 늙어버린 듯했다. 아내의 눈에는 그 역시 그렇게 보일 거였다. 그를 바라보는 아내의 눈빛에는 여전히 헤아리기 어려운 감정이 담겨 있었다. 그는 아내 맞은편에 조심스레 앉아 소주 한병을 천천히 마셨다.

당신도 한잔해.

괜찮아요.

그는 소주 한병을 더 마셨다.

교통사고였다지.

사고가 아니었어요.

자살이었군.

자살이었죠.

박 부장의 부음을 듣는 순간 그는 자살한 것임을 알았다. 박 부장은 한밤중에 술에 취해 도로를 무단 횡단했다. 내리막길이 시작되는 곳이었다. 고개를 막 넘어온 트럭 운전자가 주의를 기울였다 해도 사고가 나기 쉬운 장소였다. 박 부장은 좀처럼 취할 만큼 마시지 않는 사람이었고 설령 폭음을 한다 해도 웬만해선 정신을 놓지 않는 사람이기도 했다. 적어도 그에게 그리고 그의 아내에게 박 부장의 죽음이 자살이라는 사실은 의심의 여지가 없었다. 의심의 여지가 없기에 비밀스러웠다. 누구나 알지만 영원히 공표될 수 없으므로.

난 그만 돌아가려네.

나도 일어서려던 참이었어요.

그는 아내와 함께 장례식장을 나섰다. 새벽이었고 눈이 흩날렸다. 아내는 그와 나란히 걸었으나 가까이 다가오지는 않았다. 장례식장 후문을 나서 주택가 이면도로를 걷는 동안 그와 아내는 아무 말도 하지 않았다. 술기운 탓에 걸음이 불안정한 그가 잠깐씩 설 때마다 아내도 발걸음을 멈추고 조용히 섰다.

일기는.

읽었어요.

어때.

더 혼란스러울 뿐이에요.

그가 무슨 말이라도 더 하려고 애쓸 때 아내가 말했다.

고모께서 임신하셨대요.

그는 아내의 얼굴을 물끄러미 바라보았다. 아내는 고개를 돌렸다. 아내의 희끗한 귀밑머리에 그의 시선이 머물렀다. 아내의 말투에서는 분노가 느껴졌다. 그가 혼란에 빠져 입을 다문 동안 아내가 택시를 잡았다. 그가 먼저 내렸다. 아내는 그가 택시에서 내리기 전에 분명히 이렇게 말했다. 당신은…… 죽지도 못해요?

그는 아내와 별거한 뒤 구한 원룸으로 돌아갔다. 눈은 여전히 분분히 흩날렸다. 창문으로는 저 멀리 십년 가까이 그들 가족의 보금

자리였으나 이제 아내 홀로 지키고 있는 아파트가 바라다 보였다. 샤워를 한 뒤 냉수를 두잔 마시고 시계를 보니 새벽 세시였다. 잠자리에 들었으나 잠은 오지 않았다. 술기운이 차츰차츰 가셨고 정신이 맑아졌다. 그는 고모가 임신했다는 아내의 말이 무슨 뜻인지 헤아려보았다. 그가 알기로 고모는 열아홉살에 처음 임신을 했고 스물일곱에 두번째 임신을 했으며 아내의 말이 사실이라면 일흔에 세번째 임신을 한 셈이다. 처음에는 유산을 했고 그다음에는 무사히 낳긴 했으나 생후 석달 만에 백일해로 잃었다. 세번째이자 마지막일 게 분명한 이 아이는 낳을 수가 없을 거였다. 상상임신일 테니. 고모는 상상임신을 한 사람들 가운데 최고령자에 속할 거였다. 어떤 방식으로도 고모의 헛된 믿음을 단념시킬 수 없으리라는 사실을 그는 잘 알았다. 초음파검사를 한 뒤 임신이 아니라고 일러준다 한들 이미 사십대 후반에 폐경을 맞았다는 사실을 상기시켜준다 한들 고모의 가슴 한쪽에 언제나 있었으나 이제는 뱃속으로 자리를 옮겨 똬리를 튼 단단한 신념을 파괴해버릴 수 있는 사람은 아무도 없을 터였다. 그는 동이 틀 무렵에야 잠이 들었다.

그는 아들의 학교 근처 커피숍에서 담임이었던 역사 선생을 만났다. 삼십대 중반인 역사 선생은 그동안 시간을 내지 못했던 건 일이 바빠서였지 만남을 피하려는 의도는 아니었다고 했다. 그는 역사 선생에게 아무것도 알아내지 못하리라 예감했다. 역사 선생은 그의 아들이 발표 과제를 무척이나 진지하게 대했다고 말했다.

그는 이미 알고 있었다. 사실 아들의 죽음과 학교생활은 큰 관련이 없어 보였다. 그의 아들은 여름방학 때 양평에서 열린 영어 캠프에 갔다가 사고를 당했다. 의심의 여지없이 사고였고 의심의 여지가 없다는 사실이 불안의 근원이 되어 그들 부부를 괴롭힐 즈음 그에게 한통의 이메일이 도착했다. 아들이 영어 캠프에 참가하기 전에 예약 발송한 일기였다. 예전에도 아들은 모든 이메일 계정을 없앴다가 되살리거나 새로 개설한 적이 있기에 그것을 결정적인 증거라고 볼 수는 없었다. 예약 발송된 이메일, 그것도 일기가 담긴 이메일은 한마디로 요령부득이었다. 그는 아내와 상의 끝에 학교 측에 아들이 평소 왕따를 당하거나 폭력에 시달리지는 않았는지 조사해줄 것을 요청했다. 그의 아들이 학교생활에 어려움을 겪었다는 증거는 찾아내지 못했다. 성적은 언제나 상위권이었고 교우관계도 원만했다는 식의 평범한 사실만 재확인할 수 있을 뿐이었다. 그와 역사 선생 앞에 놓인 찻잔의 커피는 식어갔다.

선생님은 정말 사고였다고 생각하시나요.

사고가 아니라면요.

자살이라면요.

그럴 리가요.

그럴지도요.

역사 선생은 손으로 이마를 짚고 생각에 잠겼으나 무언가를 심사숙고하기 위해서라기보다는 그의 말이 얼마나 터무니없는지를 확신하는 데 필요한 약간의 시간을 벌기 위해 그러는 듯했다. 역사 선생은 이마를 짚었던 손을 내리고 그를 바라보았다. 아버님의 심정은 이해가 가지만 아드님은 결코 그럴 학생이 아닙니다. 이렇게 단호하게 말하는 대신 그의 아들이 평소에 얼마나 부드럽고 정직했으며 동급생들 사이에서 신망이 높았는지를 더듬더듬 늘어놓은 건 그가 자식을 앞세운 부모라는 점을 배려해서인 듯했다. 그가 마음이 아팠던 건 자살을 무시무시한 범죄로 취급하는 듯한 말투 탓이었다. 역사 선생은 그에게서 아무것도 알아내지 못할 거였다. 그가 더이상 아무 말도 하지 않으리라 마음먹었으므로.

그는 고모의 아파트로 향했다. 고모는 생각보다 활기가 있었다. 그와 아내의 안부를 묻고 소소한 일상을 이야기하는 내내 그의 손을 어루만졌다. 고모의 손은 메마르고 차가웠다. 그러는 동안 그의 마음도 차분해져 고모의 임신을 두고 농담 몇마디쯤 던질 수도 있을 것만 같았다. 고모는 목소리와 달리 낯빛이 어두웠고 그를 바라보는 두 눈의 흰자위가 누랬다. 아들의 일기에서 보았던 문장이 떠올랐다. 고모할머니는 당신의 것이 아닌 시대를 사는 사람이며 한번도 자신의 시대를 살아본 적이 없는 사람이다. 그의 아들은 그의 고모가 살아온 세월이 신산하고 각박했음을 절감했던 듯하다. 아들의 일기는 중학생이 쓴 글이기에 현학적이거나 수사적이라는 느낌을 불러일으키지 않았다. 다른 형태의 삶을 간접적으로 체험할 수밖에 없기에 필연적으로 빈곤한 구체성을 추상성으로 대체하려다 균형을 잃는 부분이 간혹 눈에 띌 뿐이었다. 그렇게 느낀 가장 큰 이유는 무엇보다 아들의 글에 타인의 처지와 상황을 이해하고 공감하려는 자세가 엿보여서였다. 아들이 선택한 관념어는 의미가 고정된 단어가 아니라 아들에 의해 순수하게 체험된 언어인 것 같았고 그 서투름과 미성숙함이 외려 중학생에 불과한 아들이 쓴 기묘한 문장에 신선함을 불어넣는 듯했다. 그의 아들 역시 강요에 의해 너무 이른 나이에 어른이 되어버렸는지도 모른다.

그는 고모의 백발을 물끄러미 바라보았다. 푸석하고 윤기없고 숱 적은 머리칼이 언젠가 그 역시 미끄러져 들어가게 될 노인의 삶을 은유하는 듯했다.

너도 믿지 않지.

뭘요.

임신한 거 말이다.

그는 뭐라 말해야 할지 몰라 잠시 머뭇거렸다. 고모가 슬쩍 웃었다.

상대가 있어야죠.

상대가 왜 없겠니.

사실이라면 귀신이겠군요.

귀신이라면 믿겠니.

믿을게요.

피곤하다며 이부자리에 누운 고모는 손짓으로 낡은 자개 서랍장을 가리켰다. 그는 서랍을 열고 서류 봉투를 꺼냈다. 고모는 오래전부터 써온 소설이라고 했다. 소설보다는 수기에 가까웠으나 누가 뭐라 해도 고모는 소설을 쓴다고 믿을 거였다. 다른 일들이 그렇듯이 그 일도 고모의 고집 가운데 하나일 테니. 그는 고모가 건넨 서류 봉투를 받았다. 우두커니 앉아 고모가 잠들기를 기다렸다. 고모의 작은 아파트는 괴괴했고 외풍이라도 드는지 이따금 한기가 그의 목덜미를 쓰다듬고 지났다. 그는 현관을 나가 아파트의 기다란 복도를 걸어 엘리베이터를 타고 내려갔다. 한걸음 한걸음 그의 다리에 힘이 풀렸다. 그는 아파트 단지 입구 근처의 차가운 돌벤치에 앉아 지금 자신을 사로잡은 감정이 무엇인지 자문해보았다. 정확히 무어라 불러야 할지 알 수 없었다. 한편의 희비극을 감상한 기분이라고 해도 좋았고 악몽에서 깨어난 직후에 찾아오는 쓸쓸함이라 해도 좋았다. 어쨌거나 그는 서러웠다. 원룸으로 돌아간 그는 아내에게 전화를 걸었다.

정말 임신하신 건 아니겠죠.

당신 외숙부 기억하지.

기억해요.

증상이 비슷해 보여.

간암이신가요.

그런 것 같아.

입원시켜야죠.

소용없을 거야.

그는 마지막 말을 후회했다. 아내는 그의 이런 태도를 달가워하지 않았다. 그는 고모의 소설을 다시 읽을 생각이 없었다. 이미 아들의 일기를 읽으면서 고모가 소설을 쓴다는 사실을 알게 되었고 아들의 유품에도 프린트된 고모의 소설이 한부 있었다. 정확히 말하자면 고모는 소설을 쓴 적이 없었다. 지난 추억을 끊임없이 반추하기는 했으나 머릿속으로 그럴 뿐이었다. 고모는 종손인 그의 아들에게 손이 떨리고 눈이 침침해 글을 쓸 수 없으니 구술하겠노라 했고 그의 아들은 흔쾌히 고모할머니의 부탁을 들어줬다. 아들은 고모할머니를 찾아가 이야기를 들으며 녹음을 한 뒤 집에 돌아와 풀어서 쓴 듯했다. 어느날의 일기장에는 이렇게 쓰여 있었다.

고모할머니의 구술 태도는 노련한 배우를 연상시켰다. 강렬하고 결정적인 인생의 한순간을 언급할 때면 서투른 배우가 흔히 그러듯이 비장한 음성을 꾸미지는 않았다. 차라리 고모할머니는 침착하게 으르렁거리는 쪽이었고 그러한 태도에서 그 순간이 얼마나 격정적이었는지를 나도 모르게 실감하게 된다. 고모할머니가 살아오는 동안 맞닥뜨린 여러차례의 뜻하지 않은 불운을 묘사할 때면 과거 고모할머니가 느꼈던 불안과 공포가 손에 만져질 듯 생생하게 전달되어 나는 전율에 휩싸일 수밖에 없었다.

그는 이런 문장들에서 아들이 유서를 남기듯이 스스로의 감정 상태를 솔직하게 밝히려 애썼다는 사실을 감지하곤 했다. 역사 수업의 과제로 제출하기 위한 메모라 보기에는 지나치게 꼼꼼했다. 그것이야말로 한편의 소설이라 해도 상관없고 혹은 유서라 해도 상관없을 듯했다. 아들은 고모의 소설을 대필하는 기분을 일기에 이렇게 표현했다.

고모할머니의 삶을 대필하는 이 순간 고모할머니를 대신해 소설을 쓴다기보다 유서를 대필한다는 기분이 드는 건 어쩔 수 없다. 어쩌면 문학이란 유서의 수많은 변형태 가운데 하나에 불과할지도 모른다.

눈이 펑펑 쏟아졌다. 쌓이지는 않았다. 도로와 인도는 눈 녹은 물로 번들거렸다. 그는 십분 뒤 만나게 될 아이가 아들과 진정 어떤 관계였을지 생각해보았다. 그의 생각들이 정수리에서 가슴팍으로 분분히 쏟아져 쌓였다가 눈 녹듯이 스르르 녹아 발치로 흘러내렸다. 빨간 패딩을 입고 목도리로 얼굴을 반쯤 가린 아이가 구부정하게 선 그에게 다가왔다.

어떻게 알았니.

장례식에서 뵀어요.

그랬구나. 몰라봐서 미안하다.

괜찮아요. 한가지 먼저 말씀드리자면.

말해보렴.

사귀는 사이는 아니었어요.

너처럼 예쁜 아이와 그런 사이가 아니었다니 실망이구나.

저도요. 사귀었다면 훨씬 나았을 거예요.

그러지 않아서 문제라도 있었니.

어떤 면에서는 존경스러웠거든요.

아이는 눈을 치켜뜬 채 그를 바라보았다. 그는 아이의 뒤를 따랐다. 아이가 들어간 곳은 패스트푸드점이었다. 주문한 음식이 나오기를 기다리는 동안 그는 창밖 거리를 바라보았다. 내리는 눈 탓인지 그가 실감하는 시간이 차츰 헝클어졌다. 패스트푸드점 내부를 채운 공기는 따뜻했지만 역겹기도 했다. 이층에 올라 작은 탁자에 마주 앉자 아이는 그의 몫으로 주문한 햄버거의 포장을 벗기고 플라스틱 칼을 꺼내더니 서슴없이 반으로 갈랐다. 아이는 자신의 몫으로 주문한 햄버거도 반으로 잘라 한조각씩 교환했다.

이렇게 먹었구나.

어떻게 아셨어요.

그냥 안다.

여기에서 자주 만난 것도요.

……그래.

햄버거를 먹던 아이가 그를 물끄러미 바라보았다.

정말 알고 싶으신 게 뭐예요.

그날 보았던 거.

알고 계시잖아요.

경찰한테만 들었다.

경찰에게 말한 그대로예요.

혹시 두 팔을 양쪽으로 활짝 벌렸니.

날개처럼요.

그래, 날개처럼.

어떻게 아셨어요.

그냥 안다.

그걸 뭐라 부르죠.

고가 농수로.

그 위에서 발을 헛디뎠을 때 그랬어요.

팔을 벌려서 발을 헛디딘 건 아니고.

……잘 모르겠어요.

내게 말해줄 수 있는 확실한 건 없니.

팔을 허우적거리지 않은 건 확실해요.

왜 경찰한테 그 말은 안했니.

아이가 고개를 숙였다. 아이의 어깨가 가늘게 떨렸다. 이윽고 아이가 고개를 들어 그를 바라보았다. 두 볼 위로 흐르는 가느다란 눈물 줄기가 패스트푸드 매장의 조도 높은 인공 빛을 받아 섬세하게 반짝였다. 아이의 눈동자에 비열할 수도 있는 중년 사내의 왜곡된 얼굴이 비쳤다.

자살이라고 생각하시는 거죠.

그럴 수도 있다고 생각한다.

저도 그렇게 생각해서 말할 수 없었어요.

자리에서 일어난 그는 아이에게 죄를 지은 기분이 들었기에 아이의 얼굴을 바라볼 수 없었다. 눈은 여전히 펑펑 쏟아졌다. 어느새 늦은 오후였고 기온이 하강하면서 인도에는 한꺼풀의 눈이 쌓였다. 그는 고모의 소설에서 아들의 전형적인 문체로 쓰인 문장을 떠올렸다.

미식가의 욕망은 인간을 맛보려는 은밀한 욕망을 효과적으로 은

폐할 수 있는 한에서만 윤리적이다. 미식가가 최후의 순간에 윤리의 금제를 뛰어넘기 위해 자신의 살점을 뜯어 구워먹는 게 놀랍지 않은 이유는 추락의 욕망이 비상을 통해 실현되고 비상의 욕망이 추락을 통해서만 실현될 수 있는 것과 마찬가지이기 때문이다.

이어지는 문장은 그의 고모가 스물여덟살일 때 백일해를 앓던 갓난아기를 포대기째 묶어 강에 던져버리는 장면을 묘사했다. 그 다음 문장은 이러했다.

윤희는 자신의 품에서 헐떡이던 아기가 딱딱해진 걸 알았다. 윤희는 황톳물로 흐르는 탁한 강을 내려다보며 강을 경계 삼아 저 너머 깊은 심연에 가난하고 못생긴 자들이 억압받지 않고 살 수 있는 새로운 세계가 있으리라는 헛된 희망을 되새겼다. 윤희는 두 팔로 그러안은 포대기를 슬쩍 놓았다. 윤희에게 그것은 헬륨 풍선의 엉덩이를 툭 쳐서 저 하늘로 떠워 올리는 행위와 별다르지 않았다. 강은 입을 벌려 포대기째 추락하는 아기를 덥석 받아 삼켰고 그 순간 강 위로 발을 질질 끌며 불어가던 바람 소리였는지 혹은 온몸을 꿈틀대며 북으로 흐르는 강이 뒤척이던 소리였는지 알 수 없으나 아기 울음이 환청처럼 들려왔다. 그 울음은 앞으로 평생을 두고 윤희의 내부에서 끝없이 재생될 소리였다.

그는 이 장면이 고모가 유일하게 출산했던 아기의 죽음에 얽힌 비밀을 드러내주는 것임을 알았다. 만약 소설에서 묘사된 장면이 사실이라면 그가 전혀 알지 못했던 고모의 비밀이라고 할 수 있었다. 그러나 비밀이란 얼마나 무용한가. 고모가 석달밖에 안된 아기를 강물에 던져버릴 때 아기가 정말 숨이 붙어 있었는지 아니면 고모가 스스로를 학대하여 역설적으로 죄책감을 희석하기 위해 고안한 거짓말이었는지 가늠할 방법은 없었다. 그가 아는 고모라면 차라리 후자가 진실에 가까울 테고 그의 아들이라면 아마도 전자를 믿었을 거였다. 그의 아들은 생의 비밀이 지닌 이중성을 이해하기에는 너무 순진했을 테니까.

점묘화의 아이러니는 화면 전체를 빈틈없이 점으로 채우는 순간 새로운 여백이 탄생한다는 데 있다. 점과 점이 겹쳐지는 지점에 원근이 생겨나는 동시에 원래 평면이었던 화면에 입체감이 부여된다. 무수히 많은 점으로 화면을 뒤덮으려 애쓸수록 무수히 많은 여백이 태어난다. 이 여백은 시선으로 포착할 수 없는 곳에 존재하기에 존재의 궁극적인 정체성이라 부를 수 있다. 비유하자면 사람은 폭설이 내리는 날 허공을 그으며 낙하하는 한송이 눈과 같다. 폭설이 폭설다울수록 세상은 폭설로 수렴되지만 눈송이들이 겹쳐지며 시야에 가려진 공간이 무한대로 늘어나면서 이 세계는 원래 존재했던 것보다 수천수만 배의 크기로 확장된다. 인간이 흔해진 시대에 인간을 조롱하지 않으면서 삶의 의미를 구현할 수 있는 단 하나의 방법은 저 눈송이들이 빈틈없이 허공을 채우는 순간 세계가 무한히 확장되듯이 인간이 지구 위에서 한없이 증식할수록 인간과 인간 사이의 거리라는 추상적 공간이 무한히 확장되어 인간 세계가 무량해진다는 사실을 인정하는 것이다. 인간의 의미는 인간에게 있지 않고 인간과 인간 사이 그 공간, 여백이라 불러도 좋고 무어라 불러도 좋은, 그러나 단 하나 분명한 점은 결코 인간에게 속하지 않는 그 공간에 있다.

그의 아들은 이 일기의 마지막 단어 옆에 괄호를 치고 이렇게 덧붙였다. 있을지도 모른다. 이 일기가 씌어진 날 그의 가족은 함박눈이 내리는 세종로를 함께 걸었다. 그의 아들은 두어걸음 뒤에서 그와 아내를 따라왔고 아들의 눈에 비친 눈 내리는 풍경에서는 그와 아내 역시 하나의 눈송이로 인식되었을 것이다. 그의 아들은 조금 서글펐을지도 모른다. 이 세상을 지우고 이 세상에 감춰진 또다른 세상을 불러내기 위해 하나의 점으로 살 수밖에 없는 부유하는 존재들. 부모마저 그런 존재라는 사실을 문득 깨달았을 때 어쩌면 그의 아들은 인간이란 이처럼 비루하고 비참하게 존재하여 숭고한 존재라는 생각을 갖게 되었을지도 모른다. 그는 패스트푸드점 현관에서 오래도록 눈 내리는 거리를 바라보았다. 그는 등 돌려 패스트푸드점 안으로 들어갔다. 아이는 그가 돌아오길 기다렸던 것만 같았다. 그가 자리를 떠날 때 모습 그대로 단정하게 앉아 있었다.

고가 농수로에서 발을 헛디며 추락하는 걸 보았지.

맞아요.

그 아래는 계곡이었고 네가 있는 곳에서는 계곡이 보이지 않았어.

실감이 나지 않았어요.

네 비명을 듣고 사람들이 계곡으로 달려갔지.

저도 뒤늦게 정신을 차리고 따라갔어요.

거기에서 본 건 내 아들이 아니란다.

무슨 말씀이세요.

고가 농수로에서 추락한 아들과 계곡에서 발견된 아들은 같은 사람이 아니니까.

잘 모르겠어요.

넌 추락하는 내 아이를 본 게 아니라 비상하는 내 아이를 본 거야.

정말로 그렇게 생각하세요.

그렇단다, 얘야. 슬퍼하지 않아도 돼.

위로가 되지는 않아요.

언젠가는 위로가 될 거란다.

그의 고모는 배가 조금 부풀었다. 복수가 차서 그럴 테지만 고모는 배 속 아기가 자라는 중이라고 믿었다. 그는 아들의 유품에서 찾아낸 고모의 소설과 고모가 직접 건네준 소설이 많이 다르다는 사실을 뒤늦게 발견했다. 백일재를 치르고 돌아온 날 아내는 그가 지내는 원룸으로 함께 왔다. 그가 괜찮다고 손사래를 쳐도 아내는 묵묵히 청소를 하고 빨래를 하고 냉장고를 정리했다. 아내는 그가 책상 겸 밥상으로 쓰는 작은 플라스틱 상 앞에 앉아 고모의 소설을 읽었다. 어디쯤인가를 읽다가 고개를 들고 그에게 물었다. 당신 알고 있었나요? 뭘. 고모님께 친오빠가 있었다는 거. 고모한테는 남동생인 우리 아버지뿐이야. 이거 안 읽었군요. 아내가 돌아간 뒤 그는 고모가 건네준 소설을 차근차근 읽었다. 읽다가 원래 가지고 있던 소설을 꺼내 다른 부분들을 비교해보기도 했다. 그가 이미 읽었던 소설은 그가 아는 고모의 인생사 그대로였으나 새로 읽게 된 소설에는 그가 짐작도 하지 못했던 많은 비밀들이 묘사되어 있었다. 이전의 소설은 고모가 구술한 걸 그의 아들이 별다른 수정 없이 어조의 일관성만 부여해 서술한 것이라면 고모가 건네준 소설은 아들의 일기에서 엿볼 수 있는 문체와 똑같은 문체였다. 그가 짐작하기로 아들은 고모할머니의 인생사를 받아 적는 것으로 만족하지 못했던 듯하다. 구술된 이야기의 일화들 사이에 도저히 납득할 수 없는 모순이 있거나 다 말하지 않은 채 감춰둔 것들을 모른 체하기 힘들었던 것이다.

그가 처음 맞닥뜨린 그의 기억과 어긋나는 부분은 할머니의 제사가 있던 어느 해 봄날이었다. 그해 봄 그의 고모는 쇠락의 징후는 있었으나 아직은 한창 가동 중이던 방직공장에서 일했다. 고모가 방직공장 기숙사를 나설 무렵은 이미 밤이었다. 그 시절에 보통 제사는 자정에 치러졌다. 아직 자정까지는 두어시간 남았고 밤길이라고는 해도 한시간 안에 도착할 수 있을 것 같았다. 낮 동안은 화창했던 하늘이 어디선가 몰려온 구름에 가려 어두웠다. 군데군데 구름층이 얇은 곳만이 희미하게 달빛을 걸러 보내고 있어 하늘은 덕지덕지 꿰매놓은 상보 같았다. 그의 집에서는 촌수는 멀지만 그나마 친척이라 할 수 있는 몇몇 어른들이 모여 자정이 되기를 기다리고 있었다. 그의 어머니와 아버지는 멀리서 개 짖는 소리가 들리면 그의 고모가 온 게 아닌가 싶어 문을 열어보곤 하였다. 언제 기숙사를 출발했는지 알고 있던 터라 도착할 시간이 얼추 지났음에도 부산스러운 고모의 목소리와 발소리가 들리지 않자 밤길을 걱정하는 말이 한두마디씩 툭툭 튀어나왔다. 이윽고 자정을 삼십분쯤 남겨두었을 때 그의 고모가 도착했다. 하얗게 질린 얼굴이었다. 그의 아버지가 뛰어나가 누님을 부축했고 그의 어머니는 물그릇을 들고 부엌에서 나왔다. 숨을 헐떡이며 가슴을 두드리던 그의 고모는 천장에 백열등 하나 매달린 조붓한 방에, 제상까지 차려진 터라 더욱 비좁은 방에 길게 누웠고 사람들은 고모의 몸을 주물렀다. 이윽고 자정이 되었다. 그의 부모와 친척들은 고모에게 무슨 일이냐고 묻지는 못한 채 억지로 궁금증을 삭이며 제사를 지냈다. 제사를 다 지낸 후 고모가 털어놓은 이야기는 이러했다. 아랫마을에서 그의 마을로 오려면 무지개다리를 하나 건너야 했다. 장마철이면 종종 물에 잠겨 쓸모가 없게 되는 작은 다리였다. 그러나 그 길이 빠른 길이었고 그 다리를 건너지 않으려면 먼 길을 돌아와야 했다. 봄 가뭄으로 개울이 넘칠 일은 없으니 고모는 당연히 무지개다리를 건너는 길을 바라고 걸어왔다. 잡초가 무성한 개울가에는 관목들도 어지럽게 자라 어둠보다 어두워 그 속에 무언가 숨어 있을 것만 같았다. 고모는 무지개다리를 건너다 우뚝 섰다. 다리 건너편 어른 키만 한 나무 옆에 누군가 서 있었다. 고모는 그게 사람이 아니라는 걸 대번에 알았다. 그의 어머니가 고모에게 누구였냐고 물었다. 고모는 어머니였다고 대답했다. 친척들은 제사 지내러 오는 걸 알고 어머니가 딸을 마중하러 갔던 모양이라며 혀를 찼다. 고모는 무서워서 새벽길은 차마 못 가겠노라고 하더니 친척들이 모두 돌아가고 그의 식구들만 남자 서둘러 집을 나섰다. 이 일화는 그가 너무나 자주 들어서 고모를 생각하면 가장 먼저 떠오르는 이야기였다. 고모를 비롯해 그의 부모마저 이 일화를 되풀이해서 이야기해온 이유는 그의 할머니가 당신의 제삿날에 맞춰 왔다가 친딸도 아닌 수양딸의 밤길을 살펴주기 위해 마중 나갔다는 사실이 애틋해서만은 아니었다. 그날 이후 고모가 귀신을 보게 된 탓이 가장 컸다.

아들이 쓴 이 장면은 그가 아는 것과 사뭇 달랐다. 그날 고모는 오는 길에 수양어머니의 귀신을 보았고 돌아가는 길에는 친오빠의 귀신을 보았다. 수양어머니 귀신은 살아생전의 모습과 비슷하게 인자한 형상이었으나 친오빠의 귀신은 섬뜩하기 이를 데 없었다. 고모가 기억하는 친오빠의 마지막 모습이 그러했다. 그의 아들은 이 부분을 묘사할 때 되도록 수식을 자제했다. 아마도 고모가 느낀 경악을 효과적으로 드러내기 위해 고심 끝에 선택한 문장들이었으리라. 하지만 그는 의문이 생기지 않을 수 없었다. 왜 그날 고모는 두려움을 떨치고 기어이 새벽길을 나섰던가. 그의 아들은 방직공장으로 돌아가던 고모를 이렇게 묘사했다.

윤희는 귀를 곤두세웠다. 어디선가 새벽닭이 우는 소리가 들려올까봐 초조했다. 닭이 울면 남은 생을 울면서 보내야 할지도 모른다는 예감에 사로잡힌 채 달렸다. 튀어나온 돌에 발부리가 걸려 넘어지고 무릎이 깨졌다. 윤희의 내부에 있던 무언가도 그렇게 깨져버렸다.

그를 찾아온 사람은 박 부장의 막내였다. 학생용 모직코트를 걸쳤으나 목도리도 없이 새빨개진 얼굴로 골목 귀퉁이에 서 있었다. 그는 아이를 데리고 식당에 들어갔다. 설렁탕을 한그릇씩 놓고 마주 앉았으나 딱히 나눌 말은 없었다. 그는 소주를 한병 주문했다. 그가 술잔을 내밀자 아이가 머뭇거렸다.

한잔쯤은 마셔도 돼.

그럼 마실게요.

박 부장의 막내는 아버지를 닮아서인지 술 한잔쯤에 기색이 변하지는 않았다. 한잔이 두잔이 되고 두잔이 석잔이 되었다. 두병째의 소주를 거의 다 비웠을 무렵 아이가 입을 열었다. 그때까지도 아이는 교장 선생 앞에 앉은 신입생처럼 부자연스럽게 조심스러웠다.

아버지가 뭐라고 하셨죠.

언제 말이냐.

돌아가시기 전에 마지막으로 만난 분이 아저씨였어요.

그건 보름도 더 전에 있던 일이었어.

그뒤로 아버지는 아무도 안 만나셨어요.

그건 몰랐다.

아버지는 한번도 죽고 싶다는 식의 말씀을 하신 적이 없어요.

내가 알기로도 그렇구나.

그런데 왜 그러셨죠.

사고였잖니.

사고가 아니라는 걸 아시잖아요.

그는 박 부장과의 마지막 술자리에서 나누었던 대화를 들려주었다.

그게 다인가요.

그게 다였어.

제가 어떻게 받아들여야 하죠.

네 아버지는 많은 걸 견딘 분이었어.

알아요. 저라면 그렇게는 못 살았을 거예요.

너도 형을 돌보느라 애쓴 거 안다.

사실 전 형을 증오했어요.

증오와 애정은 한몸이야.

아버지가 목숨을 끊은 건요. 증오인가요 애정인가요.

뭐가 두려운 거니.

아버지가 형만 사랑했던 게 아닐까 싶어서요.

그는 시선을 어디에 두어야 할지 몰라 차라리 빈 술잔을 물끄러미 바라보았다. 아이의 솔직함에 가슴이 먹먹해서였고 아이를 위로할 수단이 없어서이기도 했다.

네가 아버지 입장이라면 어쨌겠니.

저보다는 형을 사랑했을 것 같아요.

이해는 하지만 받아들일 수는 없다는 거구나.

우리 아버지가…… 그토록 외로우셨나요.

박 부장의 막내는 입을 꾹 다문 채 눈물을 두어방울 떨구었다. 아마도 이 아이는 앞으로도 몇번에 걸쳐 이와 비슷하게 눈물을 흘려야 할 것이며 오랜 세월이 흐른 뒤에야 죽은 아버지의 외로움이 아버지만의 것이 아니라 사람이라면 누구나 지닐 수밖에 없는 보편적인 슬픔 가운데 하나라는 걸 알게 될 거였다. 적어도 이 아이는 그보다는 행복할 것이다. 그가 지니지 못한 솔직함과 용기를 가졌으니 쓰러지지는 않을 것이다. 박 부장의 막내는 구청 앞 버스정류장에서 버스를 타고 떠났다. 그가 손을 흔들자 아이가 뭐라고 말했는데 묻는 말인 듯했다. 그의 귀에는 이렇게 들렸다. 아저씨, 지금도 감상에 빠지는 게 두려우세요?

고모의 배는 한층 더 부풀어 올랐다. 그는 고모가 정신을 잃고 쓰러지면 구급차를 불러 병원으로 데리고 갈 생각이었다. 그가 대학생이 되어 서울에 올라왔을 때 의지했던 사람이 고모였다. 고모는 왕십리에서 작은 식당을 운영했고 수입이 썩 괜찮은 편이었다. 음식 솜씨가 좋다는 입소문이 퍼져 뜨내기손님뿐만 아니라 단골도 적지 않았다. 그는 종종 고모의 일손을 돕기 위해 식당에 나가곤 했으나 고모에게 지청구만 먹고 쫓겨나기 십상이었다. 고모가 돌아오면 그는 따뜻한 물을 대야에 받아 부엌 바닥에 놓아주었다. 술에 취한 고모는 정신을 잃을 만큼 마시는 법은 없었기에 발을 씻으면서 노래를 흥얼거리거나 옛 추억을 들려주곤 했다. 미닫이 유리문으로 나뉜 작은 방 두칸이었기에 옆방에 누운 고모가 끙끙대는 소리며 잠뜻을 하는 소리며 귀신을 쫓는 호령 따위가 생생하게 들려왔다. 그와 마주 앉아 밥을 먹다가도 번쩍 고개를 들고 천장 한구석을 바라보며 저놈의 귀신! 하고 버럭 호통을 치면 그는 화들짝 놀라 숟가락을 놓치곤 했다. 귀신을 보는 고모에 익숙해질 무렵 이미 고모의 사타구니 부근에 탈장 기미가 있었다. 오랫동안 수술을 권유했음에도 몸에 칼을 대는 건 싫다면서 그가 결혼할 무렵부터 이십여년 가까이 탈장대를 차고 다닌 고모였다. 고모가 탈장대를 벗어버리고 수술대에 누운 건 그의 아들이 영어 캠프를 떠나기 전이었다. 고모의 수술은 무사히 끝났고 퇴원하기를 기다렸다가 아들의 죽음을 전했다. 그런 소식을 들었다고 해서 통곡을 하거나 정신을 잃고 쓰러질 고모가 아니라는 사실은 잘 알았지만 그는 고모의 심연 깊은 곳에서 자라나 고모를 점령해버린 그 뜨거운 냉정함에 처음으로 진저리를 쳤다. 고모가 보여준 무서우리만큼 담담한 태도에 그의 아내는 질색을 했고 다시는 고모와 상종도 하지 않겠다고 그에게 선언했다. 아내는 감정적인 사람이 아니었다. 고모가 보여준 태도가 서운했더라도 진심은 가슴속 깊은 곳에 갈무리한 채 어떠한 경우에도 발설하지 않을 사람이었다. 아내가 그처럼 폭언이라 해도 좋을 만한 선언을 한 이유는 어쩌면 아들의 죽음에 고모의 책임이 있을지도 모른다고 의심한 탓일 가능성이 컸다. 그의 아내는 제일 먼저 고모가 아들의 생일이나 명절에 선물해준 다트며 한정판 레고며 세계문학전집 따위를 할 수 있는 만큼 부수고 찢어버린 뒤 내다버렸고 사십구재를 치르기 전에 별거를 요구

했다. 아내는 여전히 아들을 잃은 슬픔을 치러내는 중이었고 아내답게 조용하면서도 격렬하게 견뎌내는 중이었다. 그는 부엌 개수대의 식기건조대에 낯익은 방식으로 단정하게 쌓인 그릇들을 보았다. 아내가 한두번 고모를 찾아온 듯했다.

그는 고모가 잠들었을 때 가만히 고모의 배 위에 손을 얹어보았다. 차분하게 오르내리는 횡격막의 움직임을 따라 그의 손도 부드럽게 파도를 타듯 움직였다. 기분 탓인지는 몰라도 그 아래 그로서는 짐작도 할 수 없는 어떤 의지가 숨 쉬는 것만 같았다.

고모는 베개를 겹쳐 쌓아 등을 기대고 누운 채 이따금 배를 손으로 쓸어보곤 했다. 그럴 때 고모의 얼굴은 행복해 보였다. 그는 아침저녁으로 고모의 아파트에 들렀다. 어느정도 부풀어 오른 배는 더이상 변화가 없었다. 그는 할 수 없이 가사도우미를 신청했다. 고모에게 의향을 물으니 괜찮다며 고개를 끄덕였다. 그는 밤이 깊을 때까지 고모 옆에 앉아 있었다. 묻고 싶은 게 많았으나 아무것도 묻지 않았다. 그의 고모는 친고모가 아니었다. 전쟁 발발 이듬해에 그의 할아버지가 수양딸로 거두었다. 그의 아버지가 여섯살 그의 고모가 여덟살이던 해였다. 그의 아버지는 난데없이 누나가 생겨 기뻤다는 말을 생전에 종종 했다. 두 남매의 우애는 친남매보다 돈독해서 그의 아버지는 고모의 일이라면 두 발 벗고 나섰다. 사연은 간단했다. 고모의 친아버지와 그의 할아버지는 배다른 형제였는데 고모의 친부모가 모두 세상을 떠나자 그의 할아버지가 수양딸로 삼았던 것이다. 그가 몰랐던 사실은 고모에게 오빠가 있었고 빨치산이었다는 것과 수양딸로 들어온 바로 그해에 죽었다는 거였다. 그리고 또 한가지 그가 몰랐던 사실은 고모의 오빠가 고모 눈앞에서 죽었다는 거였다. 그 일만으로도 여덟살 계집아이가 감당하기에는 벅찬 일이었을 테지만 세월이 흘러 성숙한 처녀가 되었을 때 귀신으로 나타난 죽은 오빠 역시 감당하기 어려웠을 것이다. 그 이후 고모가 겪어야 했던 인생의 우여곡절은 모두 그것과 관련이 있었다. 첫번째 시집에서 쫓겨난 것도 유산이 결정적인 이유가 아니었고 두번째 결혼생활이 파탄으로 끝난 것 역시 갓난아기를 잃은 게 결정적인 이유가 아니었다. 그의 아들은 소설에서 이렇게 썼다.

윤희는 눈앞에 닥친 일들이 대체 무슨 이유로 그처럼 사납게 자신을 할퀴고 짓밟는지 알 수 없었으므로 현명하게도 그에 대해 생각하기를 멈추었다. 생각이 중지된 상태에서 세월이 흘렀고 어느 날 문득 자신을 찾아온 죽은 오빠의 귀신을 마주 대하는 순간 아무것도 중지된 적이 없으며 모든 게 세월과 더불어 흘러왔음을 깨달았다. 윤희에게는 자신의 시대라는 게 없었다. 시간은 한번도 윤희의 것이 아니었으며 오직 망각했다고 믿었던 슬픔만이 윤희의 것이었다.

그의 아들은 이 부분에서 어떤 혼란을 겪었던 모양인지 문체가 달라졌다. 좀더 감정적이었고 좀더 비관적이었다.

인간의 역사는 인간과 동떨어진 채 흘러갔다. 역사는 발전하지 않았고 어떤 법칙에도 구애받지 않았다. 역사는 괴물 그 자체였다.

그리고 어느날 윤희는 필연적으로 거울에 비친 얼굴에서 괴물을 발견하게 되었고 지금까지 숱한 귀신들을 향해 호통을 치며 살아왔던 자신이야말로 사실은 귀신들로부터 호통을 받으며 살아왔음을 인정하지 않을 수 없었다. 그러자 귀신들이 윤희에게서 떨어져나갔다. 스스로 만들어낸 환영들이 희미해지면서 세계가 본래면목을 드러냈다. 그이가 마주친 실재 세계는 그이가 오래전부터 예상했듯이 우울했다.

고모는 잠들었다. 그는 조용히 일어났다. 불을 끈 채 잠시 어둠에 눈이 익길 기다렸다. 오랜 세월을 말없이 견디느라 진이 빠져 푸석해진 고모의 육신이 어둠을 천천히 찢으면서 태어났다. 귀신을 본다는 건 쓸쓸한 일일 게 분명했다. 망각해야 할 것을 기억하는 가장 참혹한 방식일 테니. 그는 방문을 닫고 고모의 아파트를 나섰다.

그는 일주일 내내 아들이 일기에서 언급한 장소를 아무런 희망 없이 찾아다녔다. 몇군데는 그도 잘 아는 곳이었고 몇군데는 처음 가보는 곳이었다. 아들이 발걸음을 멈추었으리라 짐작되는 곳에서 그도 멈추었고 아들의 시선이 머물렀으리라 여겨지는 곳을 그도 바라보았다. 아들의 일기는 일관되게 무질서했다. 하루의 일과를 간단히 메모한 경우도 있었고 그날 경험했던 강렬한 인상을 모호한 문장으로 남겨둔 경우도 있었다. 무위의 하루를 보낸 것처럼 혹은 소설 습작이라도 되는 것처럼 맥락 없이 연결되는 문장들로 채워진 경우도 있었다. 그 모든 무질서에도 불구하고 아들의 일기는 그의 내밀한 곳에서 어떤 감탄을 불러일으켰다. 아들 세대만의 독특한 감성 때문이기도 했지만 아들이 결코 그에게도 아내에게도 말한 적 없는 사유와 성찰에서 그가 알지 못했던 낯선 아들을 만날 수 있기 때문이었다. 그러나 아무리 읽어보아도 아들의 일기에서 죽음과 관련된 단서를 찾을 수는 없었다. 모든 문장이 단서처럼 여겨지다가 금세 모든 문장이 아무것도 증명해주지 못한다는 사실을 깨닫기를 수없이 되풀이했다. 그러나 영어 캠프를 떠나기 전 모든 이메일 계정에서 탈퇴하고 이처럼 마치 유서나 유언처럼 최근 삼 년 동안에 쓴 일기를 남겨둔 이유를 설명할 수 있는 건 단 하나뿐이었다.

그는 아들의 동급생 두엇을 더 만났다. 영어 캠프 실무자와 현지 경찰관도 만났다. 아들과 관계된 사람들을 하나둘 만날수록 아들에게 가까이 다가간다는 기분이 드는 게 아니라 아들의 주변을 배회하며 한걸음씩 멀어진다는 기분이 들었다. 아파트를 처분하고 이사를 가겠다는 아내를 만나려고 어쩔 수 없이 옛집으로 갈 수밖에 없었다. 그는 아내와 다투었다. 그와 아내 그리고 그들의 아들, 비록 이제는 그 모든 추억들이 하나하나 가시가 되어 찔러올지라도 세 식구가 공유했던 단 하나의 역사적 공간을 그토록 쉽게 버려버릴 수는 없었다. 당신 정말 모르겠어요? 몰라, 난 아무것도 몰라. 일기를 읽었잖아요. 그게 무슨 상관인데? 우리 아들은. 우리 아들은? 우리 때문에 죽었어요. 그런 내용은 없어. 모든 글이 그걸 증명해요. 아무것도 그런 걸 증명하지는 못해. 우리는 한번도 아들에게 가까이 간 적이 없어요.

그는 하마터면 아내에게 폭력을 행사할 뻔했다. 그도 잘 알고 있었다. 아들의 일기를 구성하는 모든 문장들은 삶의 본질 주변을 배회하는 한숨 같은 거라는 걸. 그럴 수밖에 없는 이유는 삶의 본질이 무엇인지 알 수 없기 때문이라는 걸. 아들이 살아 있다면 그는 이렇게 말해주었을 것이다. 아들아, 그런 건 누구도 모른단다. 아무도 모르고 누구도 알 수 없어. 알 수 없는 건 알 수 없는 채 내버려둬야 해. 그걸 모르는 게 네 잘못은 아니잖아. 그렇다면 아들은 그에게 이렇게 대답했을지도 모른다. 내버려두지 않기 위해서요. 아무것도 그 무엇도 그냥 있는 그대로 내버려두지 않기 위해서요. 아들은 이렇게 썼다.

나는 원하지 않았으나 아버지의 통화 내용을 엿듣고 말았다. 똑똑히 엿들은 건 아니었다. 간헐적으로 들렸기에 맥락을 파악할 수 없었다. 아버지의 목소리는 짙은 우수에 잠겼고 말보다 침묵을 더 자주 사용했다. 그러므로 나는 우수에 잠긴 침묵이 어떤 것인지를 새삼 알게 된 기분이었다. 아버지는 이렇게 말했던 것 같다. 먹고 사느라고. 연민이 뒤섞인 분노가 솟았다. 먹고살기 위해 당신은 얼마나 많은 이들을 직접적으로 혹은 간접적으로 살해하며 살아왔을까. 그렇게 해서 아버지는 결국 당신 스스로를 살해하며 살아온 것일지도 모른다.

그가 고모의 아파트 앞에 도착했을 때 패스트푸드점에서 이야기를 나누었던 아이의 전화가 걸려왔다.

아저씨 말씀이 잊히질 않아요.

잊어도 돼. 필요할 때 기억하면 되니까.

정말 언젠가는 위로받을 수 있을까요.

그럴 거야.

아저씨, 우리 사귄 거 맞아요.

알고 있다.

어떻게 아셨어요.

네 이름이 윤희라서.

화 안 나세요.

화난다.

화내는 것 같지 않은데요.

그보다 먼저 화나는 일이 있었거든.

그게 무슨 상관인데요.

아직 그 화가 안 풀렸단다.

그게 풀려야 새로 화를 내신다는 건가요.

그래.

무슨 일이었는데 아직까지 화를 내고 계세요.

내가 태어난 거.

……저도요.

넌 그만하럼.

그럴 수 있을까요.

그럴 수 있단다.

이렇게 마음이 아픈데도.

그렇게 마음이 아프니까.

아이의 고백에 그의 마음도 흔들렸다. 고모의 아파트는 고즈넉
했으나 누군가와 대화를 나누기라도 하듯 가만가만한 목소리가 방
에서 들려왔다. 가사도우미는 일을 마치고 돌아간 지 한참일 것이
므로 아내가 왔는지도 몰랐다. 그가 방문을 열자 고모가 고개를 돌
렸다. 반쯤 겁에 질린 얼굴이었다. 고모 말고는 아무도 없었으므로
그는 한숨을 내쉬었다. 익숙한 얼굴이었다. 어딘가에 가닿지는 못
한 채 그 주변을 서성거리는 얼굴들. 체온을 재보니 38도였다. 그는
고모의 이부자리를 살피고 보일러 온도를 확인한 뒤 불을 껐다. 잠
이 든 줄만 알았던 고모가 어둠 속에서 서서히 형체를 드러내며 그
의 이름을 불렀다.

왜 그러세요.

그냥 갈 거니.

내일 아침에 올게요.

정녕 그냥 갈 거니.

다리 주물러 드릴까요.

네 아들하고 아무 말도 안 할 거니.

어디에…… 있는데요.

네 등 뒤에.

……언제부터요.

고모는 대답이 없었다. 고모한테 속지 않을 것이다. 고모가 은밀하게 간직했던 사연들조차 알고 나면 별게 아니듯이 고모의 임신이며 고모가 살아온 날들이며 그 모든 것들이 사실 그와는 완전히 무관하다 할 수 있었다. 그는 꼼짝도 할 수 없었다. 뒤돌아서거나 고개를 돌릴 수도 없었다. 고모가 한평생 배회하며 살아온 것들이 이제 그를 둘러싸고 있었다. 그는 고개를 돌려야 할지 말아야 할지 오랫동안 망설였다. 설령 거기에 어둠만이 있을 뿐이라 해도.

아내의 발라드

안락사 판정을 담당하는 보건소 직원은 예정된 시간에 방문했다. 마스크를 쓴 채 현관 앞에 선 사내는 내게 명함부터 건넸다. 명함에는 감염병 예방팀이라고 씌어 있었다. 감염이 되지 않는다는데 왜 마스크를 쓰느냐고 묻자 사내는 어깨를 으쓱했다. 자신도 잘 모르겠다는 뜻인 듯했다. 사내는 조용하고 재빠르게 집으로 들어와 머뭇거리지도 않고 안방으로 향했다. 내가 안방 문을 활짝 열려고 하자 사내가 손을 저었다. 사내는 문틈으로 아내를 훔쳐보더니 더이상 어떤 절차도 없이 내가 건넨 안락사 신청서에 피라는 도장을 찍고 서명을 했다.

아무 때고 보건소에 와서 수수료와 함께 신청서를 제출하면 되네.

나는 고개를 끄덕였다.

빨리 신청하는 게 좋네. 지금도 신청자가 많아 집행이 늦어지고 있으니까.

마스크 탓에 사내의 목소리가 먼 곳에서 들려오는 것만 같았다. 나는 손님이 왔을 때 아내가 그러했듯이 사내에게 차를 대접했다. 사내는 마스크를 벗었다. 오십대 후반으로 보이는 얼굴이었다. 우리는 한동안 말없이 뜨거운 차를 조심스레 불어가며 마셨다.

좋은 차로군.

여전히 사내는 속삭이는 듯한 목소리로 말했다. 이따금 안방에서 아내의 신음만이 들려올 뿐 고요하기 이를 데 없는 대낮이었다. 안방 쪽으로 고개를 돌린 채 사내는 무언가에 골몰했다. 새로 채운 찻잔이 식어갔다.

신음이 유난히…… 구슬프군. 결혼한 지 얼마 안됐지?

사내가 유별난 건 아니었다. 아내는 누가 집에 오더라도 단번에 신혼집이라는 걸 알 수 있게끔 꾸며놓았다. 그러나 아내의 섬세한 취향을 증명하던 것들의 흔적마저 사라지는 중이었으므로 나는 사내에게 알 수 없는 호감을 느꼈다.

난…… 삼십년을 함께 살았다네.

사내는 할 말이 많은 듯했다. 사내의 눈에서 눈물이 흘러내렸다. 당황한 사내는 찻잔을 내려놓고 마스크를 썼다. 현관문 앞에서 사내는 변명하듯 말했다.

안락사시킨 아내가 떠올라서 그렇다네. 미안하네.

사내의 눈빛에는 내게 무언가를 조언하고 싶어 하는 조바심이

엿보였다. 나는 사내가 자신의 아내에게 무척 다감한 사람이었을
거라고 짐작했다.

아무리 주의를 기울인다 해도 자네 아내는 알게 될 거야.

사내는 소매를 걷어올려 안쪽 팔뚝의 상처를 보여주었다.

소각장으로 실려가던 날 아내가 내 팔을 잡았지. 손톱이 박혔던
자리라네. 하지만 나는 아내를 놓아버릴 수밖에 없었네. 가능하다
면…… 마지막까지 함께 있어주게나.

차가운 바람이 아파트 복도를 불어갔다. 사내는 복도를 따라 걷
다가 엘리베이터 문 앞에 서더니 내 쪽을 한번 보았다. 들어가라는
의미인 듯 손짓을 했다. 현관문을 닫고 집에 들어온 나는 베란다로
나갔다. 조금 뒤 아파트 앞을 걷는 사내를 볼 수 있었다. 어깨를 웅
크린 채 걷던 사내는 관리사무소 옆 벤치에 앉더니 허리를 숙였다.
두 손으로 얼굴을 가리는 듯했다.

나는 자형에게 보건소 직원에 대해 말해주었다. 자형은 쓸쓸한
얼굴로 고개를 저었다. 긍정이랄 수도 부정이랄 수도 없는 모호한
고갯짓이었다.

누나는요?

훨씬 나아졌어.

그럴 리가 없잖아요.

처남, 내 눈을 똑바로 봐.

나는 자형의 눈을 똑바로 보는 대신 자형의 구두코를 내려다보

왔다. 오랫동안 닦지 않아 더러워진 저 구두는 누나와 함께 백화점에서 고른 자형의 생일선물이었다. 유치원 앞으로 아이들이 몰려나왔다. 자형은 그 아이들에 섞였을 다혜를 눈길로 헤아렸다. 그 틈에 나는 안락사 신청서를 꺼내 자형에게 보여주었다. 신청서를 찬찬히 들여다보던 자형의 얼굴이 딱딱해졌다.

보건소 직원이 다녀간 이유가 이것이었군.

자형은 한숨을 쉬었다. 어쩐지 내력이 있는 한숨 같았다. 누나와 결혼하기 전 둘 사이가 버성기던 시절 나는 그 한숨에 매료되기도 했다. 나는 누나에게 자형이야말로 한숨을 아름답게 잘 쉬는 남자라는 뜬금없는 말을 하기도 했는데 누나는 내가 말한 것 이상을 알아들은 듯했다.

다혜는 제 아빠가 아니라 내 품에 안겼다. 자형은 쓴 입맛을 다셨다. 품에서 내려놓으니 다혜가 내 손바닥 위에 제 집게손가락을 얹었다. 나는 가느다란 다혜의 손가락을 부서질세라 살며시 감싸쥐었다. 방금 물에서 건져올린 버들치 한마리가 손안에서 파닥이는 듯했다. 아빠, 나 진짜 가?

자형은 무릎을 굽히고 다혜의 이마에 입을 맞췄다. 다혜는 피하지 않았으나 기꺼워하지도 않았다.

외삼촌이 데려다줄 거야. 외할머니 말씀 잘 듣고 착하게 지내면 곧 아빠가 데리러 갈게.

나는 불안했다. 그렇게 오랫동안 설득해도 묵묵부답이던 자형이 느닷없이 다혜를 외가에 맡겨야겠다고 했을 때부터 시작된 불안이었다.

다혜야, 잊지 마. 누구에게도 엄마가 집에 있다는 사실을 말하면 안돼.

다혜는 나를 올려다보았다. 나는 고개를 끄덕여주었다.

나도 그런 건 알아!

어린 조카는 새된 목소리로 외치긴 했으나 울지는 않았다. 내 손 안에서 다혜의 손가락이 스르르 빠져나갔다. 여린 손가락 하나가 빠져나갔을 뿐인데 순식간에 차가운 고드름으로 바꿔 쥔 듯한 느낌이었다. 다혜는 저만치 세워둔 자동차로 달려가더니 조수석으로 들어가버렸다.

자형은 다혜한테 잔인해요.

그러지 않으면 엄마를 잊어버리게 될 거야.

제 엄마를 잊어버리는 사람은 없어요.

잊어버리는 게 나은 경우도 있어.

자형과 나는 유치원 교사와 인사를 나눈 뒤 나란히 자동차로 걸어갔다.

자네 누나는 다혜를 낳고 싶어 하지 않았어.

하지만 낳기로 마음먹었죠.

자네 누나는 나와 결혼하고 싶어 하지도 않았지.

하지만 결혼하기로 마음먹었죠.

자네 누나는 내 사랑을 받아들이려고도 하지 않았어.

하지만 받아들였어요.

그렇게 만든 건 나였어.

자형은 비틀거렸다. 보건소 직원이 그랬던 것처럼 길가의 벤치에 주저앉더니 허리를 꺾었다. 나는 자형 옆에 앉았다. 하늘이 높푸르렀다. 찬바람이 벤치를 휩쓸고 지나갔다.

자형도 기억하죠? 그해 겨울 누나는 자살하려고 했어요. 사실을 말하자면…… 누나는 전에도 그런 적이 있어요.

자형이 울음 섞인 목소리로 웃었다.

내가 몰랐다고 생각해?

우리는 그렇게 벤치에 앉아 각자 옛일을 떠올렸다. 나는 왠지 다혜가 이 모습을 후사경으로 지켜볼 것만 같아 마음이 조급해졌다.

처남, 나는 그 사람에 대해 모르는 게 없어. 하지만 처남은 모르는 게 있지.

누구도 누나를 온전히 알 수는 없어요.

그래도 지금 그 사람의 배 속에 다혜 동생이 있다는 것쯤은 알 수 있어.

그것도 자형이 하신 일이군요.

그래 내가 한 일이야. 어디서부터 용서를 빌어야 할지 모르겠어.

누나도 알 거예요.

당연히 알지.

더더욱 죽고 싶어 할 거예요.

그건 처남이 잘못 생각하는 거야. 처남댁도 마찬가지야.

나는 고개를 저었다. 아내는 내게 말했다. 죽여달라고. 아내가 깊은 잠에 든 시각이면 나는 침대 아래 쭈그리고 앉아 주변의 소음에 귀 기울였다. 어디선가 아련히 신음이 들려왔으나 예전처럼 그 악스런 외침은 없었다. 식은 올리지 않은 채 동거하던 옆집 남녀는 밤마다 고함을 지르며 싸우곤 했다. 아내와 나는 옆집에서 날카로운 비명이 들려오면 숨죽인 채 눈빛으로 이야기를 나누었다. 아내가 그렇게 된 지 얼마 안되어 옆집 사람들은 이사를 갔다. 아파트는 그런 식으로 비어갔고 이삿짐 트럭 주위를 서성이던 그들이 나는 처음으로 부러웠다.

다혜는 괴물 동생을 갖겠군요.

괴물이라도 동생은 동생이야.

그런 동생은 없는 게 나을 수도 있어요.

자형은 더이상 아무 말도 하지 않았다. 바닥에 쌓인 은행잎이 돌풍에 솟아올랐다. 아내는 바람을 생명의 기원이라고 했다. 내가 무슨 말이냐고 묻자 아내는 이렇게 대답했다. 바람은 아무 소리도 없지만 저렇게 나뭇가지를 흔들어 소리를 내잖아. 침묵하는 모든 사물들이 바람을 만나면 소리를 내잖아. 바람은 모든 사물에 소리를 부여하잖아. 그러니까 아내는 소리와 생명을 동일시한 거였다. 그 말이 사실이라면 언어를 말하지 못하는 대신 신음만을 내뱉는 아내에게도 여전히 생명은 있는 거였다. 자형이 허리를 세웠다.

우리 이러다…… 서로 주먹질이라도 할 것 같아. 지금 난 자네를 몹시 두들겨 패주고 싶어.

저한테 얻어맞은 건 잊어버렸나 보군요.

그때는 맞아준 거야.

사실을 말하자면 어머니가 그렇게 하라고 했어요. 자형이 사윗 감으로 퍽 맘에 들었나 봐요. 쥐어 패서라도 누나를 붙잡게 하라고 했으니.

그걸 왜 이제야 말해?

그럼 말하지 않은 걸로 해두죠.

자형은 조수석으로 얼굴을 들이밀어 다혜의 볼에 입을 맞췄다. 후사경에 비친 자형이 점점 작아졌다. 히터를 틀어주겠노라 했더 니 다혜는 고개를 저었다. 언뜻 어린 조카의 야무진 구석을 엿볼 때마다 가슴 한쪽이 시렸다. 다혜는 혹독한 시간을 보내는 중이었 다. 이해할 수 없게 변해버린 제 엄마를 지켜보아야 했고 그 일을 아무렇지도 않은 일로 치부하는 아빠의 훈육을 묵묵히 감당해야 했다. 엄마와 식탁에 마주 앉은 채 식사를 해야 했고 듣지도 못하 는 게 분명한 엄마에게 유치원에서 있었던 일들을 낱낱이 고해야 했다. 다혜는 제 엄마를 무서워했으나 그런 기색을 내비치지 않으 려 애썼다. 주관적인 신념에 따른 자형의 교육방식은 냉정하다 못 해 참혹했다. 언젠가 자형과 다혜가 나누던 대화가 떠올랐다.

엄마는 지금 아빠를 사랑한 댓가를 치르는 거야.

아빠는?

아빠는 뭐?

왜 아빠는 댓가를 치르지 않아?

지금 치르고 있어.

상대가 어떻게 듣거나 상관없이 제 할 말만 내뱉던 자형도 그때는 설명이 부족하다고 느꼈던 듯하다.

그러니까 아빠는 아빠를 사랑한 댓가를 치르는 엄마를 지켜보면서 엄마를 사랑한 댓가를 치르는 거야.

아빠를 사랑한 댓가를 치르는 엄마를 지켜보면서 엄마를 사랑한 댓가를 치르는 아빠가 아빠를 사랑한 댓가를 치르는 엄마보다 더 큰 댓가를 치르는 중이라고는 말할 수 없잖아.

다혜는 말을 신중하게 골랐다. 아마도 어린 조카는 아빠가 치르는 댓가를 이해할 수 없었을 것이며 아니, 엄마가 댓가를 치르는 중이라는 말조차 사실은 납득할 수 없었을 것이다. 마치 어린 시절 내가 죽음을 이해할 수 없었듯이. 소파에 앉아 부녀를 지켜보던 나는 속 깊은 곳에서 솟아난 형용하기 어려운 두려움 탓에 그때의 대화를 선명하게 기억했다. 세월이 흘러 다혜가 어른이 되고 그 즈음에도 이 병 아니 이 현상이 사라지지 않는다면 다혜는 오늘을 어떻게 기억하게 될까. 어쩌면 그때가 되면 이 모든 일이 무척이나 자연스럽게 여겨질 테고 이 일이 처음 발생했던 순간 사람들을 경악하게 했던 공포 또한 우스갯거리로 여겨질 것이다. 세월이란 묵은 땅을 갈아엎는 쟁기처럼 난폭한 법이니까. 조수석의 다혜는 안전벨트를 만지작거렸다. 이 좌석에서 탈출해야 할지 말아야 할지를 고민이라도 하는 듯 한없이 느리고 끈질긴 손놀림이었다.

외삼촌.

어머니의 아파트 근처 갈림길에서 신호를 기다리던 중 처음으로 다혜가 입을 열었다. 나는 무심한 척 대답했다. 응.

외숙모는 다시 볼 수 없게 되는 거야?

다혜야, 잠깐만 기다리렴.

어머니의 아파트를 코앞에 둔 채 나는 다혜를 차에 홀로 남겨뒀다. 될 수 있으면 차에서 멀리멀리 떨어지려 애썼다. 아파트 뒤편의 으슥한 정자에 앉은 나는 차에서 참았던 눈물을 그곳에서 흘렸다. 나는 아내의 마지막을 지켜줄 용기가 없었다.

어머니의 아파트와 유치원을 오가는 일주일 동안 나는 보건소를 찾아가지 못했다. 그사이에도 유치원의 원생들은 부쩍 줄었다. 사내의 말처럼 아내의 신음은 유난히 구슬펐다. 때로는 잠언처럼 들리기도 했다. 해독할 수 없는 아내의 신음은 내 안으로 삼투압 되었다. 내 안에 켜켜이 쌓여가는 건 삶의 의지였으므로 아내는 나날이 숨이 죽었다. 시든 채소 같은 아내를 바라보며 어쩌면 아내의 말처럼 소리야말로 생명의 은유일지도 모른다는 생각을 했다. 아내에게 불어오는 바람은 어디에서 시작되었을까.

한낮에 아내 옆에서 잠들면 악몽에 시달렸다. 눈을 뜨면 베란다를 통과해 안방 열린 창틈으로 들어온 햇빛이 재단한 공간에서 먼지가 부글부글 끓어오르는 게 보였다. 아내는 그처럼 사소하게도 격렬한 공기에 짓눌린 채 숨이 가쁜 이처럼 헐떡이며 신음을 흘렸다. 어둠이 깃들면 세계가 낮과는 다른 방식으로 고요해졌다. 음울한 공기가 아파트로 밀려들어왔고 공중을 부유하던 습기가 천천히 하강하면서 밤이 눅눅해졌다. 밤은 나를 손아귀에 움켜쥔 뒤 으스 러뜨렸고 차고 축축한 밤의 손아귀에서 내 감정들은 파산했다. 슬 픔도 공포도 사라진 밤이면 아내라는 존재가 기이하고도 낯설었 으며 이와 결코 다르지 않은 숱한 밤들을 그런 아내와 살을 맞대고 잠들었다는 사실이 아득하게만 여겨졌다. 자형이라고 해도 다르지 않으련만 나와 다른 점이 있다면 희망이라는 불치병에 걸렸다는 것이리라.

나는 안락사 신청서를 식탁 위에 올려두었다. 함부로 돌아다닐 수 없도록 쇠사슬로 묶어둔 터라 아내가 신청서를 볼 일은 없겠지 만 그렇게 내버려둔 채 집을 나서면 아무것도 모르는 아내에게 독 약이라도 먹이고 외출한 것처럼 쓰라렸다.

자형은 어머니의 집을 찾아오지 않았다. 이따금 전화를 걸어 다 혜와 이야기를 나누기는 했다. 더이상 유치원에 나갈 필요가 없게 되자 어머니는 다혜와 틀어박혀 시간을 보냈다. 나는 점심시간에 맞춰 자형의 직장인 구청을 찾아갔다. 오래전에 들렀던 터라 신축 청사를 찾는 데 시간이 좀 걸렸다. 구청 앞 화단가에 앉아 담배를 피우는 자형이 보였다.

누나는요?

누나는 그만 묻고 내가 어떤지를 물어봐줘.

자형이 입가에 미소를 지었다.

훨씬 나아졌어.

그럴 리가 없잖아요.

자형은 내 눈을 지그시 들여다보았다. 나는 고개를 돌려버렸다. 우리는 점심시간이라 직장인들로 붐비는 식당들을 하릴없이 지나치다 허름한 분식집에 이르러서야 자리를 차지할 수 있었다. 우리는 떡라면을 먹고 거리로 나왔다. 커피를 한잔씩 들고 공원 구석에 자리를 잡았다. 겨울이 코앞이었으나 바람이 불지 않아 그런대로 견딜 만했다. 총을 바닥에 내려놓은 채 꾸벅꾸벅 조는 군인들이 보였다.

이렇게 평온한 계엄령은 처음 봐요.

자넨 계엄을 겪어본 적도 없잖아.

어린 시절이지만 기억이 나요.

그때도 평온했어. 대부분의 사람들한테는.

커피는 재빠르게 식어갔다. 자형은 식은 커피를 벌컥벌컥 들이켰다. 자형의 목울대가 움직이는 걸 보며 나는 식은 커피를 바닥에 천천히 쏟았다.

자형, 포고된 법령이 시행될 날도 얼마 남지 않았어요.

그걸 내게 경고해주려고 온 건가?

나는 한숨을 내쉬었다. 그러나 내 한숨은 자형의 그것만큼 묵직하지도 독특하지도 못했다.

공무원이잖아요. 쫓겨날 수도 있어요.

괜찮아. 쫓겨나도 자네 누나가 바가지를 긁지는 않을 테니까.

다혜는요?

사랑을 배우겠지.

배우지 않아도 알아요.

확실히 알게 되겠지.

너무 분명한 사랑은 너무 모호한 사랑과 다르지 않을 수도 있어요.

나는 사실 누나가 했던 말을 떠올렸다. 누나는 종종 자형의 표정을 해독할 수 없다고 푸념하듯 말했다. 화가 난 건지 웃는 건지, 극단적인 감정조차 구분하기 어려울 때가 있노라고. 그러나 내가 보기에는 누나 역시 그랬다. 이번에는 내가 그이들의 표정과 말투를 흉내냈을 뿐이다. 자형은 달리 반응하지 않았다. 인정하는 건지 않는 건지 알 수 없었다. 구청의 젊은 직원들이 지나가며 자형에게 인사를 했다.

처남은 저 사람들에 속하지 않아.

아뇨. 전 이미 저 사람들에 속했어요.

저들은 우리한테서 교훈을 찾아낼 수 있겠지. 하지만 혼인신고서를 작성한 여자들에게만 발생하는 이 현상을 우리는 죽을 때까지 이해할 수 없을 거야.

전 이해해요.

자형은 가소롭다는 표정으로 나를 보았다.

처남, 저 태양을 봐. 늦가을 식은 태양마저도 눈살을 찌푸리지 않은 채 바라볼 수는 없어. 한 시대가 얼굴을 찌푸린 채 저물고 있어. 그것도 이처럼 맹렬하게 말야. 그런데 왜 자신의 시대와 함께 몰락하지 않으려 발버둥치는 거지?

몰락만이 아름다운 건 아니에요. 전 살아남을 수 있어요.

136

그래 살아남을 수 있겠지. 동시대와 몰락하지 않고 살아남은 자들은 예외 없이…… 비열하니까. 비열하게 아름답거나 아름답게 비열하니까.

자형은 더는 나와 이야기하지 않겠다는 듯 벌떡 일어나 성큼성큼 걸어갔다. 나는 어머니의 아파트로 가려다 자형의 집으로 발걸음을 옮겼다. 누나가 보고 싶었다. 과연 자형의 말처럼 나아졌을지가 궁금해서는 아니었다.

누나의 집에 있는 누나는 누나가 아니었다. 누나와 자형이 함께 쓰는 침대에 누운 저 사람이 누나가 아니라면 누구일 수 있을까마는 또한 결코 누나일 수가 없었다. 자형의 말은 거짓인 듯했다. 거짓이라는 사실을 확인하는 일이 쓸쓸한 이유는 어쩌면 내 마음 한 구석에도 거짓이 아니길 바라는 불치의 희망이 파편처럼 박혔기 때문인지도 모른다. 희망은 그것을 품은 존재를 좀먹는다. 희망이라는 벌레가 갉아먹고 지나간 자리가 흉측하지만은 않은 이유는 함부로 찢어낸 스타킹에 드러난 다리처럼 외설적이기도 하기 때문이다. 파멸하고 싶지는 않으나 파멸 이후를 궁금해하듯이 자형은 아내이면서도 아내가 아닌 누나를 한꺼번에 소유하려고 했다. 나는 자형이 한때 누나였으나 이제는 불쾌하고 수상한 존재에 불과한 누나이기도 하면서 누나가 아닌 그러나 누나라고 부를 수밖에 없는 누나와 동침할 때의 심정을 헤아려보려 애썼다. 다혜의 동생이 저 호두처럼 부푼 배 속에 있었다. 그 안에서 무언가가 분명히 꿈틀댔다. 이 세계는 새로운 존재를 용납하지 않을 것이 분명하므로 태어나서는 안된다는 사실을 너는 알까. 나는 누나의 배에 귀를 댔다. 불안한 숨소리가 들리는 듯했다. 부탁이다 조카야. 거기에서 나오지 말거라. 거기에서 부서져라. 존재하지 않았다는 듯 사라져라.

보건소는 폐교처럼 적막했다. 안락사 접수처에 수수료와 신청서를 내자 일분도 채 지나지 않아 허가서가 발급되었다. 접수처 직원은 안락사에 소요되는 비용 가운데 국가가 부담하는 금액을 공제한 청구서가 우편으로 발송될 것이라고 일러주었다. 나는 내키지 않는 용돈을 받은 학생이 된 기분으로 허가서를 아무렇게나 바지 주머니에 쑤셔넣고 난폭하게 운전했다. 신호를 지키지 않는 차를 노려 액셀을 밟았고 끼어드는 차의 옆을 스치듯 쏜살같이 빠져나가기도 했다. 신호가 바뀌었는데도 여전히 횡단보도를 건너는 중인 보행자를 향해 경적을 울리거나 비상등을 켠 채 정차 중인 차를 지나며 욕설을 내뱉었다. 아파트 주차장에 주차를 한 뒤 내려 보니 바퀴가 주차선 위에 있었다. 주차장을 둘러보았다. 해가 지지 않는 어느 머나먼 나라의 황무지 같았다.

아내는 변함이 없었다. 나는 식탁 위에 허가서를 올려둔 채 술을 마셨다. 술기운에 몽롱해지면 아내가 누운 침대 아래 새우처럼 웅크려 잠을 잤고 눈을 뜨면 낯선 곳에 버려진 듯한 기분을 달래기 위해 다시 술을 마셨다. 내 삶의 어떤 시기가 되풀이되는 듯한 기시감에 시달리는 동시에 전혀 예상하지 못한 낯선 길을 걷는 듯한 막막함을 느꼈다. 정신이 온전할 때면 아내의 신음이 무얼 의미하는지를 헤아리려 애썼다. 그 안에 혹시라도 내가 알아들을 수 있는 온전한 낱말이 하나쯤 들어 있지 않을까 싶어 귀를 기울였으나 헛된 일이었다.

아내와 나는 소통할 수 없는 사이였으나 어쩐지 그런 사실이 새삼스럽지는 않았다. 냉장고를 정리하고 설거지를 하고 청소기를 돌리고 책장의 책을 꺼내 배열을 바꿨다. 화장대 서랍을 열어 하나하나 화장품 뚜껑을 열어 냄새를 맡아보았고 장롱에서 옷을 꺼냈다가 다시 개켜넣었다. 신혼 초에는 각자의 영역이 있었다. 그러나 어느 순간부터 아내와 나의 물품들은 뒤섞였고 그 혼돈이 자연스러워졌다. 신혼집의 질서는 그런 식으로 자리 잡았고 아내와 나의 일상도 그렇게 섞여들면서 자연스러워졌다. 그리고 이제 우리는 오래 살아 흥미를 잃거나 혹은 서로를 깊이 증오하게 된 부부처럼 등 돌린 채 서로를 견디는 중이었다. 미래는 실현되었다. 설령 이런 일이 생기지 않았다 해도 동시에 죽지 않는다면 누군가는 상대방의 사망신고서를 작성해야 할 테고 산다는 게 이처럼 평생을 함께 한 사람의 사망신고서에 싸인을 하지 않으면 안되는 남루한 일이라는 걸 깨달으며 사라지게 될 거였다. 가능하다면…… 마지막까지 함께 있어주어야 하지만 나는 그럴 수가 없을 것 같았다. 정맥에 염화칼륨을 주입한 아내가 발작을 일으키다 서서히 죽음으로 빠져드는 모습을 지켜볼 수는 있다. 소각장에서 다른 안락사한 사체들과 쓰레기처럼 태워지는 걸 볼 수도 있다. 그러나 아내는……
나를 전혀 필요로 하지 않는 듯했다.

나는 말라비틀어진 사과처럼 볼품없는 아내의 배에 귀를 댔다.
아무 소리도 들을 수 없었다. 우리의 미래는 당도하지 않았다. 적어
도 아내의 배 속에서는. 아내가 내 목을 조르기라도 할 듯 두 팔을
뻗었으나 쇠사슬이 팽팽해지면서 어떤 악의가 깃든 아내의 두 손
이 허공을 할퀴었다. 나는 아내의 손가락에서 반짝이는 반지를 보
았고 그 반지를 잘근잘근 씹어 삼켜버리고 싶은 충동을 느꼈다. 아
내의 손을 잡고 반지를 빼내려 하자 아내는 주먹을 쥐었다. 아내의
가슴팍을 주먹으로 내리쳤다. 아내의 신음이 날카로워졌다. 그리
고 음악에 가까워졌다.

초인종 소리에 나가보니 마스크를 쓴 경찰이 서 있었다. 경찰은
현관문에 스티커를 붙였다. 관리대상 2097435. 나는 이 숫자가 무
얼 의미하는지 묻지 않았다. 날이 저물었다 밝고 다시 저물기를 반
복했다. 그사이 나는 아내를 내버려둔 채 외출을 하거나 다혜와 놀
이동산에 가거나 어머니와 더불어 외식을 했다. 한때 아버지의 아
내였던 어머니는 비슷한 처지의 여느 노인들이 그러듯이 숨죽인
채 현실을 감당했다. 자형은 한번도 어머니의 아파트를 찾지 않았
고 이제는 다혜가 전화를 하지 않으면 먼저 전화를 걸지도 않았다.

아파트를 드나들 때마다 살펴보아도 우편함은 텅 비었고 어느
먼 소각장에서 생겨난 연기가 바람을 타고 실려와 아파트를 뒤덮
기도 했다. 다혜는 점점 더 과묵해졌고 그럴 때마다 다혜가 자형

과 누나의 혈통임을 똑똑히 확인할 수 있었다. 다혜는 엄마에게 돌아가고 싶어했다. 나는 왜 그럴 수 없는지를 설명할 수 없었으므로 화를 냈고 다혜는 더이상 내 손바닥에 제 손가락을 얹지 않았다. 울다 지쳐 잠든 다혜 옆에 누우면 다혜가 내 품으로 파고들었다. 다혜가 원하면 누나가 그러했듯이 동요를 불러주었고 다혜가 시무룩해지면 간지럼을 태웠다. 일상은 흘러갔고 어떤 의미에서 우리는 모두 나이를 먹어갔다. 하루하루가 천년 같았지만 천년을 살아도 하루를 산 것과 마찬가지로 여겨질 거였다. 누나의 몸 안에서 무럭무럭 자랄 조카를 생각했고 그 안에서 출생하고 성장하고 삶을 꾸리고 늙고 병들고 죽어가는 조카를 상상했다. 입동 지나 첫눈이 내리던 날 다혜가 말했다.

외삼촌.

눈발이 낱말처럼 흩날렸다. 외. 삼. 촌. 자음과 모음처럼 건들거리며 곤두박질치다 솟구쳤고 어디론가 휩쓸렸다가 어디선가 나타났다.

응.

이제 보러 가도 돼?

엄마?

아니 동생.

동생은 죽었어.

다혜는 아무 말이 없었다. 고개를 돌리니 다혜가 눈물이 그렁그렁한 눈으로 나를 노려보았다. 다혜는 화를 내는 대신 내 손바닥에

제 손가락을 얹었다. 간절하다는 게 뭔지 처음 알게 된 기분이었다.

정말 보고 싶어?

다혜는 고개를 끄덕였다.

무섭지 않아?

다혜는 고개를 저었다.

그럴 때는 고개를 끄덕여야 하는 거야 이 바보야.

바보 외삼촌. 무섭다는 뜻이야.

그날 우리는 서로를 이끌었다. 다혜가 앞서거나 내가 앞서거나 나는 다혜의 손가락을 손아귀에 단단히 쥔 채 자형과 누나가 여전히 부부처럼 사는 집을 찾아갔다. 어린 조카는 모험을 떠나기라도 하듯 즐겁게 비장했다. 첫눈은 최후의 눈처럼 내렸다. 도시는 부풀어갔고 드물게 보이는 차들은 느릿느릿 움직였다. 봄부터 아내들이 사라진 거리에 누군가의 아내 같은 눈들이 내렸다.

우리는 함께 초인종을 눌렀다. 자형이 문을 열어주었다. 식탁에 뜨거운 김이 모락모락 피어나는 냄비가 올라왔다. 베란다 창에 부딪는 눈발을 보며 식사를 했다. 자형은 김을 얹은 숟가락을 다혜의 입에 넣어줬고 다혜는 꼭꼭 씹어먹는다는 걸 알리기 위해 고개를 까딱까딱하면서도 눈길은 갓 태어난 동생에게서 떼지 않았다. 옹알이는커녕 신음이라도 낼 수 있을까 싶을 정도로 작은 아이를 품에 껴안은 누나는 윗몸을 건들건들 흔들며 아이를 얼렀다. 나는 혀를 차거나 굴려가며 온갖 소리를 내보았으나 아이는 내가 기대한 것만큼 즐거워하지는 않았다.

처남도 빨리 아이를 가져야 해.

세상 일이 뜻대로 되었다면 자형이 내 자형이 아니었겠죠.

아이가 하느님이야.

진부한 하느님이죠.

진부해서 여태 몰랐어? 아내가 없으면 남편도 없는 거야.

자형, 신청서에 싸인을 했을 때 저도 죽었어요.

진부하군.

나는 수저를 소리 나지 않게 내려놓았다. 다혜가 나를 바라보았다. 나는 다혜의 얼굴을 마주 바라보았다. 다혜야 정말 괜찮니? 무섭지 않아? 무서워 외삼촌. 정말 무서워. 가자 다혜야. 어딜 가 외삼촌? 여기가 아니라면 어디든 괜찮아. 다혜는 하늘에 새겨진 글씨를 읽듯 제 엄마와 아빠 그리고 동생을 보았다. 다혜가 고개를 저었다. 그럴 때는 고개를 끄덕여야 하는 거야 이 바보야. 바보 외삼촌. 여기 남겠다는 뜻이야.

나는 네 식구를 남겨둔 채 아내가 기다리는 집으로 돌아갔다. 첫눈은 여전히 내렸으나 눈사람을 만들거나 눈싸움을 하는 아이들은 없었다. 멸망 이후의 지구를 보는 듯한 기분이었으나 어쩌면 새로운 도시가 탄생하는 중인지도 몰랐다. 눈을 한움큼 쥐었다. 손안에서 눈이 꿈틀거렸다. 하필 첫눈이 폭설인 이유는 하필 아내가 내 아내인 것과 같은 이유인지도 모른다. 내가 집에 들어가자 베란다에 선 채 눈 내리는 바깥을 바라보던 아내가 말했다.

여보, 눈이 와.

그래 여보.

얼마나 내렸어? 아주 오래전부터 내린 것 같아.

맞아 여보. 아주 오래전부터 내렸어. 일억년 아니 십억 아니 백억 년 전부터.

그때의 눈과 지금의 눈은 똑같을까?

줄기차게 내렸으니까.

혈통처럼?

그래 우리처럼.

눈이 석양처럼 비스듬히 내려.

바람 때문이야.

여보, 눈 내리는 소리 들려?

들려.

노래 같지?

그래 여보.

여보, 나한테 할 말 없어?

무슨 말.

이렇게 첫눈이 내리던 날 당신이 내게 고백했잖아.

그랬지.

그때 해줬던 말 다시 듣고 싶어.

……사랑해.

아내가 짐승처럼 웃었다. 그런데 여보 왜 우리는 이렇게밖에 살 수 없을까? 그 질문에는 대답해주지 않았다. 아내가 그랬듯이 내게도 삶은 처방할 수 없는 공포다. 참관인으로 경찰을 동반한 보건소 직원들이 찾아왔다. 내 팔뚝에는 아내의 손자국이 남았다. 나는 베란다에 선 채 들것에 결박된 아내가 구급차 안으로 사라지는 걸 보았다. 아무도 없는 거리를 홀로 경광등을 밝힌 구급차가 느릿느릿 갔다. 눈은 한없이 폭폭하게 내렸다. 구급차 바큇자국은 조금씩 희미해졌고 아내에게로 이르는 길도 곧 끊어질 거였다. 가능하다면…… 마지막까지 함께 있어주라던 조언은 아무 쓸모가 없었다. 언젠가 용감한 자를 알게 된다면 나 역시 그 말을 해주리라. 손에 쥐었던 눈은 어느새 다 녹아버렸고 손바닥에는 한기만 남았다. 내 손안에 아내의 심장이 잠깐 머물다 간 듯했다.

아파트 입구 우편함에는 청구서가 있었다. 나는 청구서를 품에 지닌 채 희미하지만 아직은 완전히 사라지지 않은 바큇자국을 따라 걸었다. 그리고 깨달았다. 이렇게 한없이 따라가면 언제나 길은 희미할 뿐이라는 사실을. 내게 허락된 가능성은 완벽하게 지워지지는 않은 이 길뿐이라는 사실을.

다시 자형과 누나가 부부처럼 사는 아파트 단지에 들어섰을 때에도 눈은 여전히 폭폭하게 내렸다. 하늘을 올려다보면 눈이 비난처럼 내린다는 사실을 알 수 있었다. 사위는 한층 어두워졌다. 갓 태어난 동생을 어르며 함빡 웃고 있을 부모를 이해할 수 없다는 듯 바라볼 다혜가 떠올랐다. 다혜는 이해할 준비가 되었지만 다혜가 이해할 수 있는 일이란 앞으로도 결코 없을 것이다.

나는 검은 덩어리들이 눈보다 빠른 속도로 떨어지는 걸 보았다. 어두운 하늘이 허공에서 새로운 종족을 분만하는 것만 같았다. 맨처음 내 앞에 떨어진 건 갓 태어난 아이였다. 그다음으로 누나가 떨어졌고 마지막으로 자형이 떨어졌다. 쌓인 눈 탓에 소음기가 달린 권총에서 탄환이 발사될 때처럼 둔탁한 소리가 났다. 지상을 향해 스스로를 격발한 세 식구는 이 세계를 감당할 새로운 종족보다는 그저 땅에 부려진 한숨에 가까워 보였다. 나는 감히 흉내도 낼 수 없는 아름다운 한숨을 뒤적거려보았다. 한숨에 담긴 진심을 헤아리려 애쓰던 시절처럼. 눈은 피로 물들었다. 그 위로도 눈은 쌓였다.

다혜를 찾아 아파트를 오를 때 의문이 생겼다. 자형이 누나의 품에서 아이를 빼앗아 던진 걸까. 그래서 떨어지는 아이를 붙잡으려 누나도 투신한 걸까. 아니면 품에서 먼저 아이를 던진 누나가 아이를 따라 투신한 걸까. 영원히 해결할 수 없는 의문일 듯했다.

나는 소파에 웅크려 앉은 다혜 앞에 무릎을 꿇었다. 어둠 속에서 다혜의 눈이 번쩍 빛났다. 평생에 걸쳐 목격해야 할 것들을 한순간에 목격해버린 다혜는 더이상 다혜일 수가 없었으나 또한 다혜가 아닐 수도 없었다. 부들부들 떠는 다혜를 오랫동안 안아주었다. 내 품에서 무언가가 환생하는 중이었고 나는 무언가를 출산하는 기분이었다.

다혜야 정말 괜찮니? 무섭지 않아?

무서워 외삼촌. 정말 무서워.

가자 다혜야.

어딜 가 외삼촌?

여기가 아니라면 어디든 괜찮아.

다혜는 하늘에 새겨진 글씨를 읽듯 고개를 쳐들고 나를 보더니 이윽고 얼굴을 내 가슴팍에 파묻은 채 비벼댔다. 그러니까 다혜는 내게 눈물을 비치고 싶지 않았던 것이리라.

그럴 때는 고개를 끄덕여야 하는 거야 이 바보야.

바보 외삼촌. 함께 가겠다는 뜻이야.

우리는 손을 잡고 거리로 나섰다. 우리는 함께 노래를 불렀다. 다혜는 나의 미래의 딸처럼 쓸쓸한 얼굴이었다.

그날 나는 아내 없이 딸을 낳았다. 다혜는 누구의 아내도 되지 않을 것이다. 그게 바로 다혜의 혈통이니까.

아내를 위한 발라드

그는 매립구역을 빠져나왔다. 흙이 튀어 더러워진 방균복을 벗고 마스크를 바지 주머니에 넣었다. 격리구역 출입문을 나서자 동료인 김이 그의 팔을 붙잡았다. 김의 까맣고 볼품없이 주름진 얼굴이 창백했다.

한잔하지.

생각 없네.

알았네.

그는 고개를 들어 하늘을 보았다. 매립구역 위로 희석된 핏물 같은 노을이 번졌다. 그는 김에게 돌아갔다. 쭈그려 앉은 김은 헛구역질을 하다 그를 올려다보았다. 김의 눈가에 눈물이 비쳤다.

다 늙은 사내자식이 울기는.

한잔하는 거야?

알았네.

그들은 관용 미니버스에 올랐다. 운전기사인 정은 핸들에 이마를 댄 채 미동도 하지 않았다. 이제 갑시다. 누군가 재촉했다. 버스는 조용히 달렸다. 그들은 퇴근하는 사람들을 물끄러미 바라보았다. 거리는 여느 때와 다름없이 분주했다. 보건소에 도착해 일과를 보고한 뒤 퇴근했다. 주차장 앞에서 김이 그에게 담배를 권했다. 그는 고개를 저었다. 미니버스 뒤편에서 목도리에 얼굴을 파묻다시피 고개를 깊이 숙인 정이 나왔다. 그와 김이 정에게 함께 가자고 말했으나 정은 고개를 저었다. 정은 헐벗은 은행나무 아래를 지나 쪽문을 통해 사라졌다. 그와 김은 오래전부터 단골이었으나 최근에는 한번도 간 적이 없던 술집에 자리를 잡았다. 그들 말고 다른 손님은 없었다. 주인 여자가 사라진 자리는 그 여자와 남매라 해도 좋을 늙수그레한 사내가 지켰다. 그들은 사내가 내온 김치찌개에서 돼지고기를 피해 숟가락질을 했다.

휴가를 냈더군.

고향에 다녀오려네.

정 기사도 휴가를 냈던가.

그건 모르겠네.

그들은 소주 세병을 나눠 마셨다. 술집 앞을 지나가는 사람들의 목소리에도 술기운이 실렸다. 김은 어눌한 목소리로 정이 부럽다고 말했다. 그가 부러워할 것 없다고 말하자 김이 고개를 저었다.

어쨌든 아내가 살아 있잖은가. 사내는 무섭도록 조용했다. 두시간
이 흘렀으나 그들에게 한마디도 하지 않았다. 버너의 불이 꺼지자
소리 없이 다가와 부탄가스를 새것으로 교체했을 뿐이다. 취한 김
이 자울자울 윗몸을 건들거렸다. 그는 사내를 돌아보았다.

한잔하시죠.

생각 없습니다.

알겠습니다.

김이 고개를 번쩍 들었다. 김의 눈은 어느 한곳을 오래도록 노려
본 사람처럼 달아올라 붉었다.

전 아닙니다.

……

전 아니에요.

이 사람 취했습니다.

……

죄송합니다.

그는 김의 겨드랑이에 팔을 넣고 부축해 일으켰다. 버스정류장
에서 김은 술을 더 마시겠다며 버텼다. 벤치에 앉아 허리를 꺾은
채 김은 몇대의 버스를 그냥 보냈다.

감쪽같이 속여 넘겼네.

자네는 그런 재주가 없어.

그 작자가 내 말을 믿는 눈치였어.

거짓말은 아니잖은가.

거짓말이라네.

김이 웃었다. 치석으로 뒤덮인 아랫니가 보였다. 김이 팔뚝을 걷어올렸다. 그는 김의 그런 모습을 몇번 보았다. 김의 팔뚝 안쪽에는 생긴 지 얼마 안된 흉터가 있었다. 김은 이제 그것으로밖에는 아내를 추억할 수 없게 되었으므로 더 쓸쓸해질 거였다. 이미 그렇게 되었다. 상처는 더럽혀져서도 안되었고 사라져서도 안되었다. 김은 작은 생채기에도 민감하게 반응했고 결코 새로운 상처를 용납하지 않겠다는 듯 몸을 사렸다. 상처받지 않기 위해 방어적이 될수록 그 흉터는 견고해질 것이며 스스로 증식하여 김을 점령하게 될 터였다. 김은 기꺼이 흉터에 자신을 내줄 것이므로 머지않아 김을 다시는 볼 수 없게 될 거였다. 버스에 오른 김이 창가 쪽에 앉았다. 김이 손을 흔들었다. 그는 어색하게 손을 올렸다가 내렸다.

그가 보건소에서 근무한 뒤 처음으로 맞는 기나긴 휴가의 첫날이었다. 그는 현관에 의자를 내놓고 앉아 마당에 부려지는 차가운 햇살을 바라보았다. 휴일이 아니었으므로 오래된 주택가의 대낮은 평온하다 못해 을씨년스러웠다. 멀리서 들려오는 싸이렌 소리마저 답답할 만큼 느슨했다. 그는 딸에게 전화를 걸었다. 세번째로 걸었을 때에야 제 어미를 닮은 딸의 목소리를 들을 수 있었다. 아빠…… 아무 일 없지? 응. 그래, 알았다. 지루했던 낮의 등을 떠밀며 어둠이 닥쳐왔다. 통행금지는 해제되었으나 밤거리를 오가는 사람은 드물었다. 낡은 대문이 삐걱댔다. 아버지였다. 그는 아버지의 모자를 건네받기 위해 손을 내밀었다가 빈손으로 거두었다. 꾹 다문 노인의 입술은 단호한 성격을 보여주기라도 하듯 곧았다. 소파에 앉은 노인은 밭은기침을 한 뒤 며느리가 있는 곳을 물었다. 그는 아버지와 함께 지하실로 내려갔다. 손전등으로 접이식 철제침대에 쇠사슬로 묶인 아내를 비추었다. 며느리에게 다가간 노인은 신음 같은 한숨을 내쉬었다. 재갈이 물린 그의 아내는 증오에 찬 눈으로 시아버지를 바라보았다. 아내는 몸을 비틀며 버둥거렸다. 그는 아내의 눈에 안대를 씌운 뒤 재갈을 물린 입 위로도 마스크를 덧씌웠다. 십오년 전 부서 가운데 하나였던 보건진료소를 폐쇄할 무렵 회계 담당이었던 김에게 부탁해 가져온 철제침대는 낡았지만 여전히 튼튼했다. 삐걱대는 소리마저 내력이 깊게 들렸다. 그는 아내의 머리맡에 섰다. 노인은 반대편에 섰다. 그가 앞장을 섰고 노인이 뒤를 받쳤다. 계단을 올라 문을 열고 마당으로 나선 그들은 침대를 내려놓았다. 비에 젖은 개가 몸을 흔들어 물기를 떨어내듯 침대가 부르르 몸을 털었다. 그는 침대를 잡은 손에 힘을 주었다. 그의 팔에 전해진 떨림은 어깨 아래서 더는 올라오지 못했다.

그는 승합차의 뒷문을 열었다. 침대 다리를 접어 짐칸에 실었다. 미리 준비해둔 스티로폼 상자를 아내 주변에 쌓았다. 그는 시동을 걸고 전조등을 켜지 않은 채 골목 끝까지 차를 몰았다. 히터에서 찬바람이 나왔다. 조금 뒤 문단속을 마치고 온 그의 아버지가 조수석에 올랐다. 그는 전조등을 켰다. 불빛이 늙은 아버지와 늙어가는 아들의 앞을 가로막은 혼야의 옆구리를 갉아먹었다. 노인은 고개를 돌려 며느리 쪽을 보았다.

아가…… 집으로 가자.

불현듯이 아버지를 향한 적개심이 솟았다.

어머니는요?

좋아졌다.

그럴 리가 없잖아요.

여전히 내 말은 믿지 않는구나.

그의 아버지는 안전벨트를 매고 눈을 감았다. 그는 무슨 말인가
를 하려다 그만두었다. 과속방지턱을 지날 때면 신중하게 속도를
줄였고 오른쪽으로 혹은 왼쪽으로 회전을 할 때마다 클러치를 밟
아 적절하게 기어를 조절했다. 히터에서 따뜻한 바람이 나왔다. 잔
뜩 긴장했던 그의 어깨가 나른해졌다. 주택단지를 벗어나 한산한
지방도를 달리다 첫번째 검문을 받았다. 귀마개와 철모 탓에 얼굴
의 반쯤만 드러난 군인들이 무심한 눈으로 승합차를 바라보았다.
일병 계급장을 단 앳된 얼굴의 군인은 그가 내민 보건소 직원증을
힐끔 보고는 통과시켜주었다. 젊은 군인의 얼굴에 깃든 권태가 한
동안 그를 따라왔다. 고속도로 진입로에서 한번 더 검문을 받았다.
일병보다 권태로운 표정의 병장이었다. 병장이 그에게 어디를 가
느냐고 물었으나 정말 궁금해서도 의심스러워서도 아닌 듯했다.
병장은 장갑을 벗지 않은 채 손바닥에 그의 신분증을 올려놓고 유
심히 들여다보았다.

감염병 예방팀이시군요.

그렇다네.

······정말 전염이 되지 않는 겁니까?

그는 고개를 끄덕였다.

전염시키지 않는다는 말씀이시죠?

전염시키지 않지.

그럼 이 병은 어디에서 왔을까요?

휴게소에 들를 때까지 그의 귓가에 병장의 목소리가 맴돌았다. 그가 오래전에 포기한 질문을 저 젊은 병사는 여전히 품고 있다는 사실이 기이했다. 그 젊은 병사에게 아내가 없는 것만은 분명했다. 아내가 없다는 것과 아내를 잃는다는 건 비교 불가능한 다른 영역의 문제임을 처음 깨달은 기분이었다. 휴게소 건물과 멀리 떨어진 어두운 곳에 주차를 한 뒤 그는 주차장을 가로지르는 아버지의 뒤를 따랐다. 노인은 성큼성큼 걸어 화장실로 들어갔다. 소변기 앞에 선 아버지를 지나치면서 힐끗 보니 음모가 하얗게 세었다. 그는 마지막 칸에 들어가 바지를 내리고 요실금 팬티 안쪽의 패드를 살폈다. 축축했다. 아내를 침대에 결박했던 날부터 오줌을 지렸다. 아내의 신음에 익숙해질 즈음 비뇨기과를 찾은 그는 전립선염 진단을 받았다. 치골이 아프시죠? 아니오. 사정할 때 통증을 느끼지 못했나요? 사정을 해본 지 오래되었습니다. 멍청하기 짝이 없는 대화였다. 누군가 화장실 문을 두드렸다.

식당으로 오거라.

예.

그의 아버지는 소고기국밥을 주문했다. 그는 우동을 주문했다. 부자는 마주 앉아 식사를 했다. 자정 즈음이었다. 방금 물걸레질을 마친 식당 바닥에서 익숙한 군내가 피어올랐다. 그는 몇젓가락 먹지 못했다. 욕지기가 치솟았다.

아범 자네는 입이 짧아서 탈이야.

소식이 건강에 좋습니다.

좋아서 그 모양이구나.

노인은 천천히 음식을 씹어 삼켰다. 입이 벌어질 때마다 튼튼한 이가 엿보였다.

운동을 해야 한다.

하고 있어요.

겨우 한시간 산책하듯 슬슬 다녀서는 안돼.

무리하는 것보다는 낫지요.

그는 아버지가 식사를 마칠 때까지 방금 나눈 대화를 복기라도 하듯 곱씹었다. 그의 목소리는 스스로가 듣기에도 안타까울 정도로 조심스러웠다. 우동 그릇에 젓가락을 넣고 휘저어댔다. 불어터진 면발이 툭툭 끊어졌다. 구더기떼 같았다.

어멈은?

괜찮습니다.

괜찮을 리가 없지.

노인은 편의점에 들어가 빵과 우유를 샀다. 그는 노인 뒤에서 기다렸다가 담배와 라이터를 샀다.

이거라도 먹여라.

먹지 않을 거예요.

자네 어머니는 잘 먹어.

아내가 빵과 우유를 먹지 않는 것이 그의 책임이라도 된다는 듯한 말투였다. 그는 노인에게 건네받은 봉지를 짐칸에 넣은 뒤 승합차 옆에 선 채 담배를 피웠다. 바람 한점 없었다. 하늘에는 싸락눈 같은 별이 떴다.

담배 안 끊었나?

끊었지요.

다시 피울 거 시늉이나 하지 말 것을.

끊을 겁니다.

가자.

그는 담배꽁초를 으깬 뒤 운전석 문을 열었다. 익숙한 아내의 체취가 미지근한 공기에 섞여 흘러나왔다. 그는 운전석에 앉아 아내의 가느다란 신음이 분절된 음표처럼 떠다니는 짐칸을 돌아보았다. 노인은 안전벨트를 매고 눈을 감았다. 휴게소를 빠져나가기 전에 주유소 앞에서 속력을 늦추자 실눈을 뜬 노인이 그냥 가라며 손짓을 했다. 그의 아버지는 참선에 들어간 고승처럼 다시 눈을 감았다.

드문드문 달리는 화물차를 추월하며 두개의 터널을 지났다. 노인은 꾸벅꾸벅 졸았다. 잠들지 못한 아내는 여전히 가느다란 신음을 흘렸으나 그 소리는 차체에서 생겨난 소음에 섞여 그의 귀에 닿았다 말았다 했다.

고속도로를 빠져나온 뒤 검문을 받았다. 새벽 두시였다. 그를 검문한 상병은 방금 야식이라도 먹은 듯 입에서 단내를 풍겼다. 짐칸에는 뭐가 있습니까? ……아내가 있다네. ……농담하지 마십시오. 지루한 새벽이잖은가. 정말 뭐가 있습니까? 별거 아니지만 직접 보겠나? 철모를 고쳐쓴 상병은 철제 바리케이드 옆에 선 군인에게 수신호를 보냈다. 어두컴컴한 이차선 국도에 접어들자 그의 아버지가 끌탕을 했다. 자네 목소리는 겁에 질려 있었어. 긴장한 것뿐이에요. 죄라도 지었나? 죄라면 죄지요.

십분 뒤 승합차는 낮은 담장 너머로 괴괴한 운동장이 보이는 초등학교 앞을 지났다. 텅 빈 주차장을 혀처럼 빼문 농협을 지나자 도로 양쪽으로 낡은 단층 건물이 이어졌다. 가로등마저 드물어 스산하리만큼 고요한 면 소재지였다. 이십 미터 간격으로 과속방지턱이 있어 속력을 늦출 수밖에 없었다. 온몸이 누런 고양이 한마리가 중국집 배달 오토바이 앞에서 뛰어나와 도로에 서더니 그와 노인을 바라보았다. 전조등에 비친 눈알이 섬뜩하게 빛났다. 매립구역에도 그런 눈알이 흔하게 널렸다. 압력에 의해 튀어나온 눈알들이 신경과 핏줄을 매단 채 방금 캐낸 양파처럼 뒹굴었다. 안락사에 필요한 약물 부족과 처리해야 할 사체 적체로 화장터에서 반송되어온 그들은 사람이 아니었으되 사람이 아닌 다른 무엇이라고도 할 수 없었다. 매립구역 관리인력으로 분류되어 파견을 나온 보건소 직원들은 그들을 그저 아내들이라고 불렀다. 누군가의 아내였을 그들이므로 전혀 틀린 말은 아니었으나 아내라는 낱말에 깃든 어떤 신성을 모욕한 기분이 드는 건 어쩔 수 없었다. 아내라는 말은 발음할수록 낯설었다. 애정을 담아 말하거나 증오를 담아 말하거나 상관없이 입 밖으로 내뱉는 순간 그 말에 담긴 본래 의미와 이별하는 듯한 기분이었고 그 말이 가리키던 관계마저 버성기게 되는 듯했다. 아내라는 말은 얼마나 파렴치한가. 그가 속력을 높이자 고양이가 쏜살같이 반대편 인도로 달려갔다. 승합차는 덜컹거리며 과속방지턱을 넘었고 그의 결기를 나무라는 듯한 노인의 불편한 신음이 아내의 고통스런 신음과 뒤엉켰다. 그는 이발소 앞에 차를 세웠다. 승합차의 뒷문을 열고 아내를 살폈다. 결박된 쇠사슬은 조금도 느슨해지지 않았다. 그는 언제나 불안했다. 출근하기 전과 퇴근하고 돌아왔을 때뿐만 아니라 선잠에 들었다 깨었을 적에도 외투를 입고 지하실에 내려가 아내가 무사한지를 살폈다. 그가 할 수 있는 일은 쇠사슬이 단단히 조여져 있는지를 확인하는 것뿐이었으나 그 일에 마치 인생의 난제를 해결할 수 있는 결정적인 단서라도 숨겨져 있는 것처럼 신중하고 끈질기게 수행했다. 불안은 줄어들지 않았다. 어느날인가 그는 인기척에 놀라 잠에서 깨어났고 옆자리에 잠들었다가 목이 말라 깨어난 것처럼 윗몸을 일으킨 채 두리번거리는 아내를 보기도 했다. 그건 현실처럼 생생한 꿈이었거나 그의 두려움이 만들어낸 가당치 않은 환영이었을 테지만 따뜻하게 데워진 바로 옆 이부자리를 쓸어본 뒤로는 아무것도 확신할 수 없었다. 지금까지 살아온 그 많은 나날들이 모두 헛것이 아니라고 장담할 수조차 없게 되었다. 아내는 이미 오래전에 그의 곁을 떠나버린 듯했고 여태 아내라고 믿으며 살아왔던 사람은 아내가 남긴 잔영에 불과한 것만 같았다. 그런 생각은 그가 아내라고 믿었던 사람이 정말 아내였는지조차 의문이 들게 했으며 삼십년 가까이 그와 아내가 부부로써 이룩한 일은 서로에게서 조금씩 멀어져 완벽하게 타인이 되는 것이었다는 깨달음에 이르게 했다. 그는 태연하게 물그릇을 찾아 아내에게 건네줄 수 있을 만큼 담대한 사람은 아니었기에 이불을 머리끝까지 끌어당긴 채 아내가 사라지기만을 숨죽여 기다렸다. 아내가 사라졌다는 확신이 생기자 그는 손을 뻗어 옆자리를 쓸어보았고 손바닥에 닿은 온기에 놀라 소리 없이 소스라쳤던 거였다.

그는 흐트러진 스티로폼 상자를 바로 겹쳐놓은 뒤 뒷문을 닫았다. 아내의 신음이 들렸다. 그는 다시 문을 열었다. 먼 데서 들려오는 소리였다. 그는 문을 닫고 승합차 뒤쪽에 쭈그리고 앉았다. 정적에 짓눌린 시골 마을의 새벽은 음산하기 짝이 없었다. 누군가의 아내임이 분명한 이의 입에서 흘러나온 신음은 이 새벽에 먼 길을 떠나온 늙은 부자를 조롱하는 것만 같았다. 이 마을 사람들은 잠자리에 누운 채 신음에 귀를 기울이며 낯선 승합차의 엔진음과 과속방지턱을 넘을 때마다 탄성을 잃은 완충장치에서 나는 쇳소리마저 헤아려 들을 것만 같았다. 운전석에 오르자 그의 아버지가 비밀을 폭로하듯 은밀한 목소리로 말했다.

나는 안다.

뭘요?

이 병이 어디에서 왔는지.

어디에서 왔나요?

아범은 말해줘도 몰라.

그럼 말씀하지 마세요.

오래전에도 이 병이 온 적이 있다.

착각이에요.

자네 어머니는 그때도 이겨냈어.

그는 솟구치는 조바심을 억누르기 위해 핸들을 잡은 손에 힘을 줬다. 아버지의 말을 믿는 건 아니었지만 마음이 기우는 건 믿음과는 무관한 일이었다. 어쩌면 아버지의 말이 옳을지도 모른다. 설령 아버지의 기억이 잘못된 것이라 할지라도 지금 겪는 일이 과거 누군가 겪었던 일이 아니라는 보장은 없으므로. 그 역시 마찬가지로 세월이 흐른 뒤에 오늘 이 순간을 분명하게 기억하리라 장담할 수 없는 노릇이므로. 쇠락한 면 소재지를 지나자 주유소가 나타났다. 사무실에는 백열등이 켜져 있었다. 이번에는 그의 아버지도 반대하지 않았다. 그는 주유기 옆에 차를 세웠다. 한참을 기다렸지만 아무도 나오지 않았다. 승합차에서 내린 그는 사무실의 문을 두드렸다. 이윽고 얼굴에 졸음기가 가득한 중년의 사내가 문을 슬그머니 열더니 인상을 찌푸리며 무슨 일이냐고 물었다. 그가 주유를 원한다고 하자 중년의 사내는 투덜거리면서 문을 닫았다. 외투를 걸쳐 입고 나온 사내는 주유 내내 하품을 하며 눈가에 배어나온 눈물을 목장갑 낀 손등으로 닦아냈다. 주유기 계기판의 숫자마저 하품이라도 하듯 천천히 넘어갔다. 주유를 마친 사내가 운전석으로 다가와 손을 내밀었다. 그가 카드를 내밀자 사내는 고개를 저었다. 이주 전부터 단말기가 고장났다며 으르렁거렸다. 그가 지갑에서 현금을 꺼내 건네자 사내가 머뭇거렸다.

조금 더 주시죠.

그게 무슨 말입니까?

한겨울 새벽에 주유라니.

장사 그만두고 싶어요?

그만두고 싶지요.

주유소 사내는 더 말하기 싫다는 듯 고개를 돌려 하늘을 올려다보면서 한 손으로는 짐칸의 유리창을 두드렸다. 여기에 뭐가 있는지 모를 줄 압니까? 사내는 포르노를 처음 보는 사춘기 소년처럼 음탕한 신음을 흉내 냈다. 조금 더 드리죠. 그는 방금 건넨 금액만큼의 현금을 지갑에서 꺼내 사내에게 건넸다. 사내는 가래를 끌어올려 칵 소리를 내며 뱉고는 사무실로 들어갔다. 노인이 헛웃음을 흘렸다. 자네는 물러터져서 탈이야. 내가 아범만큼만 젊었어도 저런 녀석은 먹살을 잡아 던져버렸을 거다. 그는 아무런 대꾸도 하지 않았다. 언제부턴가 그는 시비를 가리는 일에 신물이 났다. 아마도 아내와의 사이가 버성기게 되었을 무렵, 그가 더는 전도유망한 청년도 아닐뿐더러 술을 마시고 귀가하는 날이면 부러 잠든 딸아이를 깨워 옆에 앉혀둔 아내가 시작한 투정에 대꾸하다 살림살이를 던지고 부수며 대판 싸워 새벽녘에야 씨근거리며 고단한 몸을 누이던 어느날부터였을 것이다. 그렇게 간신히 잠자리에 들어 뒤척이면 아내는 방금까지도 날선 말을 내뱉던 사람답지 않게 처연한 목소리로 우리는 아이 때문에 사는 게 맞아,라며 감탄이라도 하듯 혼잣말을 했다. 그래, 당신 말이 맞아. 이렇게 대꾸하고 싶은 마음을 억누르다보면 어느새 동살이 잡혀 창밖이 뿌예졌다. 겨우 하룻밤을 허비했을 뿐인데 인생을 허비한 기분이 들었다. 소중한 무언가를 잃어버렸으며 영영 되찾을 수 없다는 절망에 사로잡힌 채 한두시간 눈을 붙이고 출근길에 나서면 무릎이 절로 푹푹 꺾였다. 그의 반생이 더이상 사랑하지 않는 아내와 다투는 동안 속절없이 흘러가버렸다.

십분 뒤에 그들은 갈림길에 이르렀다. 오른쪽은 도시로 가는 길이었고 왼쪽은 그의 고향 마을로 가는 길이었다. 그가 경적을 울리자 불 꺼진 검문소의 문이 열리더니 경사 계급장을 단 경찰이 나왔다. 그는 경찰과 악수를 나눴다. 경찰은 모자를 벗어 그의 아버지에게 꾸벅 인사를 했다. 노인은 손을 들어 답례를 했다. 경찰이 그에게 얼마나 머물 거냐고 물었다. 그는 하루나 이틀 정도라고 말했다. 경찰은 내일 비번이니 괜찮다면 술이나 한잔하자고 했다. 그는 그러마라고 했다. 경찰은 핸드폰 번호를 알려달라 했다. 그는 명함을 한장 건넸다. 그 역시 경찰의 번호를 받았다. 젊은 순경이 뒤늦게 검문소에서 나오더니 철제 바리케이드를 옮겼다.

이 시간엔 오가는 차가 한대도 없다네.

나 때문에 괜히 번거로워졌네.

새벽에 고향을 찾는 심사가 더 복잡하고 번거롭겠지.

춥지는 않은가?

춥네.

고생이 많네그려.

자네도 마찬가지 아닌가.

동창인 경찰의 입술은 파랗게 질려 있었다. 그가 출발하기 전에 경찰이 물었다. 전염이 되지 않는다는 게 확실한가? 그렇다네. 그럼 대체 이 병은 어디서 왔단 말인가? 잘 모르겠네. 전염이 되지 않는다는 건 어찌 아는가? 사실 그것 역시 확실하지는 않다네. 괜한 질문을 했군. 괜찮네. 조심해서 가게. 고맙네. 어르신, 조심히 들어가십시오. 그는 왼쪽 길로 차를 몰았다. 짐칸에 무엇이 있는지 알면서 모른 척했는지 정말 몰라서 묻지 않았는지는 알 수 없었다. 길은 산자락과 들판의 경계를 따라 이어졌다. 저수지를 끼고 달리다 가파른 길을 오를 때 승합차가 숨이 막힌 듯 몇차례 쿨럭거렸다. 그는 낚시꾼들이 다져놓은 공터에 차를 세웠다. 타이어 문제는 아닌 듯했다. 엔진룸을 열고 살펴보아도 차량에 대한 전문지식이 없는 그로서는 어디에 문제가 생겼는지 알 수 없었다. 저 아래 저수지 쪽에서 손전등 불빛이 사납게 흔들렸다. 아침 일찍 낚시를 하려고 야영을 하는 낚시꾼인 듯했다.

이주 전 주말 그와 김과 정은 북한산을 오르려다 포기하고 포천의 어느 저수지로 갔다. 낚시도구는 정이 준비했고 야영장비는 김이 준비했다. 그들은 각자 얼음을 깨고 낚싯대를 드리웠다. 산에서 불어온 바람이 목소리를 채가는 바람에 간단한 말을 건네려 해도 목청을 높여야 했고 추위에 시달리다 못해 텐트 안으로 기어들어 갈 무렵에는 다들 목이 쉬었다. 그와 김에 비교하자면 정은 유쾌했다. 홀로 유쾌하다는 사실이 못내 마음에 걸렸는지 정은 자상한 가장처럼 자청해서 밥을 안치고 찌개를 끓였다. 소주를 나눠 마시고 침낭에 들어가 잠을 청했으나 누구 하나 잠들지 못했다. 오십대의 사내 셋이 비좁은 텐트 안에서 침낭을 부딪혀가며 입김을 내뿜는 밤이 특별히 쓸쓸하지는 않았으나 어디선가 들려오는 여자의 웃음소리가 그들이 악착같이 견디는 시간들을 무위로 만들어버리는 기분이 드는 건 어쩔 수 없었다. 두어시간 눈을 붙였다 일어난 그는 정이 텐트에 없는 걸 알았다. 정은 붕어 한마리도 낚지 못했던 자신의 구덩이 앞에서 저수지 바닥을 헤아리기도 하듯 고개를 숙인 채 앉아 있었다. 그는 접이식 의자를 끌어와 정의 맞은편에 앉았다. 정이 담배를 권했으나 그는 고개를 저었다. 위로가 필요한 사람은 정이 아니라 그와 김이었으나 그 순간의 정은 그와 김이 지닌 상실감 너머의 어떤 참혹한 감정에 익사하기 직전인 것만 같았다.

아내에게 남자가 있어.

어쩔 수 없지 않은가.

이혼하기 전부터 그랬다네.

이혼하자고 할 때 눈치채지 못했나?

짐작은 했지.

노여워 말게.

노엽지 않네.

점심이 되기 전에 김이 손바닥만 한 붕어를 한마리 낚았다. 김은 붕어를 지그시 바라보다 구덩이에 던졌다. 그들은 점심으로 라면을 끓여먹은 뒤 텐트를 접고 도구를 챙겨 서울로 돌아왔다. 그는 정의 집에 들러 먼저 정을 내려준 뒤 김의 집으로 향했다. 정은 그들의 차가 보이지 않을 때까지 오랫동안 길가에 선 채 눈길로 배웅했다. 김의 집에 거의 도착했을 무렵 김이 기침처럼 한숨을 쉬었다. 나는 이제 그만두려네. 살아 있는 게 치욕이야. 난 다만 아내를 잃었을 뿐인데 모든 걸 잃은 기분이네. 기분이 아니라 사실이겠지. 사실이 무언지 장담할 수 있는가. 지금 우리가 두 눈을 뜬 채 목격하는 이 일을 자네는 믿을 수 있겠는가. 믿을 수 없음에도 버젓이 이런 일이 벌어지고 있다는 게 수치스럽네. 자네 탓이 아니잖은가. 그럼 누구 탓인가? 누구의 탓도 아니지. 그래서 우리 탓이네. 누구의 탓인지 알 수 없는 일은 모두 우리 탓이야. 그가 집에 도착했을 때는 희미한 태양이 뉘엿뉘엿 기울 무렵이었다. 그는 지하실에 내려가 의자를 당겨 아내 옆에 앉았다. 등산용 스틱이 부러져 예감이 좋지 않다며 예정된 산행을 포기하게끔 그들을 종용했던 정에 대해 말해주었다. 포천으로 가는 길 주변의 황량한 풍경과 꽁꽁 얼어붙은 저수지 위를 불어오던 바람에 대해서도 말했다. 그 바람이 노래 같았다는 말을 덧붙이자 아내가 슬쩍 미소를 지었다. 여러 사람이 한꺼번에 다른 곡을 휘파람으로 연주하는 것 같다고 했다. 숙련된 연주가마저 쉽지 않은 난해한 교향곡이 울려 퍼지던 그곳에서 당신이 그리웠다고 말했으나 진심은 아니었다.

여보, 기억나요?

뭐가?

당신이 즐겨 부르던 노래.

잊었어.

어둡고 쓸쓸한 밤 귀를 기울이면

기울이면.

당신의 노랫소리를 들을 수 있었지요.

술주정이야.

당신은 골목 어귀에 이르렀고

이르렀고.

당신 노래를 따라 흥얼거리면

흥얼거리면.

우리 아이가 눈을 뜨고 일어나

……일어나.

아빠냐고 물었지요.

기억나.

아니, 잊었어요.

무얼?

우리가 언제 사랑을 했는지.

기억하지 않아도 사랑했다는 사실은 변함이 없어.

사위는 고요했다. 새벽 세시였다. 바람이 그의 푸석한 뺨을 날카롭게 써레질하며 지나갔다. 노인은 뒷짐을 진 채 저수지 쪽을 내려다보았다. 그는 조수석의 잡물함에서 목장갑 두켤레를 꺼내 아버지와 나눠 끼었다. 승합차의 뒷문을 열고 침대를 꺼냈다. 아가, 답답하지? 그의 아버지는 며느리의 입에서 재갈을 벗긴 뒤 마스크만 다시 씌웠다. 안대를 벗기자 아내는 눈을 감았다. 늙은 아비와 아들은 침대를 들고 비탈길을 걸어 올라갔다. 누군가의 아내이면서 며느리이기도 한 오십대 여자가 덜덜 떨며 이를 맞부딪히는 딱딱 소리가 먼 곳에서 들려온 것처럼 아련했다. 노인의 숨이 가빠졌다. 그는 모른 척했다. 고개에 이르기도 전에 그의 아버지가 잠시 쉬자고 했다. 그들은 침대를 내려놓고 숨을 골랐다. 어둠은 한층 깊어졌다. 그는 외투를 벗어 아내를 덮어주었다. 달아올랐던 그의 몸이 재빠르게 식어갔다. 안경을 고쳐 쓴 노인이 침대의 다리를 펴라고 말했다. 바퀴가 약해서 부서질지 모른다고 했으나 노인은 고집을 부렸다. 그들은 다리를 편 침대를 밀고 올랐다. 시멘트로 포장된 길은 세월 탓에 울퉁불퉁해진 터라 침대가 덜컹거렸다. 고개를 넘어가자 바퀴 두개가 부서졌다. 그들은 침대의 다리를 접었다. 그가 앞을 들고 그의 아버지가 뒤를 들었다. 구불구불한 내리막길을 걸어가면서 부자는 아무런 말이 없었다. 그는 이따금 고개를 돌려 침대에 결박된 아내를 보았다. 침대에 결박된 오십대 여자는 그의 아내

가 아니었으나 아내가 아닌 다른 누구일 수도 없었으며 또한 결코
아내일 수도 없었다. 아내이면서 아내가 아닌 그이가 영위했던 삶
마저 삶이면서 삶이 아닌 듯했다. 그는 침대의 무게에 보태어진 아
내의 무게만을 따로 가늠할 수 없었다. 아내는 이미 침대와 하나가
된 듯했고 아니 어쩌면 이처럼 눈에 보이는 육신이야말로 무게가
없으며 그 육신에 깃들었던 과거만이 무게를 지녔던 것인지도 몰
랐다. 아내가 더이상 아내가 아니게 되었을 무렵 아내는 어디론가
멀리 떠나버린 것이었고 그때 아내는 그와 함께 겪었던 모든 과거
마저 쓸어 담아 가버린 거였다. 산바람이 거세어졌다. 노인의 옷자
락이 펄럭거렸다. 그는 전화를 받기 위해 잠시 침대를 내려놓아야
했다. 바람 소리를 뚝뚝 분지르며 흥분한 김의 목소리가 들려왔다.

  우리 집에 정 기사가 와 있다네.

  이 새벽에 무슨 일인가.

  손이며 옷이 온통 피로 범벅이 되어 찾아왔어.

  다친 데는 없던가.

  아내를 죽였다고 횡설수설한다네.

  그랬다면 그런 거겠지.

  믿어야 할지 말아야 할지 모르겠네.

  흥분하지 말고 침착하게나.

  난 지금 정 기사를 죽여버리고 싶다네.

  그만두고 싶다고 하지 않았나.

  ……

그는 전화를 끊고 쭈그려 앉았다. 노인은 무슨 일이냐고 물었다. 그는 보건소의 관용버스를 운전하는 동료가 이혼한 지 일년 된 아내를 죽인 것 같다고 말했다. 못난 것들. 노인은 딱히 누구에게랄 것도 없이 경멸이 담긴 목소리로 이렇게 내뱉었다. 그는 수치스러웠으나 아버지 때문은 아니었다. 그가 하고 싶었으나 할 수 없었던 일이었으며 그가 해야 했으나 해서는 안되는 일이었고 그가 앞으로도 괴로워하면서 결코 이룰 수 없는 일이었다. 그가 살해하기도 전에 그의 아내는 이미 살해당했으며 아내를 살해한 자가 누구인지 알 수 없기에 남은 생애에 걸쳐 그는 아내를 살해해버린 듯한 죄책감에 시달리며 말라비틀어질 거였다. 그의 등 뒤에 선 채 안경알 안쪽에서 침침한 눈을 깜박이는 저 볼품없는 늙은이처럼.

그는 고향 마을 들머리에서 침대를 내려놓고 아내의 입에 재갈을 물렸다. 개 짖는 소리가 들려왔다. 새벽 다섯시였다. 부지런한 누군가가 운동 삼아 벌써 마을을 한바퀴 돌고 있는지도 몰랐다. 그의 아버지는 고향에 돌아왔으니 쓸데없는 걱정을 할 필요가 없다며 못마땅해했다. 그의 고향집은 마을에서 조금 외딴 곳이었기에 뭇사람들의 시선에서 자유로운 편이었다. 십여년 전 옛집을 허물고 그 자리에 지은 단층 양옥집은 어둠에 짓눌린 듯 납작해 보였다. 그의 아버지는 대문을 열고 성큼성큼 마당으로 들어섰다. 당신이 없는 동안에도 모든 것들이 제자리를 지켰음을 확인한 뒤 되돌아 나왔다. 그의 아버지는 자못 정겹게까지 들리는 목소리로 말했다. 이처럼 이른 새벽만 아니라면 한바탕 호탕하게 웃음을 터뜨리기라도 할 것 같은 들뜬 목소리였다.

어멈은 자네 어머니가 잘 보살펴줄 걸세.

그럴 리가 없잖아요.

눈으로 봐야만 믿겠나?

보아도 믿을 수 없어요.

그의 부정에도 노인은 화를 내기는커녕 철없는 강아지라도 보듯 입가에 부드러운 주름을 잡으며 다가왔다. 노인은 그의 귓가에 대고 소곤거렸다.

자네 어머니는 이제 거의…… 사람이라네.

그는 고개를 저었지만 가슴 한구석에서 두려움이 치솟는 걸 어찌할 수 없었다. 아버지의 장담이 사실이라면 그게 사실이 아닌 경우보다 혼란스러울 거였다. 그는 질투가 생겼다. 그의 어머니는 어머니 이전에 아버지의 아내였다. 만약 당신들이 이 세계의 혼란에서 한걸음 물러나 현명하게 처신하며 여생을 누릴 수 있다면 그것도 좋은 일이었다. 설령 그렇다 해도 누구 하나 당신들을 부러워하지는 않을 테지만 그런 기회가 온다면 마찬가지로 누구 하나 거부하지는 않을 테니. 그와 노인은 침대를 거실로 옮겼다. 노인은 거실의 불을 켰다. 고향집은 그가 마지막으로 찾아왔던 일년 전과 그리 다르지 않았다. 벽에 걸린 달력마저 지난해 보았던 달력인 듯했다. 아내가 신음을 흘렸다. 그는 아내의 눈에 안대를 씌워주고 부엌에 들어가 물을 마시는 아버지의 도움을 청하지 않은 채 혼자 침대를 끌어 작은방에 들여놓았다. 그가 아내와 함께 내려오면 머물던 방이었다. 그리 자주 머문 방은 아니었으나 이 방에 머물 때마다 그와 아내는 서로에게 치솟는 분노와 증오를 갈무리하기 위해 얼마나 안간힘을 쓰며 불편한 잠을 이루었던가. 그는 예전처럼 그러니까 어느 해 명절이거나 제삿날처럼 불도 켜지 않은 채 아내 옆에 누워 방을 채운 맥 빠진 어둠을 노려보았다. 아내의 숨소리가 해일처럼 그의 귓속으로 밀려들어왔다. 아내가 몸을 돌려 그와 등진 채 무릎을 끌어당기는 소리가 들려왔고 한숨 같은 끙끙거림 뒤에 알아듣기 힘든 중얼거림도 들려왔다. 그는 손을 뻗어 안대를 벗기려다 그만두었다. 침대에 결박된 아내가 몸부림을 쳤다. 쇠사슬이 기이하게 끼익 소리를 냈고 앙상하게 마른 몸 속 뼈에 금이 가는 듯한 소리가 났다. 아내도 여기가 어딘지 아는 듯했다. 여기가 어디인가를 아는 것이야말로 삶의 비밀을 아는 것과 다르지 않음을 보여주기라도 하려는 듯 아내의 몸부림은 예의 바르게 절박했다.

아빠, 어디예요? 집이야. 내가 집인데. ……할아버지 댁이야. 죽으러 간 건 아니지? ……응. 그래, 알았어. 얘야…… 왜, 아빠. 다시들어도 네 목소리는 엄마와 판박이구나. 물려받은 게 겨우 그거야? 노래를 불러주겠니. 무슨 일 있어? 나를 위해서가 아니라 네 엄마를 위해서 말이다. 엄마는 없어. 엄마가 듣고 있다고 생각하렴. 엄마는 아빠가 안락사 신청을 해서 화장터로 보냈잖아. 그건…… 그래, 맞다, 이 아빠가 그랬지.

스피커를 켜두었기에 그가 딸과 나눈 대화는 아내도 모두 들었다. 지린내가 났다. 그가 기저귀를 갈아줄 때 아내가 입을 벌리고 끔찍한 소리를 내며 웃었다. 욕실에 들어가 요실금 팬티의 패드를 갈고 돌아온 그는 아내 옆에 누웠다. 방문이 열렸다. 노인이 그에게 일어나라고 말했다. 그는 아버지와 함께 안방으로 갔다. 전기장판 위에 깔린 요가 흐트러졌고 그 위의 이불도 흐트러졌다. 서둘러 잠자리를 빠져나간 흔적이었다. 그는 집 안 구석구석을 살폈다. 어머니는 어디에도 없었다. 그는 거실 한가운데 뿌리 뽑힌 고춧대처럼 기우뚱 앉은 앙상한 아버지에게 다가갔다. 이윽고 아버지가 두 손으로 바닥을 짚었다. 그는 아버지의 겨드랑이에 팔을 넣고 부축해 일으켜세웠다. 아버지는 허깨비처럼 가벼웠다. 아내를 잃은 여느 사내들과 마찬가지로 한심해 보였다. 그는 어머니가 잠들었던 자리 옆에 아버지를 누이고 아내에게 돌아갔다. 아내는 그에게 무슨 말인가를 하고 싶어 하는 듯 입술을 달싹거렸다. 그 입에 귀를 갖다대봐야 들을 수 있는 건 해독할 수 없는 모호한 말뿐이었으나 그는 끈질기게 아내의 말을 이해하기 위해 귀를 기울였다. 결국 아무것도 이해하지 못한 그는 아내 옆에 누워 눈을 감았다. 창밖이 뿌예졌다.

보험회사의 긴급서비스는 생각보다 일처리가 빨랐다. 정오 무렵 짐칸에 아내 대신 커다란 망치를 싣고 고향집을 떠나 삼거리에 이른 그는 텅 빈 검문소 앞에 차를 세웠다. 경찰은 갈라진 목소리로 전화를 받았다. 자는 걸 깨웠나 보네. 괜찮네. 오늘 약속은 어렵겠네. 나도 마찬가지야. 감기에 걸렸나? 자네가 가고 난 뒤 얼마 안되어 누군가의 아내를 체포했네. 누구인지 알겠던가? ……자네 어머니 같았다네. 그럼 내 어머니가 맞을 걸세. 관례적으로 안면이 있는 누군가의 아내인 경우 사적인 접촉이 금지된다네. 나도 아네. 미안하네. 처리되었나? 새벽에 이미 화장터로 보냈다네. 알겠네. 다시 내려오면 연락하게나. 그러지. 그는 승합차를 몰고 지난 새벽에 찾았던 주유소에 들렀다. 짐칸에서 망치를 꺼내 쥐고 사무실로 갔다. 문을 두드렸으나 인기척은 들리지 않았다. 그는 사무실의 창을 깨고 안을 들여다보았다. 아무도 없었다. 문을 부수고 들어가 망치를 휘둘렀다. 그는 이인용 소파에 앉아 식어버린 연탄난로를 물끄러미 바라보았다. 때늦은 후회가 밀려왔다. 주유소를 떠나기 전에 아버지의 전화를 받았다. 자네 ……어멈을 데리고 갈 수 없겠나? 그의 아버지 역시 아내를 잃은 사내였으므로 그는 화를 내지 않았다. 그는 아직 휴가가 남았으니 하루 이틀 안으로 다시 내려오겠다고 대답했다. 그의 아버지는 한숨을 쉬는 것으로 통화를 끝냈다.

그는 승합차에 올라 면 소재지를 빠른 속도로 통과했다. 과속방지턱을 넘을 때마다 낡은 써스펜션이 삐걱거렸다. 그는 고속도로 휴게소에 들러 소고기국밥 한그릇을 음복이라도 하듯 먹었다. 집에 도착했을 무렵에는 이미 오후가 기울었다. 승합차를 주차한 뒤 대문을 밀고 마당에 들어서자 김에게 전화가 왔다. 그만두었나? 격리구역 출입문일세. 정 기사는 살아 있나? 아침에 경찰서를 찾아가 자수했다네. 사실이었군. 사실이었지. 뉴스에도 나오지 않겠지? 나오지 않겠지. ……그만두게나. 그만두겠네. 무얼 말인가? 무엇이든. 아무것도 그만두지 않겠다는 말로 들리네. 그는 보건소에 전화를 걸었다. 팀장에게 휴가를 취소하고 내일부터 출근하겠노라 말했다. 팀장은 정 기사 사건으로 어수선하다며 고맙다고 말했다. 그는 딸이 다녀간 흔적이 남은 집 안에 덩그러니 홀로 앉아 뜬눈으로 밤을 새웠다. 처음으로 아내 없이 보낸 밤은 생각처럼 쓸쓸하지 않았다. 다음 날 아침 그는 보건소로 나가 새로 온 기사가 운전하는 미니버스를 타고 격리구역으로 갔다. 격리구역 출입문을 지나 탈의실에서 옷을 갈아입고 마스크를 쓰고 방균복 차림이 되어 매립구역으로 들어갔다. 불을 피운 드럼통 주위에 몰려 있던 굴착기 기사들이 그를 보자 하나둘 자리를 떴다. 오후부터 눈이 내렸다. 누군가의 아내들 같은 눈이 하염없이 내려와 매립구역을 뒤덮었다. 작업 종료를 알리는 싸이렌이 음산하게 울려 퍼졌다. 그는 여전히 매립구역이 한눈에 내려다보이는 펜스 위에 선 채 내리는 눈을 어깨와 머리로 고스란히 맞았다. 김이 그의 옆에 쭈그리고 앉아 헛구역질을 하다 올려다보았다. 김은 눈을 껌벅거렸다. 이제 가지. 기다리겠네. 무얼 기다리나. 나도 모르겠네. 자네도 이미 제수씨를 떠나보내지 않았나. 그는 소매를 걷어올려 김에게 팔뚝을 보여주었다. 흉터가 있나? 없군. 나도 자네와 같아. 자네는 나와 다르지. 여기에 흉터가 생기길 기다리네. 알았네. 언젠가 올 거야. 그때가 되면 너무

늦어. 이미 늦었네. 이미 늦었지. 김은 입속으로 들어온 눈을 삼키며 말했다. 눈이 춤을 추며 내리네. 노래에 맞춰 내리니까. 노래는 누가 부르나. 그들은 어둠이 내려앉은 매립구역을 바라보았다. 눈에 덮인 그곳은 파도가 치는 바다처럼 울퉁불퉁했다. 하나하나가 모두 아내들의 심장 같았다.

눈은 언제까지나 내렸다.

발라드의 기원

경찰이 다녀간 지 얼마 안되어 다시 초인종이 울렸다. 그는 현관
문을 열었다. 은퇴한 지 오래되었으나 관할 정부부처의 요청에 응
해 현직에 복귀한 것으로 보이는 늙은 우편집배원이 있었다. 집배
원은 마스크를 벗고 그의 이름을 확인한 뒤 가느다란 나일론 끈으
로 묶은 한다발의 우편물을 건넸다.

이건 서명이 필요합니다.

등기인가요.

비슷한 겁니다.

집배원은 휴대용 단말기가 아닌 클립보드를 내밀었다. 보드 위
쪽에 끈으로 묶어 달아둔 모나미 볼펜을 쥔 그는 씨가를 연상케 하
는 집배원의 까맣고 뭉툭한 손가락이 가리키는 빈칸에 서명을 했

다. 집배원은 두툼한 행정봉투를 그에게 건넨 뒤 한숨을 내쉬었다. 집배원이 접이식 카트의 손잡이를 잡자 철컹 소리가 아파트 복도를 울렸다. 카트에는 우편물이 잔뜩 들어 있는 듯 팽팽하게 부푼 가방 두개가 있었다. 그는 선 채로 끈을 풀어 재빨리 우편물을 훑어보았다. 대부분 쓸모없는 청구서나 소식지들이었다. 아니나 다를까 그 가운데 몇개는 그의 것이 아니었다. 그가 부르자 엘리베이터 앞까지 갔던 집배원이 되돌아왔다.

이 우편물의 수취인은 지금 여기에 살지 않습니다.

이사 가신 건가요.

비슷합니다.

아내…… 분이었나요.

전 결혼한 적이 없습니다.

집배원의 눈길은 현관 바닥을 향했다. 그의 운동화 옆에는 하이힐이 나란히 놓여 있었다. 집배원이 쓸쓸한 표정을 지었다. 체념하는 것 말고는 다른 방도가 없음을 알려주는 듯한 표정이었다. 세월이 새긴 듯한 혹은 세월이 부드러운 가루가 되어 섞여 있는 듯한 집배원의 표정 탓에 울컥 눈물이 나올 뻔했다. 그 표정은 그가 결코 도달하지 못할 미래의 어느 한가한 하루를 연상시켰다. 그는 그동안 수없이 자문했으나 결코 누구에게도 하지 못했던 질문을 집배원에게 하고 싶었다. 집배원이 가까운 사람으로 느껴졌고 이 기회를 놓치면 영영 누구에게도 그 질문을 던지지 못할 것만 같았다. 집배원이 다시 마스크를 썼다.

그는 소리 나지 않게 조심스레 현관문을 닫았다. 카트의 바퀴 굴러가는 소리가 멀어졌다. 그는 우편물을 손에 쥔 채 안방으로 들어가 침대 가까이 의자를 끌어당겨 앉았다.

집배원이 다녀갔어. 노인이었어. 얼마나 나이가 많은지 살아 있는 사람 같지가 않았어. ……당신이 내 아내냐고 묻더군. 아니라고 말했어.

그는 집배원이 마지막으로 건네주었던 우편물을 뜯었다. 정해진 시일 안에 가까운 보건소에 안락사 신청서를 제출하라는 내용의 경고장이었다.

잘못 온 거야. 나는 당신을 안락사시킬 생각이 없어. ……그럴 필요도 없고.

그는 건강보험공단에서 온 우편물을 뜯었다. 그 안에는 새로 발급된 건강보험증이 있었다. 그의 이름 아래 또다른 이름이 있었다.

이것도 잘못 왔어. 왜 당신 이름이 내 이름 아래 있는 거지. ……당신, 이게 왜 이런지 알아. 왜 당신 이름이 여기에 있는 거지. ……잠깐 나갔다 올게.

아파트를 나선 그는 동사무소로 향했다. 횡단보도 앞에 선 그는 먼 하늘을 올려다보았다. 사람들의 시선은 모두 그곳을 향했다. 어딘가의 소각장에서 피어오른 연기인 듯했다. 동사무소는 한가했다. 그는 주민등록등본과 가족관계증명서를 한통씩 발급받았다. 그는 주차장 귀퉁이에 마련된 쉼터에 앉아 서류를 찬찬히 살펴보았다. 아무리 보아도 이해할 수 없었다. 기이하게도 두 서류 모두 한가지 사실을 증명하고 있었다. 그에게 아내가 있음을. 그는 동 사무소로 돌아가 증명서를 발급해준 직원에게 물었다. 직원은 혼 인신고가 이미 두달 전에 접수되었으며 곧바로 처리되었다고 말 했다. 그가 모르는 사실이라고 말하자 혼인신고는 당사자들이 모 두 오지 않아도 어느 한명이 필요한 신분증과 서류만 소지하면 가 능하다고 일러주었다. 아파트로 돌아가는 길에 그는 일이 어떤 식 으로 전개되었는지를 그려볼 수 있었다. 현관 앞에 선 그는 한동안 무얼 해야 할지 몰라 가만히 있었다. 언젠가부터 그가 꿈꾸었던 미 래가 이미 실현되었다. 그는 한 사람의 남편이었고 침대에 누운 채 그가 돌아오기를 기다리는 이가 바로 그의 아내였다. 아내라니. 누 군가의 동거인에서 누군가의 남편으로 신분이 이미 바뀌었는데도 그런 사실을 까맣게 몰랐던 때에는 아무렇지 않았건만, 이제는 모 든 게 달라졌다. 아내니까. 그는 하루 일을 마치고 귀가하는 가장처 럼 초인종을 눌렀다. ……현관 인터폰은 조용했다. 문을 열어주는 사람도 없었다.

그는 침대에 엉덩이를 걸치고 앉았다. 그는 자신을 바라보는 이 의 눈을 지그시 마주 바라보았다. 아내였다. 아내임을 알게 된 순간 이미 아내라고는 할 수 없는 아내가 되어버린 아내였다.

여보…… 나 왔어.

처음 아내의 몸에 나타난 증상은 피부가 검푸르게 변해가는 거 였다. 밝은 색조의 피부가 어두운 색조로 변해가는 과정은 느리지도 빠르지도 않았다. 차근차근 어두워졌다. 아내를 비추던 태양이 뉘엿뉘엿 지고 있는 것만 같았다. 그리고 어느날 그는 침대 밑에서 사금파리처럼 빛나는 이를 발견했다. 왼쪽 아래 앞어금니였다. 그 다음 날엔 앞니였고 그다음 날엔 어린 시절 아내의 동네 친구가 던진 돌멩이에 맞아 끝이 부러졌으나 유심히 관찰하지 않는 이상 아무도 눈치채지 못했다던 오른쪽 위 송곳니였다. 그는 손가락으로 송곳니의 절단면을 쓸어보았다. 생각보다 부드러웠다. 얼마 안되어 아내는 이가 하나도 남지 않았다. 입이 쪼그라들자 코가 길어지고 아래턱이 짧아졌다. 아내의 얼굴은 전체적으로 작아졌다. 누군가 손아귀에 넣고 마지막으로 힘을 꾹 주어 빚은 경단 같았다. 아내의 얼굴이 점점 낯선 타인의 얼굴로 변해가는 걸 지켜보는 동안 그의 마음도 차분해졌다. 이따금 아내는 그에게 말을 건네기라도 하듯 신음을 흘렸다. 그는 가까이 다가가 아내의 말에 귀를 기울이곤 했으나 만약 그 소리를 정말 하나의 언어라고 할 수 있다면 그가 결코 알아들을 수 없는 아주 먼 고대의 언어라고밖에는 할 수 없었다. 혹은 언젠가 도래할 미래의 언어인지도 몰랐다. 아내는 조금씩 키가 줄었다. 손목과 발목에 고리를 채워 연결한 쇠사슬이 팽팽해져 보름에 한번씩 손가락 한마디쯤 길이를 늘려야 했다. 아내의 어깨도 조금씩 움츠러들었다. 겁에 질린 아이처럼.

그는 아내 옆에서 다시 한번 우편물을 하나씩 자세히 살펴보았다. 해가 기울고 방 안이 캄캄해질 때까지 그 일 외에는 아무것도 하지 않았다. 초인종이 울렸다. 비디오폰에 어머니의 얼굴이 보였다. 그는 안방 문을 잠근 뒤 현관문을 열었다.

그 아이는.

괜찮아요.

괜찮을 리가 없잖니.

걱정하지 않으셔도 돼요.

보고 싶어서 왔다.

지금은 자요.

괜찮은 거구나.

그의 어머니는 체념했다는 듯 한숨을 내쉰 뒤 청소를 시작했다. 집 안은 어질러지지 않았으나 먼지가 잔뜩 쌓였을 거였다. 거실 바닥에 쭈그리고 앉아 걸레질을 하던 그의 어머니가 문득 고개를 돌려 그를 보았다. 어머니의 이마에 맺힌 땀방울이 바닥으로 뚝 떨어졌다.

정말 괜찮니.

정말 괜찮아요.

너 말이다.

그는 회사 근처 커피숍에 앉아 김 팀장을 기다렸다. 고개를 들어 보니 김 팀장이 서 있었다. 초췌한 얼굴이었다. 그가 자리에서 일어나 손을 내밀자 김 팀장이 그의 손을 물끄러미 바라보다 한걸음 다가와 그를 껴안았다. 그가 무단결근을 한 지 사흘째 되던 날 휴직계를 올려 결재를 받아낸 사람이 김 팀장이었다. 그 사실은 동료인

이 대리에게 전해 들었다. 김 팀장은 회사에서 벌어진 몇가지 일들을 이야기해주었다.

작년에 명예퇴직했던 박 부장이 돌아왔어.

돌아올 사람은 다 왔군요.

네가 아직 안 왔잖아.

전 돌아가지 않아요.

네 자리는 비어 있어.

커피숍을 나온 그들은 점심을 먹고 난 뒤 담배를 피우기 위해 으레 찾던 회사 근처의 공원으로 향했다. 느티나무 아래 벤치에 앉은 그는 김 팀장이 건넨 담배를 피웠다. 담배 연기를 한모금 깊이 빨아들인 그는 사레가 들려 기침을 했다.

제수씨는.

괜찮아요.

다행이군,

형수님은요.

아직 못 찾았어.

팀장님, 그만두세요.

그럴 수 없어.

무얼요.

회사도. 아내도.

아무것도 포기하지 않으려 하시는군요.

어차피 포기하고 살아왔어.

김 팀장은 바닥에 버린 꽁초를 발로 짓이긴 뒤 벤치에서 일어났다. 그는 고개를 들고 김 팀장을 바라보았다. 죄를 지은 사람의 얼굴이었다. 김 팀장의 아내가 부부싸움 뒤 집을 나갔다가 행방불명이 된 게 아니었다면 김 팀장이 이처럼 괴로워하지 않았을지도 모른다는 생각이 들었다.

팀장님 탓이 아니에요.

그럼 누구 탓이지.

누구의 탓도 아니에요.

그래서 내 탓이야.

김 팀장과 그는 헤어지기 전에 베이커리를 지났다. 그는 아무 말 없이 베이커리 안으로 들어가 생크림 케이크를 하나 샀다. 그는 김 팀장에게 케이크 상자를 건넸다. 김 팀장에게는 중학생인 아들과 초등학생인 딸이 있었다. 김 팀장은 상자를 물끄러미 내려다보았다. 그는 중년의 사내가 우는 꼴을 보게 될지도 모른다는 생각이 들어 재빨리 등을 돌려 성큼성큼 걸어갔다.

그는 어머니 홀로 사는 옛집으로 갔다. 아버지의 기일이었다. 그가 나고 자란 오래된 빌라는 방금 고고학자의 손에 발굴된 왕릉처럼 괴괴했다. 몇집은 빈집인 듯했다. 삼층까지 오르는 동안 계단 천장의 직부등은 쎈서가 고장났는지 하나도 켜지지 않았다. 그는 장님처럼 난간을 더듬으며 올랐다. 그는 제상 앞에 무릎을 꿇고 어머니가 받쳐준 술잔에 청주를 따랐다. 제사를 지낸 뒤 그는 밥상을 사이에 두고 어머니와 마주 앉았다. 모자는 아버지였거나 남편이었던 사람과 얽힌 소소한 기억들을 꺼내어 나누었다. 그가 기억하기에 아버지는 말수가 적고 신중했으며 권위를 내세우지는 않으나 권위를 신봉하던 가부장적인 사내였다. 어머니가 기억하는 그의 아버지는 소심하고 이기적이어서 타인에게는 가정적으로 비치는 무능력한 사내였다. 그러나 오래전에 이미 그들 곁을 떠나버린 사람을 두고 힐난하거나 추켜세우는 일은 그리 흥겹지 않았다. 그가 제상에 올랐던 술잔을 비우고 퇴주잔의 술을 그의 술잔에 따랐을 때 어디선가 숨죽인 울음이 들려왔다. 그는 거실 베란다로 다가갔다. 그는 창에 비친 집 안 풍경 너머를 보기 위해 애썼지만 삼층 높이까지 자란 느티나무 가지만이 밤의 실핏줄처럼 뻗어 있는 걸 알아볼 수 있었다. 그의 어머니에게 인사를 드리러 왔던 날 저 나무를 보고 결심을 굳혔다던 아내의 말이 떠올랐다. 그날 그의 어머니는 대뜸 아내를 데리고 목욕탕에 가겠다며 목욕용품을 챙겨 들었다. 시어머니가 될지도 모르는 나이 지긋한 여자와 정말 함께 목욕탕에 가야 하느냐고 묻는 눈길로 아내가 그를 보았다. 그가 뭐라 하기도 전에 아내는 이미 시선을 거두어버렸고 그때 저 나무가 그를 대신해 아내에게 대답해주었다고 했다. 무슨 말을 했는지는 알 수 없었다.

B동의 교장 선생님이다.

노부인이 살아 계셨군요.

이젠 없지.

오래전에 돌아가신 줄 알았어요.

늙으면 사람들 눈에 보이지 않는 법이니까.

진짜로 보이지 않았어요.

관절염 탓에 외출을 거의 안했다.

오늘 가신 건가요.

일주일 되었다.

교장 선생님이 여태 우시는군요.

원래 잘 우는 양반이었지.

늙은 사내의 울음은 오래도록 이어졌다. 그는 퇴주잔의 술을 다 비우고도 모자라 술병에 남은 술까지 따라 마셨다. 이윽고 누군가 늙은 사내의 목을 움켜잡기라도 한 듯 밭은기침 소리가 몇번 들려 오더니 울음마저 뚝 끊겼다.

이제야 울음을 그치셨군요.

잠이 든 거야.

교장 선생님 부부와 사이가 좋지 않으셨죠.

사내자식들이란 소견머리가 좁은 법이지.

그는 마지막 잔을 단숨에 들이켰다. 술을 마실수록 정신은 또렷 해졌다. 새우처럼 웅크린 채 눈물이 말라붙은 옆얼굴을 베개에 뉘 고 잠든 늙은 사내가 눈앞에 떠올랐다.

그 아이는.

어머니, 그 아이라 부르지 마세요.

그럼 뭐라 부르랴.

며늘아기요.

난 며느리가 없다.

이젠 있어요.

난 처음부터 너희들 동거를 반대했다.

반대했기 때문에 동거한 거예요.

넌 그 아이 배에 튼살이 있는 걸 보고도 뭔지 몰랐잖느냐.

살이 쪘다가 빠져서 그런 거예요.

배꼽 아래로 길쭉하게 난 거뭇한 선은.

그걸 보려고 목욕탕에 가신 거죠.

파렴치하고 지저분한 일이야.

어머니…… 왜 어머니는 멀쩡한 거죠.

그는 거실에 마련한 잠자리에 어머니와 나란히 누웠다. 어머니
는 그가 잠들기도 전에 코를 골았다. 다른 기척은 없이 죽은 듯이
똑바로 누운 채 가느다랗게 코를 골았다. 그 소리만 아니라면 시
체 옆에 누웠다고 해도 상관없을 듯했다. 그는 팔꿈치로 슬쩍 어머
니의 옆구리를 건드려보았다. 코 고는 소리가 잠시 끊겼다가 이어
졌다. 불현듯 아버지가 살아 있는 동안 어떤 기분이었을지를 헤아
려보았다. 어머니 옆에 누워 잠들었을 숱한 밤들 가운데 어느날인
가 한번쯤은 아버지도 왜 자신이 낯선 여자 옆에 누워 한생을 허비
해야 하는지를 곱씹어보았을 것만 같았다. 밤새 뒤척이다 동살이
잡히기도 전에 자리에서 일어난 그는 잠든 어머니를 잠시 내려다
본 뒤 집을 나섰다. 계단은 여전히 어두웠다. 빌라 일층 현관 옆에
는 지난밤 어머니가 부어놓은 사잣밥의 흔적이 있었다. 빌라를 둘

러싼 담장 위를 걷는 고양이들을 보았다. 새벽 공기를 깊이 들이마신 그는 고개를 돌려 느티나무를 쳐다보았다. B동으로 이어진 담장 아래 좁은 길을 따라 화단을 지났다. 가스통들이 굴러다녔다. 그것들을 발판 삼아 고양이들이 담장을 오르기도 바닥으로 내려오기도 했다. 열린 창을 통해 빈집을 드나드는 고양이들도 있었다. B동 계단도 어둡기는 마찬가지였다. 이층 1호 문 앞에 선 그는 조심스레 손잡이를 잡았다. 손잡이는 소리 없이 돌아갔다. 그는 벽을 더듬어 불을 켠 뒤 신발을 벗고 들어갔다. 어린 시절 몇번 드나든 적은 있으나 오랫동안 방문하지 않았기에 옛 모습과는 다르리라 짐작했는데 교장 선생의 집은 그때 그 모습대로 조금 낡았을 뿐 이전과 그리 달라진 게 없어 보였다. 그는 안방 문을 열었다. 거실의 전등빛이 그의 시선보다 빠르게 안방으로 미끄러지듯 빨려들어가 늙은 사내의 몸뚱이에 끼얹어졌다. 차갑고 미동조차 없는 늙은 육신이 전등빛 세례를 받으며 힐난이라도 하듯 삐거덕 소리를 냈다. 그는 조심스레 문을 닫았다. 교장 선생의 집을 빠져나온 그는 B동 현관 앞에서 119에 전화를 걸었다. 주소를 일러준 뒤 느티나무를 다시 한번 올려다보고 아내 홀로 그를 기다리고 있을 아파트로 돌아갔다. 현관문에는 스티커가 붙어 있었다. 관리대상 193283.

그는 아내가 아무 말도 없이 홀로 혼인신고를 하러 갔던 날을 머릿속으로 재구성했다. 아내는 그의 지갑에서 신분증을 꺼내 따로 챙겨두었다. 단지 내 상가건물의 슈퍼마켓에 갈 때처럼 간편한 홈

웨어 차림으로 갈 수는 없었다. 아내는 여러벌의 옷을 입어보았다. 청바지를 입으면 나이보다 훨씬 젊어 보인다는 평을 자주 들었기에 마지막까지 갈등했으나 결국 정장을 선택했다. 중학교에서 기간제 교사로 일하던 시절 즐겨 입던 옷이었다. 단아하긴 했으나 약간은 고리타분한 느낌을 불러일으켰다. 구청에 도착한 아내는 각종 서류가 구비된 데스크에서 혼인신고서를 한장 빼들었다. …… 혼인신고서를 작성하면서 한번쯤은 파지를 내기도 했으리라. 신고서를 접수하던 순간 아내의 머릿속에서 수없이 많은 말들이 이글이글 타올랐다. 여러 감정들이 뒤섞여 진짜 어떤 기분인지는 아내 자신도 몰랐다. 겨우 한장의 서류를 접수했을 뿐인데 평생 감당해야 할 의무를 한순간에 치러버린 듯한 홀가분함과 끝없이 되풀이될 의무의 첫 고개를 넘었을 뿐이라는 허탈함이 아내의 내부로 갈마들었다. 혹시라도 신청서를 거부당할지 몰라 아내는 초조했다. 어쩌면 그 순간 아내보다 더 불안에 떤 사람은 구청의 담당직원이었을지도 모른다. 누군가의 아내들이 더이상 아내가 아닌 다른 존재로 변해가는 때였으나 아무것도 확실하지 않은 상황이었다. 아직 혼인신고서 접수를 중단하라는 행정지시는 없었다. 하지만 담당직원은 본능적으로 알았다. 신청서를 접수하는 순간 저 메마른 얼굴의 여자가 누군가의 아내가 되는 것이며 그건 곧 더이상 누군가의 아내가 아니게 되는 것이라는 사실을. 담당직원은 이 당돌한 여자의 얼굴을 다시 한번 자세히 바라보았다. 아내이길 원하는 동시에 아내가 아니길 원하는 이 여자는 이미 낯선 존재나 마찬가지였다.

아내는 구청 근처의 까페에 앉아 잠깐 울었을 것이다. 슬퍼서가 아니라 기가 막혀서. 하지만 아내는 울음 끝에 누구도 흉내낼 수 없는 한숨을 쉬었을 것이다. 그 순간의 아내는 한자루의 한숨을 쥐고 살아온 사람이었다. 가슴속에서 절망이 솟구치면 아내는 한숨으로 베어냈다. 아내의 한숨은 누구의 한숨과도 비교할 수 없는 독특한 아내만의 것이었고 누구도 누릴 수 없는 아내만의 유일한 기쁨이었다. 그처럼 기쁘게 한숨을 쉴 수 있는 사람은 세상 어디에도 없었다. 불현듯 아내가 이 사실을 언제쯤 고백하려 했을지가 궁금했다. 이내 그는 고개를 저었다. 아내 스스로 그 사실을 알리고 싶지는 않았던 게 분명했다.

아내가 오른팔을 뻗으려 했다. 오른쪽 손목에 묶어둔 쇠사슬이 팽팽해졌다. 그는 아내 얼굴 위로 몸을 기울였다. 아내가 그에게 말을 건넸다. 그는 조금 더 몸을 숙여 아내의 입 가까이 귀를 갖다 댔다. 아내는 무슨 말인가를 했다. 그는 알아들으려 애썼으나 결국 아무 말도 알아듣지 못했다. 어쩌면 그와 아내는 오래전부터 말이 통하지 않는 사이였을지도 모른다. 여보, 미안해. 당신 말을 알아들을 수가 없어. 그는 아내의 뜻 모를 말이 구조를 바라는 절박한 외침일 가능성을 생각해보았다. 아내가 그의 도움을 간절히 바라는데 곁에 있는 것 말고는 아무것도 해줄 수 없는 상황일 가능성에 대해서도 생각해보았다. 차라리 그건 가능성이라기보다 오래전부터 반복된 일이었던 것 같았고 언제나 그는 아내에게 쓸모없는 사람이었던 것 같았다. 아주 익숙했던 단어가 문득 생전 처음 발음해보는 단어처럼 낯설어지는 경우가 있듯 그가 아내에게 건네는 말조차 타인의 입에서 혹은 전혀 다른 종족의 입에서 나온 것처럼 생경했다. 조금씩 그의 언어는 그에게서 멀어져갔고 그를 떠난 언어는 그와 무관한 무언가가 되었다. 그는 이제 더이상 말이라고는 할 수 없는 차라리 노래에 가까운 소리를 냈다. 오전에 초인종이 두어 번 울렸으나 그는 문을 열어주지 않았다. 오후에도 초인종이 서너 번 울렸으나 그는 모른 척했다. 오후 늦게 설핏 잠이 들었을 때에도 초인종이 울렸다. 그는 눈을 떴다가 감았다. 이윽고 현관문을 두드리는 소리가 났다. 그는 여전히 아내가 누운 침대 옆 의자에 앉아 졸았다. 경찰이라고 했다. 안에 있는 것도 안다고 했다. 다음번에는 강제로라도 문을 열겠다고 했다. 경찰은 문 아래 틈으로 전단지처럼 경고장을 밀어넣고 갔다. 저녁이 되자 그는 어머니에게 전화를 걸었다.

부탁이 있어요.

부탁하지 말거라.

들어주지 않으셔도 돼요.

말하렴.

이 사람을 어머니 집으로 데려가야겠어요.

그는 아내의 언니를 만나기 위해 시청 근처로 갔다. 점심시간이 되자 직장인들이 서넛씩 무리를 지어 거리로 쏟아져 나왔다. 처형이 그를 알아보고 손을 들었다. 그들은 인파에 섞여 걸었다. 어느 식당이나 출입증을 목에 건 회사원들로 붐볐다. 그는 김치찌개를 먹었고 처형은 청국장을 먹었다. 식당 근처의 커피숍에서 아이스커피를 한잔씩 사들고 공원으로 갔다. 아내와 다섯살 터울인 처형은 아내보다 나이 들어 보이지 않았다. 결혼 삼년 만에 이혼을 했고 아이는 없었다. 그는 커피가 반쯤 남은 플라스틱 컵을 흔들었다. 얼음이 녹아버린 커피는 맹물 같았다.

제가…… 거짓말을 했어요.

알고 있어요.

제게 거짓말을 하셨죠.

알고 있군요.

아내가 의논할 사람은 처형뿐이었을 테니까요.

저는 반대했어요.

반대로는 부족했어요.

부족했지요.

어르신은요.

저희 아버지 말씀인가요.

반대하셨나요.

반대하지 않으셨어요.

찬성하셨나요.

찬성하지도 않으셨어요.

방관하셨군요.

너무 깊이 간섭하셨죠.

아내는 아버님의 침묵을 반대로 해석했군요.

찬성으로 해석했을 수도 있어요.

전 처형이 몹시도 증오스럽습니다.

저도 제부를 증오해요.

그들은 덕수궁 돌담길을 따라 걸었다. 그는 지나치는 여자들의 얼굴을 무의식적으로 힐끔거렸다. 그와 나란히 걷는 처형처럼 한 때 누군가의 아내였거나 혹은 아직 누군가의 아내가 아닌 사람들이었다. 어쩌면 영영 누군가의 아내가 될 필요가 없는 사람들이었다. 예외가 있다면 그의 아내처럼 스스로 선택하여 누군가의 아내가 되는 동시에 누군가의 아내가 아니게 되어버리는 길을 걸어갈 사람들이었다. 그는 처형과 헤어지기 전에 물었다. 아내가 마지막으로 한 말이 무엇이냐고. 처형은 그 질문에 대답하는 대신 아내의 전화를 받고 구청으로 달려갔던 일을 말해주었다. 처형은 구청으로 가는 길에 계속해서 통화 버튼을 눌렀지만 아내의 휴대전화는 꺼져 있었다. 처형은 구청 정문 앞에 아무렇게나 주차를 하고 안으로 달려 들어갔다. 혼인신고 창구 앞에는 아무도 없었다. 처형은 구청 근처를 오랫동안 배회했다. 그러다 어느 까페 앞에서 걸음을 멈추었다. 작은 탁자 앞에 허리를 꼿꼿이 세운 채 홀로 앉은 아내는 식어버린 게 분명한 커피를 조금 먼 쪽으로 밀어내고 책을 폈다. 처형은 가만히 그 모습을 지켜보다 차를 주차해둔 곳으로 돌아갔다. 경비인지 주차관리원인지 제복을 입은 중년의 사내가 처형에게 다가와 견인안내장을 건넸다. 처형은 택시를 타고 견인차량 보관소가 있는 상암동으로 갔다. 견인비와 보관비를 치른 처형은 차를 몰고 회사로 돌아가는 대신 늙은 아버지 홀로 지키는 옛집으로 갔다. 처형은 아버지의 품에 안겼다. 아내의 아버지는 큰딸의 등을 토닥토닥 두드려주었다.

왜 까페로 들어가지 않으셨나요.

그애와 눈이 마주쳤으니까요.

그걸로는 설명이 안 돼요.

그애 얼굴이…… 사랑에 빠진 사람의 얼굴이었으니까요.

사랑에 빠졌다구요.

그래요. 난 지금도 이해할 수 없어요.

무얼요.

어떻게 제부 같은 사람을 사랑하게 되었는지.

아내는 저를 사랑한 적이 없어요.

제부도 그애를 사랑한 적이 없지요.

처형은 제 아내를 잘 몰라요.

전 그애의 언니예요.

아내는 언니를 좋아하지 않았어요.

그애는 나를 좋아했어요.

애정도 없이 그토록 많은 비난을 퍼부었던 언니를 진심으로 좋아할 동생이란 없어요.

처형은 그의 뺨을 때렸다. 그는 가만히 있었다. 처형은 한번 더 그의 뺨을 때렸다. 그의 입안에 비릿한 피 냄새가 옅게 고였다. 인도 한가운데 선 채 서로를 마주 보고 있는 그들 곁으로 수많은 사람들이 스쳐 지나갔다. 처형이 쪼그리고 앉아 두 손으로 얼굴을 감쌌다. 손가락 사이로 눈물이 새어나왔다. 타인의 눈물에 둔감한 편은 아니었으나 그는 정말로 아무렇지도 않았다.

그는 아내가 마지막으로 한 말이 무엇이었는지 궁금했다. 기억을 더듬어보아도 잘 떠오르지 않았다. 잘 다녀와. 저녁에 일찍 들어와. 쓰레기봉투 분리수거장에 버려줘. 매일 아침 아내가 그에게 했을 법한 말들이었다. 그 말들 가운데 더이상 그가 아내의 말을 알아들을 수 없게 되기 전 정말로 아내가 했던 말이 무엇이었는지는 확신할 수 없었다. 기억 속으로 깊이 들어가면 외려 말이 사라졌다. 이를테면 그는 아내의 얼굴 표정이나 평소와는 조금 다른 손짓 같은 걸 하나의 언어로 이해했을지도 모른다. 정작 아내는 아무 말도 하지 않았건만 아내의 입가에 떠오른 미소를 보고 잘 다녀오라는 말로 바꿔 들었는지도 모른다. 아내는 구청에서 신고서를 접수한 뒤 처형과 통화를 했을 테고 구청을 나온 뒤에는 까페에 들어가 주문을 했을 것이다. 커피라고 말했을 수도 있었고 그저 메뉴판을 손가락으로 가리켰을 수도 있었다. 아내가 마지막으로 구사한 언어가 정말 하나의 말이었을지 혹은 말로 표현하기 어려운 신음이거나 한숨이었을지도 그는 알 수 없었다. 어쩌면 아내는 콧노래를 불렀을 수도 있고 소리 내지 않은 채 무슨 말인가를 했을 수도 있다.

해가 저물었다. 안방 창문으로 하늘에 뜬 달을 볼 수 있었다. 그 동안 그는 너무 자주 밤하늘을 응시해왔다. 그 탓에 달이 하루하루 천천히 눈을 떴다가 다시 조용히 눈을 감는 모습을 지켜보아야 했다. 한달이 흐르고 또 한달이 흐르는 동안 그를 지켜보는 건 하늘에 뜬 저 달뿐이었다. 그는 잠든 아내를 이동식 간이침대에 옮겨 묶었다. 아내는 악몽을 꾸는 사람처럼 몸을 뒤채며 신음을 흘렸다. 이따금 잠꼬대도 했다. 희미하게 윙윙거리는 소리 사이로 간간이 날카롭게 솟아오르는 파찰음만이 전달되는, 옆집 라디오에서 흘러나오는 노래처럼 신경을 곤두세게 하는 소리일 뿐이었다. 본래 아내의 목소리가 고운 편은 아니었다. 처음 아내를 만났을 때 아내의 목소리는 비틀고 꺾어 잘라낸 대나무의 조각조각 갈라진 끄트머리를 떠올리게 했다. 그러나 노래를 부르면 거칠고 투박한 음색은 어디론가 사라지고 그 너머에 웅크렸던 부드럽고 차분한 소리가 기지개를 켜는 고양이처럼 그에게 다가왔다. 밤 열시 무렵 어머니가 왔다. 그의 어머니는 날카로운 눈으로 며느리라고 할 수는 없으나 며느리가 아닌 다른 누구라고도 할 수 없는 그의 아내를 내려다보았다. 깡마른 그의 아내는 시어머니인 동시에 결코 시어머니라고 할 수 없는 늙은이가 왔다는 사실을 알기라도 한 듯 신음을 흘렸다. 아내의 합죽한 입이 조금씩 벌어지더니 동굴의 입구처럼 컴컴한 내부를 드러낸 채 다물어지지 않았다.

골반이 조금 커졌구나. 배도 좀 부풀었어.

잘못 보신 거예요.

잘못 봤다고 치자.

어머니는 다정하게 며느리의 머리를 쓰다듬었다. 그 탓에 하얗게 샌 머리칼이 한줌이나 빠졌다. 당황한 그의 어머니가 고개를 돌려 그를 보았으나 그는 어머니의 눈길을 외면했다. 그는 이동식 침대를 밀고 아파트 주차장으로 내려갔다. 승합차에 아내를 싣고 운전대를 잡았다. 그의 어머니는 조수석에 올랐다. 자정 무렵 어머니의 집에 도착했다. 그동안 몇집이 더 빈집이 되었는지 알 수 없으나 연립빌라는 괴괴하기 이를 데 없었다. 나무들만이 빌라의 주인들처럼 밤을 배경으로 서 있었다. 그는 예전에 그가 쓰던 작은방의 침대로 아내를 옮겼다. 아내가 눈을 번쩍 떴다. 아내의 두 눈은 맑고 투명했다. 그 눈에서 눈물이 흐르지 않는 게 이상할 정도였다. 거실에서 잠든 어머니의 코 고는 소리가 들려왔다. 그는 가끔씩 아내를 덮은 이불을 들추어 아내의 배를 지그시 내려다보았다.

장인어른이라는 말은 아직 그에게는 낯설었다. 아내와 대화할 때에도 그는 보통 당신 아버지라고 지칭했다. 그는 아내의 옛집으로 가는 길에 아내가 마지막으로 근무했던 중학교를 지나야 했다. 축구경기를 마친 조기축구회 사람들이 정문을 통해 우르르 몰려나왔다. 그들이 가버리자 휴일 오전의 학교 운동장은 고즈넉하다 못해 쓸쓸하기까지 했다. 그는 아내가 점심식사를 마치고 산책 삼아 걸었을 법한 길을 따라 걸었다. 운동장 둘레를 따라 걷다가 교사 뒤편으로 돌아가 느티나무 그늘을 지났다. 야외학습장 사이로

난 길을 따라 걷던 그는 어느 창가에 선 채 우두커니 먼 하늘을 바라보는 중년의 사내를 보았다. 당직이겠지. 그는 어느날 아내가 당직을 섰던 휴일에 이 학교를 찾아온 적이 있음을 기억해냈다. 그는 손을 뻗어 담 아래 선 나무의 몸통을 쓸어보았다. 손바닥에 닿는 꺼칠한 거죽의 느낌이 그의 손안에서 숨이 죽으며 부드러워졌다. 아내가 그와 동거하기 전까지 살았던 아파트에는 이제 아내의 아버지 혼자뿐이었다. 그는 아파트 단지 내 상가에서 사온 맥주를 식탁에 올려놓았다. 장인은 몇번 거절하다가 차분한 표정으로 자작을 했다. 맥주 석잔을 마신 장인은 방금 마라톤 경주를 끝낸 선수처럼 헉헉대며 침대에 누웠다. 그는 임종을 지키는 사람처럼 침대 옆에 무릎을 꿇고 앉았다. 장인이 힘겹게 손을 들어올렸다. 그는 아내의 손과 별다르지 않은 장인의 늙은 손을 잡았다.

미안하네.

죄송합니다.

내 잘못이야.

제 잘못입니다.

그아이의 부러진 이를 볼 때마다 자책을 했다네.

아버님이 그러셨군요.

내가 그랬지.

미안하다고 하셨나요.

내 앞에서는 웃지도 않았어.

전 아버님이 증오스럽습니다.

나도 내가 싫다네.

자리에서 일어난 그는 장인의 손에 잡힌 손을 빼려 했다. 스르르 빠져나오던 그의 손을 장인이 힘을 주어 잡았다.

자신을 너무 탓하지 말게나.

저도 제가 싫습니다.

자네 잘못이 아니라네, 최 서방.

……감사합니다.

그는 장인이 잠들 때까지 기다렸다. 그는 장롱에서 장인의 옷을 꺼냈다. 서랍에서 양말을 꺼냈다. 지갑에서 신분증도 꺼냈다. 신발장에서 장인의 구두 한켤레도 꺼냈다. 산산조각이 난 장인을 그러모아 가방에 넣은 듯한 기분이었다. 그는 빈집의 문을 닫듯 조심스럽게 현관문을 닫았다.

그는 아내 곁을 떠나지 않을 작정이었다. 이틀 사이에 두 통의 전화가 왔다. 처음 걸려온 전화는 처형이었다. 처형은 지난겨울 장인의 위암이 재발한 사실을 알았느냐고 물었다. 그는 안다고 답했다. 처형은 개새끼라는 말을 마지막으로 전화를 끊었다. 그다음으로 걸려온 전화는 회사 동료인 이 대리였다. 이 대리는 김 팀장이 결근했다는 소식을 전했다. 최 대리, 너도 알지. 김 팀장님 지금까지 한번도 결근한 적이 없는 분이잖아. 그래 알아. 김 팀장을 찾아가 회사에 나와 달라고 설득해주기를 바라는 듯했다. 다음 날 그는 김 팀장에게 전화를 걸었다. 어디세요. 고양시야. 고양 어디요. 삼년 전에 우리 팀 수련회 갔던 곳. 기다리세요. 기다릴게. 그는 아내의 이마에 입을 맞춘 뒤 외출한 어머니에게 잠시 나갔다 온다는 메모를 남기고 집을 나섰다. 김 팀장은 수용소 정문 앞에 서 있었다. 키가 한뼘쯤 줄어든 것처럼 보였다. 그는 김 팀장과 함께 정문 경비에게 신분증을 제시한 뒤 안으로 들어갔다. 예전에는 수련원이었으나 이제는 신원불상인들을 쓰레기처럼 수거해 잠시 수용했다가 소각장으로 보내버리는 기착지였다.

여기가 마지막이야.

포기하세요.

이미 포기했어.

수용소는 텅 빈 것이나 마찬가지였다. 관리인은 신원이 확인된 누군가의 아내들 역시 대부분 얼마간 이곳에 방치되었다가 안락사 판정을 받아 이송되었다고 했다. 남은 몇 사람은 최근에 수용되었으며 정부 방침으로 수용기간이 이전보다 줄어들어 신원확인 여부와 상관없이 내일이면 모두 소각장으로 실려가게 될 것이라고 설명했다. 그는 김 팀장과 함께 유리 칸막이 너머의 침상에 결박된 누군가의 아내들을 보았다. 거기에 김 팀장의 아내가 있었다. 수십년의 세월을 홀로 살아버린 듯한 김 팀장의 늙은 아내가 있었다. 김 팀장은 화장실로 들어갔다. 그는 화장실 입구에 선 채 김 팀장을 기다렸다. 십분 뒤 두 눈이 충혈된 김 팀장이 나왔다. 김 팀장의 와이셔츠는 흠뻑 젖어 있었다. 관리인을 때려죽이고 아내를 강탈해 탈출한 사람은 지금까지 한명도 없었다. 김 팀장은 안락사와 화장에 관련된 서류에 서명을 했다. 그들은 정문에서 신분증을 돌려받고 밖으로 나왔다. 김 팀장의 절망은 너무나 생기가 흘러넘쳐서 금방이라도 김 팀장의 멱살을 움켜잡고 죽음의 구덩이로 내던져버릴 것만 같았다. 그들은 국도변의 더러운 술집에 들어갔다. 한시간 뒤 김 팀장의 혀가 꼬였다. 그가 부축해 일으키려 하자 김 팀장이 순순히 일어났다. 술집을 나온 그들은 근처의 소각장에서 울리는 싸이렌 소리를 들었다. 오후 작업을 알리는 소리인 듯했다. 김 팀장은 고개를 두리번거렸다. 이 근처에서 밤을 보내고 싶어 하는 듯했다. 그는 김 팀장을 여관방 침대에 뉘고 여관 주인에게 가끔 확인해주길 부탁했다. 여관 주인은 선선히 고개를 끄덕였다. 김 팀장은 해질 무렵이면 잠에서 깨어날 거였다. 술기운도 말끔히 사라질 거였다. 그 순간부터 다음 날 소각장 업무가 개시될 때까지 김 팀장은 진짜 어둠을 대면하는 거였다. 돌아오는 길에 그는 이 대리의 전화를 받았다.

김 팀장님은.

만났어.

언제 출근하신대.

김 팀장님은…… 돌아가지 않을 거야.

아내는 거실 베란다에 서 있었다. 어머니는 아직 돌아오지 않았다. 아내와 함께 살게 된 뒤로 어머니는 집 지키는 개를 한마리 들여놓기라도 한 듯 외출이 잦아졌고 밖에서 보내는 시간이 길어졌다. 아내는 나무를 보고 있었다. 느티나무 우듬지를 바라보는 아내의 옆얼굴은 평온해 보였다. 아내는 나지막하게 콧노래를 흥얼거렸다.

여보, 나 왔어.

응, 여보. 이리 와서 나무를 봐.

당신이 이 나무를 좋아했지.

여기에서 보면 나무의 얼굴이 보여.

나무는 하늘을 보고 자라니까.

나무의 노래가 들려.

나는 들리지 않아.

내 가슴에 귀를 대.

당신 가슴이 딱딱해.

아내가 웃었다. 그는 아내를 작은방 침대에 뉘고 쇠사슬을 연결했다. 아내는 조용히 두 눈을 감았다. 아내는 누구보다 안전해 보였다. 지금 아내를 위협할 수 있는 건 오직 아내 자신뿐인 듯했다. 그는 아내가 섰던 자리에서 나무를 보았다. 나무는 곧게 자라지 않았다. 구불구불 허공에 길을 내며 혼신의 힘을 다해 중력에 저항하며 자랐다. 곧게 자란 나무가 있다면 그 나무의 내면에 흔적이 남았다. 아내는 아마도 저 느티나무의 내면을 들여다보았을 것이다. 밤이 이슥해서야 어머니가 돌아왔다. 어머니는 그를 보고 혀를 찼다. 그는 어머니 옆에 몸을 뉘었다. 어머니는 잠꼬대를 했다. 불쌍한 녀석. 진짜 불쌍한 녀석은 누군가를 사랑할 능력을 잃어버린 사람이지 사랑 때문에 아파하는 사람이 아니다. 그는 눈을 뜨고 어머니의 잠꼬대를 곱씹었다. 언젠가 어머니도 누군가를 사랑했을 거였다. 세월이 흐르면서 풍화된 감정들. 손톱만큼 남은 감정의 찌꺼기에 의지해 한생을 살아간다는 게 얼마나 지겨운 일일지 그는 가늠하기가 어려웠다. 그와 아내의 사랑 역시 다른 모든 사랑이 그렇듯이 불문에 부친 사랑이었다.

사막에 떠오른 태양이 그의 머리 위에도 떠올랐다. 그는 홍대 근처 메이크업숍을 찾아갔다. 특수분장 담당이었다는 주인은 사십대의 남자였다. 그는 확대한 장인의 사진을 건넸다. 한시간 뒤 그는 거의 장인과 비슷해졌다. 그는 화장실에서 장인의 옷으로 갈아입었다. 장인의 구두는 그의 발에 딱 맞았다. 그는 출발하기 전에 어머니에게 전화를 걸었다.

부탁이 있어요.

말하렴.

우리 아파트 좀 청소해주세요.

그게 다냐.

그는 버스를 탔다. 중년의 사내가 그에게 자리를 양보했다. 그는 가볍게 고개를 숙였다. 몇개의 정류장을 지난 뒤 버스에서 내려 지하철로 갈아탔다. 노약자석에 앉았으나 아무도 눈길을 주지 않았다. 구청에 도착한 그는 하늘을 올려다보았다. 어딘가에서 연기가 밀려왔다. 싸이렌 소리도 아련하게 들려왔다. 혼인신고서를 작성하는 동안 그는 아내가 아침에 부탁한 일을 밤늦게 기억해내 황급히 처리하고 있는 듯한 기분이 들었다. 그가 유예해버린 것이 어디 그뿐이랴. 혼인신고서 접수를 중단하라는 행정명령은 여전히 내려오지 않았다. 누구나 알았지만 아무도 상관하지 않았다. 증인란에는 그와 아내의 인적사항을 기입했다. 담당직원은 그가 신고서와 함께 내민 장인과 어머니의 신분증을 일별하더니 아무 말없이 접수를 했다. 구청 뒤편으로 간 그는 두어군데의 까페를 그냥 지나쳤다. 그는 가로수 아래 벤치에 앉았다. 그는 나뭇가지들이 분할한 여러 조각의 하늘을 바라보았다. 그의 가슴속 깊은 곳에서 한 가지 의문이 솟았다. 영영 해결할 길이 없고 설령 답이 있다 해도 결코 완벽한 정답이 존재할 수 없는 인간의 질문이었다. 아내가 그토록 외로웠던 건 진정 누구 탓이었을까.

어머니의 전화였다. 그는 이 최후의 기회를 놓치고 싶지 않았다. 어머니가 남길 최후의 언어를 품고 앞으로 남은 생을 살아갈 터였다. 어머니에 대한 최소한의 예의였다. 한참을 기다렸다. 이윽고 신음이 들려왔다. 알아들을 수 없었고 이해할 수 없었다. 어쩌면 그와 어머니 또한 이미 오래전부터 말이 통하지 않았을지도 모른다. 그는 상가 건물 화장실에 들어가 분장을 지우고 옷을 갈아입었다. 아파트에 도착한 그는 호흡을 고른 뒤 현관문을 열었다. 집 안은 말끔하게 정돈되어 있었다. 어머니의 손길이 구석구석까지 닿아 사소한 사물들마저 새로 태어난 듯 윤기가 흘렀다. 누군가의 아내인 동시에 누군가의 아내가 아니게 되어버릴 어머니. 그는 안방에 들어갔다. 작은방에도 들어갔다. 욕실에도 베란다에도 어디에도 어머니는 없었다. 이번에는 그가 어머니에게 전화를 걸었다. 어머니의 목소리는 가늘게 떨렸다. 그는 아파트 계단을 따라 내려갔다. 오층 계단참이었다. 다리가 부러진 어머니가 널브러진 채 숨을 헐떡였다. 그는 어머니를 일으켜세운 뒤 등에 업었다. 어머니가 신음을 냈다. 가벼웠다. 한없이 가볍고 가벼워서 그 역시 가벼워지는 기분이었다. 그는 어머니에게 조용히 물었다. 왜 어머니는 멀쩡한 거죠. 그 질문을 어머니가 들었는지 못 들었는지 혹은 들었으나 못 들은 척하는 건지는 알 수 없었다. 병원까지 가는 동안 그는 등에 업은 어머니 혹은 죄라 불러도 좋고 기원이라 불러도 좋고 증오라 불러도 좋고 무어라 불러도 좋을 인간의 질문 하나와 더불어 어디론가 투신해버리고 싶다는 충동에 맞서느라 거의 탈진 상태에 이르렀다.

그의 등에 업힌 어머니가 노인의 목소리로 노래를 불렀다.

기억을 잃은 자들의 도시

그는 불을 끄고 창가로 다가갔다. 창밖으로 새벽이 오는 걸 볼 수 있었다. 그는 한참 동안 그 자리에 선 채 옅어지는 어둠을 지켜보았다. 흑백사진을 보는 듯했다. 은행나무의 노란 잎사귀들이 비현실적으로 느껴졌다. 그는 넥타이를 풀어 책상 위에 올려놓았다. 블라인드를 내리고 나서 소파에 앉아 구두를 벗고 양말까지 벗은 뒤 바지를 벗기 위해 맨발로 섰다. 그는 중심을 잃지 않은 채 한쪽 다리를 빼내는 데에는 성공했지만 다른 쪽 다리를 빼내다가 기어이 바지의 안쪽 오금 부분을 발뒤꿈치로 밟고 말았다. 솔기가 뜯어지는 소리가 났다. 바지 주름을 맞춰 개켰지만 어딘가 모르게 어긋나 보였다. 허리띠 때문인지도 몰랐다. 와이셔츠까지 벗은 그는 트렁크 팬티와 러닝셔츠만 입은 차림새로 소파에 길게 누웠다. 베개에서는 시큼한 냄새가 났다. 그가 뒤척일 때마다 소파 어디선가 끽 끽 소리가 났다. 얇은 담요를 턱밑까지 끌어올린 그는 눈을 감았다. 담요에 밴 타인의 냄새가 콧속으로 밀려들어왔다. 조금 뒤 그는 입을 벌린 채 잠들었다. 블라인드 틈새를 지나며 얇게 저미어진 햇살이 그의 강파른 얼굴과 담요에 덮인 시든 몸뚱어리를 규칙적인 크기로 분할했다. 두시간 뒤 잠에서 깬 그는 아무것도 기억하지 못했다. 아니, 많은 걸 기억했으나 그가 기억해낸 것들 가운데 그가 누구인지를 말해주는 건 없었다.

그는 소파에 앉아 얼굴을 두 손으로 감싼 채 생각에 잠겼다. 그는 비밀번호를 알 수 없는 핸드폰을 만지작거리다 벽에 걸린 시계를 올려다보았다. 오전 여덟시였다. 그는 서둘러 옷을 입고 화장실을 찾았다. 아무도 출근하지 않아 고즈넉한 사무실을 가로질러 문을 열고 나가려다 뒷걸음질하며 문을 닫았다. 그곳은 회의실이었다. 오분 뒤에 그는 복도 끝 남자화장실에서 볼일을 본 뒤 소매를 걷고 세수를 했다. 싸구려 비누는 거품이 잘 생기지 않았고 더운 물 쪽으로 수도꼭지를 돌려도 찬물이 나왔다. 그는 손수건으로 얼굴을 닦고 건물을 빠져나갔다. 그는 현관 앞에 서서 잠깐 뒤돌아보았다. 페인트칠이 된 시멘트 외벽이 금세라도 부스스 허물어질 듯한 낡은 오층짜리 건물이었다. 그는 왜 그곳에서 잠들었는지 도무지 알 수 없었지만 더이상 지체할 수 없어 골목을 걸어 큰길로 나갔다. 거리는 적막했다. 저 멀리 누군가 걸어가는 걸 보았지만 그 사람 외에는 아무도 없는 듯했다. 어디에선가 한꺼번에 신호에 걸렸는지 지나가는 자동차도 없어 도로는 이제 막 개통이라도 한 듯 뻔뻔하게 여겨지기까지 했다. 상가는 대부분 문이 닫힌 채였고 저 멀리 24시간 편의점만이 내부가 들여다보였다. 은행나무 아래 택시 한대가 있었다. 차도 쪽을 바라보며 인도에 앉은 오십대 중반의 택시기사는 그가 조심스레 행선지를 밝히며 말을 건네도 고개조차 돌리지 않았다. 그는 택시기사 뒤에 선 채 오분 동안 기다렸지만 단 한대의 버스도 승용차도 택시도 보지 못했다. 바람이 불었다. 그사이 아무도 횡단하지 않는 횡단보도의 신호등이 두번 바뀌었다. 그가 느릿느릿 교차로를 지나는 쓰레기 수거차량을 보았을 때 택시기사 역시 그쪽을 보았다. 택시기사는 결심을 한 듯 자리에서 일어나 택시 앞을 돌아 운전석에 올랐다. 그는 뒷좌석에 올라 다시 한번 행선지를 밝혔다. 그때 어디선가 폭발음이 들렸다. 그와 택시기사는 두리번거렸다. 저 멀리 서쪽 하늘로 연기가 치솟았다. 택시기사는 한숨을 내쉰 뒤 그를 목적지로 데려다주었다. 택시에 앉은 채 그는 아직 깨어나지 않은 도시를 물끄러미 바라보았다. 비상등을 켠 채 선 버스에는 승객이 한명도 없었다. 교통사고 현장을 지나쳤지만 경찰차나 구급차는 보이지 않았다. 이따금 인도를 걷는 사람을 볼 수 있었으나 서두르는 사람은 없었다. 목적지에 이르러 그는 지갑을 꺼내 택시비를 치르려 했으나 택시기사는 고개를 저었다. 택시기사의 눈빛은 쓸쓸했다. 그는 익숙하게 십이층 빌딩의 현관으로 들어서서 계단을 뛰다시피 올라 사무실의 문을 열었다. 사무실을 채운 낯익은 냄새가 그의 얼굴로 끼얹어졌다. 아무도 없었다. 그는 벽시계를 바라보았다. 아홉시였다. 회의실에서 삐걱대는 소리가 났다. 그도 철야근무를 할 때면 종종 그곳의 접이식 침대에서 눈을 붙이곤 했다. 회의실 문이 열리며 이십대 후반의 사내가 나왔다. 그와 사내는 가볍게 목례를 했다. 그들은 아무런 대화도 나누지 않았다. 사무실을 빠져나온 그는 점심식사를 마친 뒤 담배를 피우기 위해 동료들과 몰려가던 빌딩 뒤쪽의 공원 벤치에 앉았다. 작은 단풍나무 한그루를 물끄러미 바라보았다. 이윽고 그는 지갑을 꺼내 신분증을 살폈다. 낯설었다. 나이를 헤아려보았다. 그가 신분증에 적힌 주소지에 도착했을 때는 오후 두시였다. 거리는 오전처럼 적막하지는 않았으나 한산하기는 마찬가지였다. 세상이 끝나버린 것만 같았다. 그는 고개를 젖혀 눈으로 층수를 헤아려보았다. 십이층 오른쪽 베란다에는 앵글 지지대에 얹힌 에어컨 실외기가 있었다. 창문이 두뼘쯤 열려 있었다. 매일 아침 1202호 베란다에서 누군가가 그를 배웅했을지도 모르지만 그는 모든 게 낯설었다. 그가 밟고 선 화단 앞 보도의 블록 모양마저 낯설었다. 그는 아파트 공원 벤치에 앉아 신분증이 증명해주는 자신의 집을 하염없이 바라보았다. 늦가을 오후의 햇살은 재빨리 식어갔다. 그는 엉덩이를 털고 일어나 아파트 단지를 빠져나갔다. 거리는 여전히 휑뎅그렁했다. 해가 기울 무렵 그는 기억 속에서 끄집어낸 집 앞에 이르렀다. 그는 706호 현관 앞 복도를 서성이다 낮게 날아다니는 헬리콥터를 보았다. 초인종을 눌렀지만 문을 열어주는 사람은 없었다. 그는 복도에 웅크리고 앉았다가 일어나 706호 전자키의 번호를 눌렀다. 해제 신호음은 들리지 않았다. 그는 다시 비밀번호를 눌렀다. 경보음이 울렸다.

   그는 밤이 깊을 때까지 도시를 헤맸다. 한기가 온몸에 스며들었다. 어느 골목에 주차된 봉고차에 들어가 자다 깨다를 반복하며 밤을 보냈다. 이틀 뒤 그는 한강이 내려다보이는 곳에 있던 컨테이너박스에서 경찰관에게 발견되어 병원으로 실려갔다. 응급실은 북적였다. 수척한 얼굴의 의사는 영양결핍과 스트레스로 탈진했을 뿐이라며 입원하지 않아도 괜찮다고 했다. 보호자 없이 홀로 앓는 중상자들의 신음은 응급실의 높은 천장에 닿지 못했다. 그는 링거액이 떨어지는 걸 가만히 지켜보았다. 간호사가 다가와 주삿바늘을 뺐다.

   기억상실증에 걸린 건가요?

   그의 물음에 간호사가 고개를 끄덕였다.

   꿈은 아니겠지요?

   간호사가 다시 고개를 끄덕였다. 그는 뭔가를 더 묻고 싶었으나 금방이라도 울음을 터뜨릴 듯한 간호사의 얼굴을 보고는 그만두었다. 오래전에 떨어진 낙엽 같은 얼굴이었다. 응급실에서 나온 그는 장례식장 입구에서 담배를 피우는 사람을 보았다. 누구의 죽음을 추모하는지 알지 못할 것이므로 그 사람은 조문객일 수도 있었고 상주일 수도 있었다. 그는 경비원이 일러준 대로 병원 근처의 경찰 지구대를 찾아갔다. 한시간 뒤 그는 젊은 순경이 운전하는 순찰차 뒷좌석에 낯선 두 사람과 함께 앉아 있었다. 방송이 재개되었는지 라디오에서 뉴스가 흘러나왔다. 아나운서의 목소리는 기운이 없었다. 직무를 다시 수행하기로 한 대통령이 계엄령을 발동했다는 내용이었다. 그날 자정을 기해 전국에 걸쳐 비상계엄령이 선포되었다. 그러나 무장 군인들은 보이지 않았다. 대신 군모도 쓰지 않은 채 엉거주춤 걷는 앳된 얼굴의 군인들이 순찰차의 전조등에 불쑥 뛰어들었다 사라지곤 했다. 그는 이틀 전에 찾아갔던 아파트 단지 앞에서 순경과 작별인사를 나누었다. 순경은 그보다 젊었고 어딘지 모르게 세상살이의 즐거움과 괴로움을 모두 겪고 알아 그런 일들에 무관심해진 듯한 분위기를 풍겼다. 엘리베이터는 작동하지 않았다. 그는 계단을 묵묵히 걸어올라갔다. 한층 한층 올라갈수록 그의 구두 소리는 깊고 묵직하게 울렸다. 구두 소리가 심오해지는 만큼 그 역시 엄숙해졌다. 그는 1202호의 초인종을 눌렀다. 그는 팔을 들어 냄새를 맡아보기도 하고 후줄근한 양복저고리의 매무새를 만져보기도 했다. 조금 뒤에 문이 열렸다. 삼십대로도 사십대로도 보이는 나이를 가늠하기 힘든 여자가 공손하게 경계하는 태도로 그를 맞았다. 머리를 뒤로 묶은 여자의 이마는 매끄러웠지만 피부에는 탄력이 없어 보였다. 눈가의 잔주름과 목주름이 그의 눈에 띄었다. 그 여자는 그에게 이름 하나를 언급했다. 그는 지갑을 꺼내 신분증을 살펴본 뒤 그 사람이 자신이 맞는 것 같다고 말했다.

그쪽이 제 남편이시군요.

그럼 제 아내이신가요?

여자가 고개를 끄덕였다. 그는 소리없이 한숨을 쉬었다.

……반갑습니다.

예, 반갑습니다.

그는 구두를 벗고 아내를 따라 거실로 들어갔다. 아내의 치맛자락이 거실바닥을 쓸고 지나갔다. 그는 조심스레 집 안을 둘러보았다. 전등을 켜지 않았지만 어둡지는 않았다. 인테리어 잡지에서 흔히 볼 수 있을 법한 구도로 가구가 배치된 거실은 깨끗하고 단아했다. 그 단정함은 인공적이기까지 했다. 아내는 이 낯선 집의 사물들을 털끝조차 건드리지 않겠다고 결심이라도 했는지 원래 정돈된 상태 그대로 내버려둔 듯했다. 그는 벽에 걸린 그림액자를 보았다. 원형의 만다라가 무수히 겹친 형태였다. 그는 이 뜻 모를 그림이 아내의 취향인지 자신의 취향인지 알 수 없었다. 소파에 앉았던 아홉살쯤으로 보이는 아이가 일어났다. 그가 아내를 돌아보자 아내가 당신 딸이라고 말했다. 아내의 목소리에는 자신이 없었다. 그는 딸의 얼굴을 물끄러미 바라보았다. 그는 애써 미소를 지었지만 딸에게는 일그러진 얼굴로 보이리라는 걸 알았다.

아저씨가…… 아빠예요?

그는 아이의 충혈된 눈에 떠올랐다가 재빠르게 사라지는 실망의 빛을 보았다. 사라졌다고 확신할 수는 없었다. 그렇게 말한 뒤 딸이 고개를 숙였기 때문에 그는 딸이 정확히 어떤 기분일지 알 수 없었다. 그가 손을 내밀었지만 딸은 손을 마주 내밀지 않았다. 서로가 서로에게 아빠이면서 딸이라는 사실을 모르는 아빠와 딸은 어떤 방식으로 인사를 나누어야 하는지 역시 알 수 없었으므로 내밀었던 손을 무르춤하게 바라볼 수밖에 없었다. 아내가 가정용 정수기에서 물을 컵에 받아 그에게 건네주었다. 그는 차를 음미하듯이 천천히 한모금씩 물을 마셨다. 물은 밍밍했다. 그들 세 식구는 한동안 아무 말이 없었다. 베란다에서 무언가가 넘어지는 소리가 났지만 누구도 신경 쓰지 않았다. 열린 바깥 창문으로 바람이 들어오는지 가느다란 휘파람 소리가 들렸다. 버티컬이 흔들리며 쩔그럭쩔그럭 소리를 냈다. 그들은 각자 생각에 잠겼다. 그는 아내와 딸이 어떻게 서로를 엄마와 딸로 알게 되었는지 궁금하지 않았다. 모녀는 기억을 상실한 순간 집에 함께 있었기에 서로를 낯설게 바라보긴 했더라도 서로가 어떤 관계인지 짐작은 할 수 있었을 것이다. 딸은 아내에게 아주머니는 누구냐고 물었을 테고 아내는 딸에게 너희 엄마 아빠는 어디 계시냐고 물었을 것이다. 모녀는 한동안 당황하다가 신분증이나 사진을 통해 서로를 확인했을 테지만 그것이 진짜 두 사람이 어떤 관계인지를 증명해준다고 믿을 수 없었기에 여태도 이처럼 서먹한 것이리라. 딸이 엉덩이를 들어 자리를 옮겨 앉았다. 그는 아내에게 샤워를 해도 되겠느냐고 물었고 아내는 그런 종류의 일을 허락해야 하는 건지 마는 건지 알 수 없다는 듯 잠시 망설였다. 이윽고 그는 아내를 따라 안방에 들어갔다. 아내는 머뭇거리다 옷장을 열어 갈아입을 만한 옷을 꺼내주었다. 그는 아내가 건넨 옷들을 손으로 받아들었다. 군에 입대하던 날 처음 전투복을 받아들었을 때와 비슷한 심정이었다. 그는 매니큐어가 반쯤 벗겨진 아내의 손톱을 지그시 바라보았다. 그의 시선을 의식했는지 아내가 손을 말아쥐었다.

저는 나가 있을게요.

예, 알겠습니다. 그런데…… 자녀는 저 아이 하나뿐입니까?

아내가 고개를 끄덕였다. 그는 옷을 벗고 안방에 딸린 욕실에 들어갔다. 세면대에는 물기조차 없었다. 전등은 켜지지 않았다. 전기가 끊긴 것인지도 모른다. 문을 반쯤 열어둔 채로 샤워기 꼭지를 돌렸다. 단수는 아니었으나 뜨거운 물이 나오지 않아 그는 찬물로 샤워할 수밖에 없었다. 온몸에 소름이 돋았다. 내장에도 소름이 돋은 기분이었다. 샤워를 마친 그는 옷을 갈아입었다. 그가 평소에 입던 옷이 분명하련만 남의 옷을 입은 듯 거추장스러웠다. 거실 소파에 앉은 모녀는 그를 힐끔 보더니 다시 각자의 생각에 골몰했다. 저녁이 거실로 기어들어왔다. 그는 눈에 보이는 스위치는 모두 눌러보았으나 전등은 켜지지 않았다. 집 안을 채운 공기는 눅눅하고 미지근했다. 세 사람이 들이마셨다가 토해내는 숨에 조금씩 변질되어 상해버린 공기였다. 그와 마찬가지로 모녀 역시 핸드폰의 비밀번호를 몰랐다. 두대의 노트북 역시 비밀번호를 알 수 없어 사용할 수가 없었다. 아내가 부엌에서 식빵과 우유를 가져왔다. 그들은 함께 식빵을 씹고 우유를 마셨다. 아내가 생각났다는 듯 하루 전에 시아버지라는 사람에게서 전화가 왔다고 말해주었다. 그는 고개를 끄덕이긴 했지만 그 말이 무슨 뜻인지는 한참 뒤에야 깨달았다. 그는 서랍을 뒤져 결혼앨범을 찾아냈다. 그는 앨범을 든 채 모녀 사이에 앉았다. 모녀가 윗몸을 기울여 사진을 들여다보았다. 그들은 서로의 얼굴을 힐끔거리면서 사진의 얼굴과 비교해보았다. 분명히 닮기는 했지만 사진의 인물과 사진을 들여다보는 사람이 정말 똑같은 사람이라는 확신은 생기지 않았다. 어두워서인지도 몰랐다. 딸은 앨범에서 자신을 발견할 수 없자 곧 흥미를 잃었다. 그는 어딘가에 결혼사진이 아닌 가족들의 일상이 담긴 앨범이 있을 거라고 달랬지만 그 역시 자신의 말을 믿지는 않았다. 먼 곳에서 싸이렌 소리가 들려왔지만 아파트 단지는 조용했다. 벽을 두드리거나 발을 구르거나 천장을 두드려보고 싶은 충동이 일 만큼 불편한 침묵이었다. 그런 생각을 하자마자 위층에서 발을 구르는지 쿵, 쿵 소리가 천장에서 들렸다. 그들은 고개를 들어 천장을 보았다. 딸이 갑자기 흐느꼈다. 듣는 이로 하여금 우는 사람의 서러움과 억울함에 깊이 공감하지 않을 수 없게끔 하는 전염성을 지닌 울음이었다. 그와 아내는 어쩔 줄 몰라 하며 서로의 얼굴만 바라보았다. 아내는 딸 옆으로 자리를 옮겨 한쪽 팔로 딸의 어깨를 감쌌다. 그러나 아이는 울음을 그치지 않았다. 느껴 우는 소리는 잦아들었지만 부러 울음을 참으려 한 탓인지 딸꾹질을 했다. 순수하던 딸의 울음은 그 순간부터 은연중에 낯선 아빠와 엄마를 힐난하고 비난하는 의미를 띠게 되었다. 그는 냉담해지는 자신을 느꼈다. 딸은 누구의 도움이나 위로도 필요로 하지 않는 듯했다. 혼자 실컷 울고 난 뒤 딸은 작은방으로 들어갔다. 아내가 따라 들어가 나직한 목소리로 무언가 말했지만 딸의 대답은 들려오지 않았다. 아내는 소파에 앉은 그를 바라보다 안방으로 들어갔다. 다시 거실로 나온 아내가 어려운 이야기를 꺼내듯 머뭇거리다 안방에 널브러진 양말과 속옷을 치워주면 좋겠다고 말했다. 그는 안방으로 들어가 양말과 속옷을 주섬주섬 주워들고 나왔다. 다용도실의 세탁기 앞에서 그는 정말로 그 안에 더러운 속옷을 넣어도 되는지 알 수 없었기에 한참을 망설였다.

싸이렌 소리는 그치지 않았다. 희미한 소리였으나 기억을 잃은 자들의 가슴에 불길한 예감을 불러일으키기에는 충분할 만큼 긴박한 소리이기도 했다. 작은방의 딸과 안방의 아내도 잠들지 못했다. 그 방들에서 들려오는 기척들에 귀 기울이기를 그만두니 평온해졌다. 그는 어둠에 익은 눈으로 주위를 살펴보았다. 스스로를 거실에 내던진 듯 눈을 감은 채 이 상황을 받아들이려고도 해보았다. 어떤 추억도 떠오르지 않았다. 그가 누구인지를 말해줄 수 있는 사물 혹은 관계가 지척에 있었음에도 그는 집을 찾아오기 전보다 혼란스러웠다. 그처럼 가까이 다가온 진실이 두렵기 때문일 수도 있었고 혹은 진실을 알게 된다 해도 아무런 감흥이 없으리라는 예감 때문일 수도 있었다. 설령 기억을 잃지 않았다 해도 자기 자신이 누구인지 말할 수 있는 사람은 아무도 없었을 거라는 생각을 위안으로 삼았다. 깜박 졸다가 깨어난 그는 사람의 체온이 그리웠다. 작은방에 들어가 곤히 잠든 딸을 내려다보았다. 그는 예전에 그래본 적이 있는 것처럼 자연스럽게 딸의 이마에 입을 맞추었다. 딸은 이마를 찡그리기는 했으나 잠에서 깨지는 않았다. 아이의 손에 손가락을 대자 아이가 주먹을 쥐었다. 조금 뒤 그는 아이의 손안에서 손가락을 빼냈다. 딸은 벽 쪽으로 몸을 돌렸다. 그는 흘러내린 이불을 딸의 어깨까지 끌어올렸다. 안방으로 들어간 그는 침대 위 아내 옆으로 슬그머니 기어들어갔다. 아내의 숨소리는 희미했다. 잠든 건지 잠든 척하는 건지 알 수 없었다. 그는 손을 뻗어 아내의 가슴을 만졌다. 탄력 없는 시든 가슴이었다. 아내의 속옷을 끌어내리려 하자 아내가 그의 손을 잡았다.

……미안하지만 안되겠어요.

우린 부부잖아요.

아내가 지그시 입술을 깨물었지만 그는 아내의 얼굴을 볼 수 없었다. 아내는 전혀 흥분하지 않았다. 그도 마찬가지였다. 그들 부부는 식탁에 마주 앉아 식사라도 하듯 정사를 마쳤다. 십분 뒤에 그는 침대에서 일어났다.

저기요. 미안하지만 혹시 현금 있나요?

몇천원밖에 없어요.

그럼 됐어요.

아내는 벽 쪽으로 몸을 돌렸다. 그는 후들거리는 다리를 간신히 옮겨 거실 소파까지 걸어갔다. 소파에 웅크린 그는 자신의 것이지만 자신의 것이라고는 믿지 않는 이 모든 것들을 의심의 눈초리로 노려보았다. 새벽이 깊어갔다. 그가 기억하지 못하는 관계들과 맞닥뜨린 기분은 잠들고 싶지 않은데도 눈이 절로 감길 때와 비슷해서 인생 전체가 속수무책인 것처럼 여겨졌다. 기억을 잃은 다른 이들은 어떤 꿈을 꾸는지 궁금했다. 꿈에서라면 삶의 비밀과 만날 수 있을지도 모른다. 아내는 잠든 게 분명했다. 코를 고는 소리가 안방에서 들려왔다. 아내의 하루는 고단했던 모양이다. 그 소리를 들으며 그 역시 잠에 빠져들었다. 지나온 삶 전부가 한순간에 비밀이 되어버렸는데도 도무지 즐겁지가 않았다. 그들은 각자 마음속에 비밀을 품었지만 그 비밀에 다가가는 방법을 알지 못했으므로 아무런 비밀이 없는 사람들이 되고 말았다.

그는 아침 일찍 은행에 가서 두시간을 기다린 끝에 정부가 지정한 출금 한도액인 현금 백만원을 찾을 수 있었다. 그는 오십만원씩 두개의 봉투에 돈을 담은 뒤 안주머니에 찔러넣고 잔뜩 긴장한 채 집으로 돌아갔다. 현관에 들어선 그는 신발장에 기대선 지팡이를 보았다. 낯선 검은색 낡은 구두와 보라색 노인용 운동화도 있었다. 노인네 둘이 소파에 앉아 있었다. 맞은편에 앉은 아내와 딸은 데면데면한 얼굴로 노인들을 상대하는 중이었다. 구식으로 중절모를 쓰고 두루마기까지 갖춰 입은 노인이 헛기침을 했다. 손으로 입을 가리며 큼큼대는 품이 꽤나 격식을 차리는 까다로운 사람이라는 인상을 풍겼다. 그 옆에 앉은 노인은 하얗게 센 머리를 틀어올렸는데 입술을 꾹 다물고 있는 품이 여간 고집이 세지 않을 듯했다. 엉거주춤 노인들을 바라보며 선 그는 아내를 바라보았다. 아내가 자리에서 일어나 그를 노인에게 소개했다.

이쪽이 댁의 아드님이십니다.

아, 이분이 제 아들이군요. 저는 댁의 아버지 되는 사람이고 이쪽은 제 안사람입니다.

노인이 그에게 악수를 청했다. 그는 얼떨결에 아버지의 손을 마주 잡았다. 노인치고 대단한 악력이었다. 두툼하고 단단하지만 메마른 노인의 손을 잡은 채 그는 무슨 말을 해야 할지 몰라 그렇게 가만히 있었다. 어머니가 그의 한쪽 손을 두 손으로 잡고 쓰다듬었다. 어머니의 손은 따뜻하고 부드러웠다. 그는 노인의 주름진 손을 말없이 내려다보았다.

반갑습니다. 저희가 먼저 찾아뵀어야 하는 건데 이렇게 직접 찾아오시게 해서 죄송합니다.

이런 시절에 누굴 탓할 수 있나요. 먼저 알아본 쪽이 찾아오면 그만이지요.

그는 부모를 마주 보고 아내 옆에 앉았다. 그들은 서로의 안부를 확인하고 잠시 시절에 대한 얘기를 나누었다. 노인들은 새벽에 길을 나선 탓에 기력이 쇠한 듯했다. 시간이 캐터필러처럼 굴러갔다. 그의 부모는 사이를 둔 채 떨어져 앉았지만 서로에게 자연스럽게 몸을 기울이곤 했다. 그는 부모가 이곳에 오래 머물지 않으리라는 걸 알았다. 그는 자신의 근원이라 여겨지는 부모의 얼굴을 무례하다 싶을 정도로 똑바로 바라보았다. 만약 그가 정말 저 두 노인의 자식인 게 사실이라면 그는 두 사람에게서 아무것도 물려받지 않은 게 분명해 보였다. 그는 부모에게 양해를 구한 뒤 아내와 함께 안방에 들어갔다. 그는 아내에게 오십만원이 든 봉투를 건넸다. 아내는 가볍게 고개를 숙였다. 고마워하는 건지 수치스러워하는 건지 알 수 없었다. 아내는 그에게 저 노인들이 금방 돌아갈 것인지를 물었고 그는 모르겠다고 대답했다. 짧은 대화였지만 그는 피로를 느꼈다. 그와 아내가 거실로 돌아가자 노인들이 소파에서 일어났다. 그는 붙잡으려 했지만 그의 부모는 단호했다. 아내와 딸은 현관에서 그들을 배웅했다. 그는 부모와 함께 계단을 내려갔다. 십분 뒤에 아파트 입구에서 그와 부모는 작별인사를 나누었다. 헤어지기 전에 그의 아버지가 갑자기 그를 껴안았다. 어쩌면 난생처음 안겨봤을 아버지의 품에서 잠시 그는 안전하다는 느낌을 받았다. 하지만 이내 그는 아버지를 밀어냈다. 부자는 서로 계면쩍어하며 다시 작별인사를 나누었다. 그는 외투 안주머니에서 돈 봉투를 꺼냈다. 이십만원을 꺼내 바지 주머니에 쑤셔넣고 돈 봉투를 아버지의 손에 쥐여주었다. 아버지는 몇번 거절하다가 결국 받아들였다. 그의 어머니는 지팡이를 짚고 아버지의 부축을 받으며 절뚝절뚝 걸어갔다. 어머니가 뒤를 돌아보았을 때 그는 손을 흔들었다. 어머니의 눈에 떠오른 깊은 상실감을 알아보았으나 사라진 그의 기억을 불러들일 만큼 강렬하지는 않았다.

그는 동사무소에 들러 가족관계증명서를 발급받았다. 동사무소 직원은 자신이 왜 거기에 있어야 하는지 알 수 없다는 표정을 지었지만 의무를 수행하는 타고난 능력을 발휘하는 데서 오는 쾌감을 즐긴다는 사실 또한 숨기지는 않았다. 기억을 잃어도 즐거울 수 있다면 괜찮은 삶이라고 할 수 있었다. 그는 삼십대 초반의 동사무소 직원에게 묘한 질투를 느꼈다. 그는 은행나무가 즐비하게 늘어선 거리가 보이는 동사무소의 등나무 쉼터 아래서 가족관계증명서를 오래도록 바라보았다. 그가 살아오는 동안 맺은 관계의 요약도라고 하기에는 너무 빈약했지만 자신만만한 동사무소 직원의 표현을 빌리면 일가(一家)를 이루었다고도 할 수 있는 증명서였다. 그는 거기에서 부모의 이름을 처음으로 보았다. 아마도 기억을 잃기 전에 그는 부모를 아버지나 어머니로 호칭했을 테지만 당신들 또한 이름이라는 고유명사를 부여받은 존재라는 사실은 잊고 지냈을 거였다. 기억을 잃기 전에도 기억이 그리 소중하지 않았다면 기억을 잃은 다음에야 기억이 소중하게 여겨진다는 것도 어느정도는 비겁한 일인 듯했다. 그는 가족관계증명서를 발급받아 돌아가는 다른 사람들을 바라보았다. 그들이 집으로 돌아가는 중이라고 장담할 수는 없었다. 증명서가 일러주는 관계도는 빈약하지만 어쩌면 그것은 그들이 최선을 다해 살았다는 유일한 증거일 수도 있었다. 그는 증명서를 외투 안주머니에 넣었다. 그가 걸을 때마다 안주머니에서 서걱서걱 소리가 났다. 잘 벼려진 한자루의 칼을 품은 것만 같았다. 집에 돌아간 그는 소파에 길게 누운 아내를 보았다. 구겨지고 접힌 치마 아래로 드러난 종아리에 눈이 시었다. 소파 아래 여러개의 빈 맥주캔이 널브러져 있었다. 아내가 백치처럼 웃었다. 헝클어져 이마로 흘러내린 머리칼 사이로 엿보이는 아내의 눈동자는 서랍 속을 굴러다니는 오래된 구슬 같았다. 딸은 아내가 안주 삼아 집어먹은 듯한 과자 봉지를 손에 쥔 채 바닥에 앉아 있었다. 그는 아내의 윗몸을 일으켜세웠다. 술기운에 축 늘어진 터라 아내는 쇠로 된 사람처럼 무거웠다. 물컵을 건네주니 아내가 꿀꺽꿀꺽 물을 마셨다. 아내의 목덜미에 미약한 경련이 일었고 어쩐지 그에게는 그것이야말로 아내가 살아 있음을 증명하는 가장 확고한 증거처럼 여겨졌다. 그는 손가락으로 조심스레 아내의 입가에 묻은 과자 부스러기를 떨어냈다. 아내에게 다정한 남편이었는지는 알 수 없었지만 되도록이면 다정한 사람이었기를 바랐다.

왜 이렇게 술을 많이 드셨어요?

주량을 모르니까요. 알려면 마셔봐야 하잖아요.

기억이 돌아오지 않는다면 다시 삶을 살아야 하는지도 몰랐다. 그러나 삶을 다시 사는 것과 술을 마시는 것은 전혀 다른 종류의 일이었다. 아내가 기억해내고 싶은 게 무엇인지 그는 알 수 없었다. 주량을 기억해내기 위해서가 아니라는 것만은 알았으나 한번 겪고 지나온 일들 가운데 재현할 수 있는 일은 극히 드물 수밖에 없었다. 재현이 가능한 일들은 그다지 쓸모없는 일이겠지만.

아내는 헛구역질을 하더니 그의 가슴팍을 밀어내고 화장실로 달려갔다. 비틀거리면서도 넘어지지는 않았다. 위태로운 아내의 뒷모습이 그의 지나온 생을 보여주는 것만 같았다. 아내는 화장실 변기에 술과 과자를 토한 뒤 찬물로 입을 헹구고 안방으로 들어갔다. 그는 아내가 사온 식료품 봉지를 뒤져 딸과 함께 빵과 우유를 나눠 먹은 뒤 냉장고의 상해가는 음식들을 거두어 버렸다. 밤이 되자 딸은 소파의 한쪽 끝에 가만히 웅크리고 앉아 한차례 흐느끼다가 작은방으로 들어갔다. 그는 아내가 먹고 남긴 맥주를 마셨다. 그는 자신도 그리 술이 세지 않음을 알았다. 그는 안방으로 들어가 침대 아래 앉았다. 아내는 괴로워하며 잤다. 끙끙거리면서 이리저리 뒤척였다. 그는 외투조차 벗지 않은 채 앉은 자리에서 꾸벅꾸벅 졸았다. 술기운 탓인지 졸음이 해일처럼 밀려왔으나 어떤 의무감 탓에 그는 잠 속으로 깊이 빠져들지 못했다. 그의 품 안에서 종이가 바스락거렸다. 그의 가족관계의 모든 걸 증명해주는 동시에 아무것도 증명해주지 못하는 증명서가 품 안에서 조금씩조금씩 구겨지는 중이었다.

잠에서 깬 그는 부신 눈을 비볐다. 스위치를 켜둔 상태에서 전기가 공급된 듯했다. 그의 눈앞에 아내의 발바닥이 있었다. 노랗고 작은 발바닥. 발 오금 바깥쪽에서 복사뼈까지 가느다란 주름이 여러 개 잡혔다. 아내는 경련을 일으키며 부스스 일어나더니 멍한 눈으로 그를 바라보았다. 그는 정수기에서 냉수 꼭지를 열어 미지근한 물을 흘려보낸 뒤에 적당히 차가워진 물을 받아 아내에게 건넸다. 아내는 물을 마신 뒤 고꾸라졌다. 그는 침대에 걸터앉아 아내의 얼굴을 내려다보았다. 아내의 미간에 주름이 잡혔다.

저한테 할 말이 있는 거죠?

내일 해도 돼요.

괜찮아요. 귀는 열렸으니까 아무 말이라도 상관없어요.

왼쪽 눈 옆에 커다란 점이 있네요.

안타깝다는 말로 들려요.

그런 뜻은 아니었어요.

제 얼굴에서 이 점이 가장 매력적이라고 했잖아요.

기억이…… 돌아온 건가요?

농담이에요. 아마도 그렇게 말하지 않았을까 생각해봤을 뿐이에요.

그렇게 말해준 사람은 퍽 다정한 사람이었겠군요.

다정한 척했거나.

전 자신이 없어요.

알아요. 저도 그렇거든요.

우리에게 아들이 있어요.

알아요. 오늘 낮에 전화가 왔어요.

찾으러 가야지요.

늦었어요.

……죽었나요?

예.

그는 아들을 잃은 슬픔을 아내와 공유할 수 없었다. 그의 슬픔은 홀로 자라나 홀로 죽었다. 아내의 슬픔도 마찬가지일 거였다. 비가 내렸다. 바람은 빗줄기를 몰고 다녔다. 빗줄기는 바람에 떠밀려 꿈틀거렸다. 무수히 많은 가느다란 사행천들이 하늘에서 지상으로 흘러내리는 듯했다. 그는 잠들면 산산이 부서지고 말 거라는 두려움을 느꼈다. 아침이 왔다. 그는 멀쩡했다. 아내도 멀쩡했고 딸도 그러했다. 딸은 거실에서 텔레비전을 보았다. 짤막한 뉴스를 제외하고는 모두 재방송이었다. 화면에 비친 도시는 그가 눈으로 목격한 도시보다 극적이었다. 기억을 잃은 자들이 왜 그 일을 해야 하는지 납득하지 못한 채로 부상자를 수송하거나 발전시설을 관리하거나 보초를 섰다. 일상에 복귀하라는 강력한 권고의 목소리가 공허하게 되풀이되었다. 그는 불현듯 분노를 느꼈다. 어쩌면 한번도 느껴본 적이 없는 종류의 분노일 거였다. 딸은 드라마에 몰두했다. 기억상실증에 걸린 한 남자를 둘러싸고 벌어지는 일들을 다룬 흔한 아침드라마였다. 그는 드라마를 보지 않았지만 결말을 알았다. 아침드라마의 기억상실증 환자들은 사실 한번도 기억을 상실해본 적이 없었다. 누군가가 환자의 기억을 대신 간직했으므로. 딸은 그 드라마에서도 자신의 이야기를 발견할 수는 없을 거였다. 아내는 진통제 두알을 물도 없이 삼키더니 지갑을 들고 집을 나갔다. 비에 흠뻑 젖은 채 돌아온 아내는 비닐봉지에서 맥주캔을 꺼내 마셨다. 아내가 앉은 소파는 아내의 몸에서 흘러내린 빗물에 흥건히 젖었다. 홀로 맥주를 마시는 아내는 퍽 사연이 많은 여자 같았다. 기억이 사라진 게 아니라 인간의 내부에 영원히 은둔한 것이라면 어쩌면 지금 저 맥주를 마시는 건 아내가 아니라 아내의 기억일 테다. 그는 아내를 마주 보고 앉았다. 그는 아내의 맥주캔에 자신의 맥주캔을 부딪쳤다. 건배. 그는 딸에게 손짓했다. 아이야, 진짜 드라마를 보고 싶거든 이 드라마에 동참하렴. 세월이 흐르고 흘러 영겁의 시간이 다하도록 잊히지 않을 무구하게 비참한 기억이 빗물처럼 너를 적셔 네 안으로 스며들도록 내버려두렴. 그는 맥주캔을 딸에게 건넸다. 아저씨, 캔이 땀을 흘려요. 아이야, 그건 눈물이란다. 그 안에 들었던 차가운 영혼이 열정을 이 세상에 헌납하고 얻은 눈물이란다. 딸은 맥주를 마시는 대신 캔에 맺힌 싱거운 물방울을 핥아 먹었다. 그와 아내는 누가 먼저랄 것도 없이 웃음을 터뜨렸다. 도시에 비가 내리는 늦가을 어느날 오전에 그들은 기억할 수 없는 어느 순간보다 즐거운 시간을 보냈다. 단란하고 정겨운 일상이었다.

비는 줄기차게 내렸다. 정오 무렵 딸의 담임 선생이 찾아왔다. 삼십대 중반의 사내였다. 말투가 느렸으나 어수룩해 보이지는 않았다. 그는 선생과 악수를 나누었다. 선생의 손바닥은 미끈거렸다. 선생은 사진 한장을 보여줬다. 딸의 입학식 사진이었다. 그는 사진을 물끄러미 바라보았다. 사진 속에서 딸과 아내는 살가운 모녀처럼 보였다. 다른 학생과 학부모 들도 모두 그렇게 보였다. 이 사진에서 뛰쳐나가고 싶어 하는 인물은 담임 선생 한명뿐인 듯했다. 딸은 학교에 가고 싶어 하지 않았다. 아내는 현관 쪽으로는 눈길도 주지 않은 채 맥주만 들이켰다. 선생이 지팡이처럼 짚은 우산 꼭지에서 흘러내린 빗물이 손바닥만 한 크기로 바닥에 고였다. 딸은 작은방으로 들어가 나오지 않았다. 담임 선생이 소심한 목소리로 딸을 불렀다. 아내가 맥주캔을 내던지고 작은방의 문을 왈칵 열었다. 아내는 딸의 손목을 잡고 질질 끌다시피 해서 현관까지 딸을 데리고 왔다. 아내가 딸의 손을 담임 선생의 손에 쥐어주었다. 선생의 얼굴에 당혹스러워하는 기색이 떠올랐다.

공부하지 않으면 나처럼 돼!

아내의 절규에 가까운 외침이 무슨 의미인지는 모호했다. 왜 그런 식으로 소리를 질러야 했는지는 제쳐두고라도 그 말 자체가 난해하기 그지없었다. 어쩌면 그렇게 소리를 지른 것도 아내가 아니라 아내의 기억일지도 모른다. 그는 신발장에서 우산을 꺼냈다. 슬리퍼를 신고 집을 나섰다. 딸은 성난 얼굴로 아내를 돌아보았다. 딸의 눈은 아내를 닮았다.

선생은 출석만 하면 된다고 용서를 구하듯 말했다. 그는 딸과 함께 우산을 쓰고 빗물이 흘러넘치는 인도를 걸었다. 운동화가 젖었지만 딸은 불평하지 않았다. 딸의 어깨를 감싼 그의 오른쪽 손등이 젖어갔다. 그들은 구립도서관 앞을 지나갔다. 구립도서관은 야전 사령부였다. 주차장에는 군용차가 들어찼고 무장한 군인이 보초를 섰다. 젊은이를 가득 태운 군용트럭이 느릿느릿 주차장으로 들어갔다. 그가 묻지도 않았는데 선생이 공허한 목소리로 사모님이 미인이라고 말했다. 그가 선생의 얼굴을 똑바로 바라보자 선생은 수줍은 아이처럼 목소리를 낮췄다.

특히 눈가의 점이 무척 매력적이십니다.

그는 딸과 함께 교실에 들어갔다. 나무와 시멘트 냄새가 가득했다. 딸은 허리를 편 채 꼿꼿하게 앉아 쓸모없는 수업을 들었다. 그는 분필을 쥔 선생의 하얗고 가느다란 손과 출석부를 펼칠 때 기이하게 구부러지는 팔뚝을 보았다. 아내는 상실했던 기억을 되찾았는지도 모른다. 그러나 알 수 없었다. 되찾은 기억이 과연 원래의 기억인지는. 기억을 상실한 뒤에 겪었던 시간들이 아내의 과거를 겨우 손톱만큼 움직였다 해도 원래의 기억은 상해버렸을 테니. 딸이 그에게 몸을 기울여 뭐라고 속삭였다. 그는 알아듣지 못했다. 이번에는 그가 딸 쪽으로 몸을 기울였다.

나가고 싶다고요.

어디로?

어디든요.

그는 딸의 손을 잡고 일어섰다. 선생은 그들을 붙잡지 않았다. 학교 운동장은 질척거렸다. 비는 하염없이 내렸고 그의 슬리퍼와 딸의 운동화는 흙탕물에 젖었다. 그의 발가락 사이로 진흙이 밀려들었다. 그들은 왔던 길을 되돌아갔다. 지나다니는 차는 없었지만 구립도서관 근처 횡단보도에서 보행신호를 기다렸다.

그 선생 미워하지 않아요?

미워하지 않아.

왜요?

난 어른이거든.

난 어른이 되어도 미워할 사람은 미워할 거예요.

약속해라. 꼭 그러겠다고.

약속해요. 꼭 그럴게요.

그는 딸의 손을 꼭 쥐었다. 딸은 손이 아프다고 했다. 바람이 우산을 뒤집었다. 신호가 바뀌었다. 그가 우산을 바로 잡으려는 사이 딸이 먼저 횡단보도를 건넜다. 빗속으로 뛰어든 딸을 사륜구동 군용지프가 치고 지나갔다. 딸은 바람에 날리는 낙엽처럼 공중에서 비틀리며 저만치 나가떨어졌다. 군용지프는 멈추지 않았다. 어디론가 하염없이 달려갔다. 그는 우산을 내던지고 딸에게 달려갔다. 딸의 몸에서 흘러나온 피가 주변을 붉게 적셨다. 비는 내리고 내렸는데 피는 여전히 붉었다. 그는 딸 앞에 무릎을 꿇었다.

아파요. 많이 아파요.

그래 얘야. 조금만 참고 견디렴.

나 죽는 거죠?

넌 죽지 않아.

그는 딸의 몸에 손을 댈 수가 없었다. 딸은 출혈성 쇼크에 빠져들었다. 그는 딸의 죽음이 임박했음을 알았다. 그는 딸의 귓가에 입을 갖다댔다. 그의 입술이 딸의 귓바퀴에 닿을락 말락 했다.

기억나니? 우리 함께 놀이동산에 갔잖아. 그날 네 엄마가 도시락을 쌌는데 포크와 젓가락을 챙겨오지 않아서 우리 모두 손으로 김밥과 과일을 집어먹었잖아.

정말이에요?

그래. 정말이야.

오빠는요?

네 오빠는 용감한 척 으스댔지만 놀이기구에 타지 않으려고 도망다녔어. 우리 모두 겁쟁이라고 놀리며 즐거워했어. ……이제 기억나니?

……죄송해요. 기억이 나지 않아요.

괜찮다 얘야, 괜찮아. 기억 못해도 돼. 아빠가 대신 기억해줄 테니.

아빠……

그는 축 늘어진 낯선 딸을 안고 빗물에 섞여 흘러내리는 핏물을 그림자처럼 단 채 저벅저벅 걸어갔다. 그는 아무것도 기억하지 못했다. 그러나 그런 일이 없었다고도 장담할 수는 없었다. 짧은 순간이지만 서로가 서로에게 스며드는 걸 용납했던 어느 한때가 그의 삶에서 단 한번도 없었을 리는 없다. 그는 누구에게도 자신의 삶을 대신 기억해주길 바랄 필요가 없다는 걸 알았다. 울고 싶었으나 눈물은 나지 않았다. 그의 가슴속에서는 근원을 알 수 없는 슬픔만이 차올랐다. 아내는 언제까지고 맥주를 마실 거였다. 아내가 마시는 게 아니라 아내의 기억이 마시는 것이므로. 그는 아내가 잃었던 기억을 되찾았음에도 불구하고 여전히 기억을 잃어버린 듯 굴고 있을 가능성이 얼마나 될지를 가늠해보았다. 가능성은 무척 적었다. 그러나 그 손톱만 한 가능성이 그에게는 무시무시했다. 그는 아파트 입구에서 하늘을 올려다보았다. 베란다 창문은 여전히 두뼘쯤 열린 채 비를 견뎠다. 그는 발길을 돌렸다. 그의 품에서 싸늘하게 식어버린 딸이 눈을 감은 채 꿈을 꾸도록 내버려뒀다.

도시는 기억 없이 전진한다. 전진하는 도시 속에서 그가 세웠거나 혹은 겪었던 일가(一家)는 부서졌다.

타오르는 도서관

애야, 넌 누구지? 무슨 말씀이세요, 아빠. 넌 내 딸이야, 그렇지? 그리고 난 네 아빠다. 그러니까 우리는 부녀지간이지. 예, 맞아요. 다 자란 딸이 아빠에게 진실을 말하는 법은 없단다. 나도 그 정도는 알아. 그래서 나는 네가 말하지 않은 것들 속에 네 진짜 모습이 있다고 추측할 수밖에 없어. 나도 늙었다. 그런 일을 생각하고 가늠하기가 쉽지 않아. 아빠한테 감추는 건 없어요. 이상하지 않니? 뭐가요. 아빠한테 감추는 건 없어요, 식의 말을 예전의 너는 한번도 하지 않았다는 게. 아빠, 무얼 걱정하시는 거예요? 난 네가……

　그로부터 얼마 뒤 딸이 다니는 대학의 교수에게 전화가 걸려왔다. 낯선 번호였으나 그는 발신인이 누구인지 짐작할 수 있었고 이처럼 마음의 준비가 되지 않은 상태에서 육성을 나누어야 한다는 사실이 부담스러워 잠시 머뭇거렸다. 전화를 건 쪽은 그가 망설일 수밖에 없다는 사실을 잘 안다는 듯 차분히 기다려주었다. ……지금 철탑이시죠? 철탑이 아니라 광고탑입니다. 그렇군요. 제가 찾아뵈어도 괜찮을까요. 여긴 대문이 없어요. 그럼 조만간 찾아뵙겠습니다.

그들이 머무는 탑 상층부에서 지상까지의 거리는 삼십 미터 남짓이었다. 아파트 십층쯤에서 아래를 내려다보는 정도였다. 아내가 세상을 떠나기 전에 머물렀던 육인 병실도 암병동 십층에 있었다. 평소 혈압이 낮고 신장이 약해 잔병치레가 잦았던 아내는 현기증 탓에 병원을 찾았다가 정밀검사를 받고 췌장암 판정을 받았다. 이미 다른 장기로 암이 전이된 터라 서둘러 수술을 하고 집중 치료를 받았지만 반년을 넘기지 못했다. 그 반년 동안의 시간은 그의 기억에 희미하게만 남았는데 그렇게 된 이유 가운데 하나는 딸 때문이었다. 그는 엄마의 부재를 고요히 견뎌내는 딸에게 고통스런 시간을 상기시킬 어떤 말도 하고 싶지 않았으며 딸이 홀로 감당하는 슬픔을 지켜주고 싶었다. 지켜준다는 말이 어색하다면, 딸이 누구의 방해도 받지 않은 채 엄마를 잃은 슬픔에 몰두할 수 있도록 내버려두고 싶었다. 광고탑에 올라온 뒤로 그는 자주 아내를 떠올렸지만 수많은 기억들이 순서를 지켜 차례차례 찾아오는 건 아니었다. 볕 좋던 어느날 오후 아내를 휠체어에 태워 병동 밖으로 나갔다. 항암 치료와 방사선 치료를 받으면서 아내는 거죽만 남다시

피 깡말라버렸다. 휠체어의 무게를 도무지 느낄 수가 없었다. 아내의 목소리마저 뼈만 남은 듯 야위고 앙상해 으스스한 기분이 들었다. 그는 아내가 이렇게 이른 나이에 죽을 수도 있다는 생각을 해본 적이 없기 때문에 해골이나 마찬가지인 아내를 마주 대하고도 눈앞의 현실을 믿을 수 없었다. 사실을 말하자면 오히려 그는 이런 일들에 익숙했다. 십대 후반 처음으로 소규모 주물공장에서 견습공으로 일하게 된 이후로 믿을 수 없으나 엄연히 현실인 일들을 숱하게 겪었다. 현실이란 본래 비현실적이며 비현실이야말로 현실적이라는 사실을 모르지 않았으나 아내가 곧 죽게 되리라는 현실은 비현실적이어서가 아니라 너무나 도저한 현실이어서 그를 어리둥절하게 했다. 여보. ……으응. 무슨 생각을 그렇게 해요. 아무것도. 아내가 그의 크고 거친 손을 쓰다듬었다. 사람은 죽어서 하늘나라에 간다죠. ……그래. 그의 아내는 하늘을 올려다보았다. 그런데 여보…… 어디서부터 하늘이에요? 그거야…… 그는 하늘을 가리키기 위해 손을 들었다가 내려놓았다. 그도 알 수 없었다. 대체 어디서부터 하늘인 걸까.

여태까지 그는 마치 자신에게 일생일대의 사건이 벌어지리라 확신하는 사람처럼 조심스럽게 살아왔다. 그는 정체를 감추고 때를 기다리며 은둔한 사람처럼 내부에 스스로를 은폐했고 자신을 감추는 일에 효과적으로 처신했다. 그는 속내를 타인에게 내비친 적도 들킨 적도 없었으므로 그를 제대로 아는 사람은 이 세상에 한명도 없는 셈이었다. 그러나 가장 중요하고 의미있는 일은 결코 일어나지 않았다. 매번 그는 맞닥뜨린 어떤 일이 과연 바로 그 일인지 궁금했으나 바로 그 일이라는 확신은 생겨나지 않았다. 이윽고 그는 가장 중요하고 의미있는 사건이 이미 벌어졌는데 자신이 깨닫지 못한 채 흘려보낸 건 아닐까라는 불안에 사로잡혔다. 그는 인생의 대부분을 그 사건을 기다리는 데 소모해버렸고 얼마 되지 않을 나머지 세월은 그 사건이 이미 일어났는데 알아보지 못한 건 아닐까라는 불안감으로 소모해버릴 터였다. 얼마 뒤 정말 아내는 죽었다. 아내는 고통 속에서 죽었다. 아마도 그를 원망하며 죽었으리라. 그런데도 여전히 그는 일생일대의 사건은 아직 일어나지 않은 것만 같았다.

그는 도심의 광고탑을 기습적으로 점거하여 고공농성에 돌입하는 문제를 논의하는 자리에 참석하지 못했다. 그때는 아내가 죽어가는 중이었으므로 동료들은 모두 그가 처한 상황을 납득했다. 아내의 장례를 치르고 몇달 뒤 부위원장이 모친상을 당했다. 그는 빈소에 문상을 하러 갔다. 접객실에 앉아 소주를 마시던 그는 어느새 홀로 남게 된 걸 알았다. 그가 밖으로 나가자 담배를 피우며 나지막이 이야기를 나누던 집행부원들이 그를 돌아보았다. 그들은 입을 다물었다. 그는 목소리에 감정을 담지 않으려 애썼다. 나도 알아야겠네. 무슨 일인지 말해주지 않으면 다시는 자네들과 아무 말도 하지 않겠네. ……형님. 입을 연 사람은 정책국장인 명호였다. 섭섭해하지 마세요. 형님을 배려해서 말씀드리지 않았을 뿐이니까요.

자네들 배려는 상관없어. 저와 조직국장 종호가 탑에 올라가기로 했어요. 그런데? 종호가…… 종양이 발견돼서 수술을 해야 한답니다. 다른 사람이 올라가면 되잖나. 다들 역할을 분배했고 저마다 사정이 있어서…… 혹시 형님은…… 미안하지만 그건 어렵네. 물론 잘 알지요. 명호는 고개를 끄덕이며 다른 사람들 쪽으로 걸어갔다. 다음 날 새벽 그는 딸의 방문 앞에 숨조차 죽인 채 서 있었다. 딸의 방에서 들려오는 소리에 귀를 기울이며 온몸으로 번져가는 사소하고도 소중한 행복을 혹시라도 놓쳐버릴까 두려워 발가락조차 꼼지락거리지 못한 채 천천히 경직되어가는 중이었다. 그 소리는 말로 표현할 수 없을 만큼 중요했는데, 어쩌면 모든 위대한 작가들이 그랬던 것처럼 이 깊은 새벽에 원고지 혹은 공책에 연필을 놀리며 문장을 쓰는 딸이 다른 누구도 아닌 그의 딸이라는 사실이 경이로웠다. 며칠 동안 고민하던 그는 어느 주말 저녁 밥상을 가운데 두고 딸과 마주 앉았다. 이삿짐을 미리 꾸려두느라 상자들이 위태롭게 엇갈려 쌓인 틈바구니였다. 헝클어뜨린 살림살이들은 아내의 손길로 정돈되었던 집안의 질서를 무너뜨림으로써 아내의 흔적을 지우는 동시에 아내의 부재를 강렬하게 환기시켰다. 부녀는 이전에는 경험하지 못했던 전혀 낯선 형태의 그림자 속에 들어앉아 있었다.

만약에 말이다.

……

내가 멀리 떠난다면.

어디로 가실 건데요.

언제 돌아올지 장담할 수 없는 곳.

왜 가야 하는데요.

살기 위해서.

여기선 못 살구요.

못 살게 될 거야.

만약에 말예요.

......

안 보내겠다면요.

그는 딸의 말을 아버지를 보내고 싶지 않으나 보낼 수밖에 없음을 알기에 혹시라도 먼 훗날 이 순간을 뒤돌아보았을 때 결코 혼자가 아니었음을 알아달라는 의중으로 이해했다. 얼마 뒤 그와 딸은 방 두칸짜리 연립으로 이사했다. 연립은 딸의 명의로 해두었다. 아파트 보증금의 일부로 연립 보증금을 치른 뒤 아내의 수술비며 딸의 등록금 등으로 진 빚을 해결했고 얼마간의 생활비도 남겨둘 수 있었다. 새로 이사한 연립에 딸은 쉬이 적응하지 못했다. 그는 이따금 딸이 잠꼬대를 하는 소리를 들을 수 있었다. 그러면 그는 눈을 번쩍 뜨고 딸의 방문 앞까지 가서 주먹을 쥐었다. 가능하다면 악몽을 꾸는 딸의 꿈속으로 들어가 딸에게 공포를 불러일으킨 게 무엇이든 그게 괴물이든 악마든 뭐든 다 죽여버리고 싶었다. 하지만 그의 딸은 아무리 지독한 악몽이라 할지라도 맞서서 부서지는 쪽을 택할지언정 자신의 꿈에 누구든 함부로 들어오는 걸 용납하지는 않을 거였다. 그리고 12월 1일이었다. 아직 어두운 새벽이었다. 그의 딸은 밤새 한숨도 자지 못한 듯 푸석푸석한 얼굴이었으나 글을 쓰느라 그런 것 같지는 않았다. 거기서 뭘 하실 거예요? 아무것도. 딸은 그에게 책을 건넸다. 난 여태 책이란 걸…… 소설이에요. 이건…… 외국 작가잖니. 외국소설도 다 똑같아요.

그날 오후 그와 명호는 광고탑에 올랐다. 생활수칙을 적은 종이를 광고판 뒤에 붙여놓고 잠자리를 마련했다. 눈비가 들이치지 못하게 차양을 치고 바닥에는 스티로폼을 깔았다. 얼마나 오랫동안 그 위에 머물러야 할지 알 수 없었다. 그는 개인물품을 한쪽에 가지런히 정돈해둔 뒤 딸이 건네준 소설책을 손으로 쓸어보았다. 까맣게 잊었던 감각이 손바닥 안에서 느리게 살아났다. 그는 마음에 품은 사람과 스스로를 밤하늘에 뜬 찬란한 두 별처럼 상상하다가도 누군가 그 별들은 실제로 수억 광년 떨어져 있다는 사실을 지적하면 금세 슬픔에 잠기는 종류의 사람이었다. 그는 상상과 현실의 경계에서 상상 쪽으로 기울었다가 현실 쪽으로 기울기를 반복하는 동안 지쳐버렸다. 결국 현실이 압도적인 힘으로 덮쳐오자 그는 상상하는 일을 쓸모없는 일로 치부하게 되었다. 아마 그때부터 소설처럼 상상과 결탁했다고 여겨지는 것들에서 등을 돌렸으리라.

광고탑 아래쪽에는 농성천막이 세워졌고 위원회 사무실이 들어섰다. 삼십여명의 해고자 가운데 구성원은 늘 바뀌어도 이십여명은 꾸준히 자리를 지켰다. 그와 명호는 천막에서 올려주는 생필품으로 생활했다. 언론사의 인터뷰에 응하거나 지나가는 시민의 반응에 호응하거나 SNS를 통해 관심을 호소하는 글을 올리면서 차가운 겨울을 견뎠다.

　형님, 좀 웃어요.

　저렇게 먼 곳에서 찍는데.

　망원렌즈잖아요.

　그들은 광고탑에서 새해를 맞았고 보신각 타종 소리를 들었다. 탑 상층부에서 아래쪽으로 늘어뜨린 현수막이 펄럭이는 소리 사이로 기침 소리가 밤새 이어졌다. 고공농성 한달째였고 처음에 그들에게 쏟아졌던 관심들도 수그러들었다. 그는 잠이 오지 않아 손전등을 켜고 소설책을 펼쳤다. 갈피로 스며든 바람과 냉기에 활자마저 뻣뻣하게 얼어붙는 듯했다. 명호가 실눈을 뜨고 그를 보더니 한숨을 내쉬며 등을 돌렸다. 1월 중순에는 핼쑥해진 조직국장이 찾아와 재수술을 해야 한다고 손나팔을 만들어 알려주었다. 회사 측은 요지부동이었고 2월 초순에 위원장이 사라졌다. 회사가 제시한 거액을 받고 잠적했다는 소문이 들려왔다. 그는 위원장이 받았다는 거액이 진정으로 거액이기를 바랐다. 이제 겨우 삼십대 후반인 위원장이야 앞으로 살아갈 날이 까마득할 테니. 명호는 눈에 띄게 소침해졌다. 그는 책을 펼쳤다.

　형님, 소설이 그렇게 재미있어요?

　재미는 없네.

　그런데 왜 줄기차게 읽고 또 읽어요.

　자네가 자식들이 보낸 편지를 읽고 또 읽는 것과 비슷한 이유네.

　광고탑 아래 천막은 쓸쓸해져갔다. 위원장 대행인 부위원장은 대상포진을 앓으면서도 자리를 지키다가 끝내 실신하여 병원에 실려갔다. 총회가 열렸고 명호가 정식으로 위원장에 선출되었다. 스피커가 망가진 뒤로는 한동안 조용히 지낼 수밖에 없었다. 위원회에는 돈이 부족했다. 명호는 일주일 내내 목청껏 노래를 불렀다. 그바람에 성대가 결절되어 아주 가까이 말 한마디 내뱉는 것조차 버거워했고 오랜만에 섭외 요청이 들어온 라디오 방송과의 인터뷰를 거절할 수밖에 없었다. 대신 의료진이 찾아와 화상진찰을 하고 돌아갔다. 겨울 내내 그는 조용히 명호 가까이에 앉아 장갑을 낀 채책장을 넘기며 소설을 읽었다. 딸은 일주일에 한번씩 찾아와 소설책을 두어권씩 올려주었다. 바람에 따스한 기미가 섞여들 무렵에는 열두번째 책을 펼쳤다. 도서관 열람실에서 그러듯 소리를 내지않으려 애쓰며 조심스럽게 책장을 넘겼다. 봄이 깊어갔다. 한밤중에 불어오는 바람에도 꽃 냄새가 실려 있었다. 이제 지나가는 누구도 광고탑 아래 농성천막에 곁눈질조차 하지 않았다. 반드시 돌아오겠다며 떠난 사람들 가운데 영영 돌아오지 않는 사람도 있었다. 명호는 발을 헛디뎌 여러차례 광고탑에서 추락할 뻔했다. 그 탓인지 명호의 얼굴은 하얗게 질려갔다.

아빠, 내일 찾아뵐게요.

이제 소설책은 가져오지 않아도 된다.

내려오실 거예요?

아니야. 대신 공책을 한권 올려다오.

무얼 하시려고요.

……무얼 써보려고.

그가 글을 쓸 때면 명호가 얼굴을 찌푸렸다. 그는 너무나 그 일에 몰두한 나머지 명호가 바로 곁에 있다는 사실조차 아니 그들이 광고탑에 있다는 사실조차 잊은 것처럼 보였다. 실제로 그는 자신의 생각에 헌신적으로 몰두한 나머지 생각들 하나하나에 형상을 부여할 수 있었고 그 형상들과 대화를 나눌 수도 있었다. 글을 쓰는 시간보다 글을 쓰기 위해 생각을 가다듬는 시간이 수십 수백배로 늘어났고 그 바람에 주위는 그의 생각들로 가득하게 되어 이제 그는 무수히 많은 자기 자신에게 둘러싸인 꼴이 되고 말았다. 명호는 혀를 찼다. 그리고 중학생인 아들과 초등학생인 딸이 보낸 편지를 꺼내 읽었다.

그는 딸이 예전에 올려보내준 교수의 소설책에 실린 약력을 다시 읽었다. 교수이기 전에 소설가였고 나이는 그보다 열살이 적었다. 지방 출생이었고 꽤 유명한 작가인 듯했다. 교수의 소설은 그가 단번에 이해하기에는 좀 어려웠으나 책장을 다 덮고 났을 때에는 설명하기 힘든 감상에 사로잡혔다. 소설책 한권이 하나의 이미지를 만들어내는 기나긴 여정이었던 것만 같았고 그 이미지가 너무나 볼품없다는 사실이 어떤 막대한 이미지보다 섬뜩하게 다가왔다. 가로수 아래 한눈에 보아도 그 소설가임이 분명한 사내가 서 있었다. 난…… 작가 선생의 책을 읽었습니다. 소설가가 고개를 끄덕이는 걸 볼 수 있었다. 그는 어떻게 말을 이어야 할지 알 수 없어 막막한 기분이었다. 소설에 대해서라면 많은 말을 할 수 있을 줄 알았는데 차라리 사랑에 대해 말한다 해도 이보다 어렵지는 않을 듯했다. 그는 손가락 끝으로 짚어가며 읽었던 문장들과 되돌아가 밑줄을 그으며 읽었던 문장들을 떠올렸다. 읽은 지 오래되지 않았음에도 불구하고 기억의 심연에서 건져올리기라도 하듯 고되었다. 바람이 불었다. ……그 남자와 그 여자는 왜 서로의 속마음을 말하지 않았던 거지요. 그가 느닷없이 물었다. 스스로도 무얼 묻고 있는지 알 수 없었으나 오래전부터 준비했던 질문처럼 터져나왔다. 그의 목소리는 불안하게 높은 톤이었다. 그들은 행복할 수 있었는데 사소한 오해 때문에 불행해졌고 그 불행을 당연하다는 듯 받아들였어요. 왜 그런 거죠? 어떤 소설을 말씀하시는 건지 잘 모르겠습니다. 그 말이 만족스러운 대답이라도 되는 것처럼 그가 고개를 끄덕였다. 그도 어떤 소설인지 알 수 없었다. 그는 소설가와 십 초쯤 눈을 마주쳤다. 소설가는 그의 눈길을 피하지 않았다. 그는 고개를 돌렸다. 소설가가 조심스럽게 말했다. 따님에게 전달받은 선생님의 소설은 잘 읽었습니다. 망각의 한 형태로만 존재하는 기억과 강요된 망각 사이에서 갈팡질팡해야 하는 사람들을 가리켜 기억을 빼앗긴 자들이라고 은유적으로 다루셨더군요. 묻고 싶은 게 있습니다. 암 투병 중이던 아내를 휠체어에 태워 병동 밖으로 나가는 장면 아시겠죠. 그는 고개를 끄덕였다. 아내가 남편에게 어디서부터 하늘이냐고 묻지요. 이 질문은 인물들이 기억을 잃은 뒤에도 반복해서 등장합니다. 이 질문이 어떤 의미인지 제게 설명해주실 수 있겠습니까. 아내가 실제로 그렇게 물었어요. 눈이 부시게 맑은 날이었고 그 질문이 잊히질 않아요. 그래서 썼지요. 그럼 다시 묻겠습니다. 아내는 왜 남편에게 그런 질문을 던졌을까요. 그걸 알 수가 없어요. 그래서 쓴 겁니다. 알 수 없으니 써야 한다고 작가 선생도 말한 적이 있잖아요. 소설가의 한숨 소리가 들려왔다. 예를 들어 아내는 왜 어디까지가 하늘이냐고 묻는 대신 어디서부터 하늘이냐고 물었을까요. …… 아내는 죽은 뒤에 하늘이 시작되는 지점, 결국 지상에서 가장 가까운 그 지점에 머물고 싶었던 게 아닐까요. …… 그런 생각은 못해봤어요. 선생님, 저의 솔직한 말을 듣고 싶으십니까. 이윽고 소설가의 단호한 목소리가 들려왔다. 애석하지만 이건 소설이 아닙니다. 바람 소리가 소설가의 목소리를 뚝뚝 잘라먹었다. ……서러운 이유는 …… 그이의 것이 아니기 때문이듯 …… 서글픈 이유도 소설이…… 아니기 때문이지요. 혹은 그가 더는 소설가의 말에 귀를 기울이지 않아서였는지도 모른다. 작가 선생…… 설령 그렇다 해도 위로하려 하지 않아도 됩니다. 나도 압니다. 내가 쓴 글이 소설이 될 수 없는 이유를요. 그저 살아온 대로의 삶을 쓴 것에 불과하니까요. 내 삶에서는 일생일대의 사건이라 할 만한 일이 벌어지지 않았으니까요. 어떻게 해야 소설이 될 수 있는지 묻지 않겠습니다. 그래도 이 말은 꼭 해야겠어요. 앞으로 작가 선생이 무슨 말을 하든 나는 그 말이 진심임을 믿지 않을 수가 없을 겁니다. 그는 휴대폰을 손에 쥔 채 쭈그려 앉았다. 저 멀리 가로수 아래 섰던 소설가가 등을 돌려 걸어가는 게 보였다. 소설가가 떠난 뒤 그는 알 수 없는 우수에 휩싸였다. 명호가 그의 옆에 다가와 쭈그려 앉았다. 형님, 나도 그 소설가 압니다. 이전에도 몇번 왔어요. 저 가로수 아래 섰다가 돌아가곤 했지요. ……노동자가 등장한 소설 몇 편을 쓴 적이 있죠. 명호의 말투에는 잊었던 증오가 되살아날 때의 흥분이 묻어 있었다. 하지만 진짜 우리 이야기를 다루지는 않아요. 그렇다고 해서 그 소설가가 특별히 비열하다고는 생각하지 않아요. 이 시대에는 어떤 소설가나 마찬가지니까. 후텁지근한 바람이 그와 명호를 덮쳐왔다. 그의 얼굴이 한층 더 달아올랐다. 그는 명호 쪽을 돌아보지는 않은 채 대꾸했다. 소설가들이 우리 이야기를 다루지 않는다고 투덜대는 자네는 왜 스스로 우리 이야기를 소설로 쓸 생각은 하지 않나. 명호가 그것도 질문이냐는 듯 헛웃음을 흘렸다. 명호는 어깨를 으쓱했다. 소설은 가망이 없으니까요. ……자네나 나도 가망이 없어. 그가 고개를 들고 명호를 보았다. 형님…… 지금 우는 거예요?

아내의 기일을 광고탑 위에서 맞았다. 그는 지상을 내려다보았다. 적어도 저 아래에서는 삶이 분주히 흘러갔다. 그날 딸은 찾아오지 않았다. 귓가에는 아내의 음성이 맴돌았고 오랜 시간이 흘렀으나 지상에서 가장 가까운 하늘, 바로 하늘이 시작되는 곳이 어디인지 그는 여전히 알 수 없었다. 여름이 끝나갈 무렵 명호가 집행부와 의논도 하지 않은 채, 그에게 아무런 언질도 하지 않은 채 SNS를 통해 선언을 했다. 열흘 안으로 사측이 성실하게 교섭에 임하지 않으면 광고탑 위에서 죽겠다는 내용이었다. 다른 이들은 비유적인 표현으로 받아들였는지 크게 걱정하는 눈치가 아니었다. 이틀 뒤 사측 대표인 박 상무가 그들을 찾아왔다. 박 상무는 손수건을 꺼내 이마에 맺힌 땀을 닦았다. 박 상무는 혀를 차며 그들의 얼굴을 지그시 바라보았다. 자네들이 원하는 게 뭔지 잘 아네. 그동안의 고소 고발을 취하해줄 것. 아무런 책임을 묻지 말 것. 해고자는 복직시켜줄 것. 그래서 나도 협상안을 가지고 왔네. 고소 고발을 취하하되 한 사람만은 안되네. 아무런 책임을 묻지 말아달라고 하지만 책임을 물어야 할 한 사람이 있네. 전원 복직시켜주겠지만 한 사람만은 안되네. 명호가 그 한 사람이 누구냐고 물었다. 상무는 껄껄껄 웃었다. 우리가 지명하려는 게 아니야. 자네 둘 중 한 사람이고 자네들이 선택해야 하네. 명호가 으르렁거렸다. 지금 우리를 놀리는 거요. 나는 자네들을 놀릴 만큼 한가한 사람도 실없는 사람도 아니네. 박 상무는 눈길을 돌려 그를 보았다. 우리 인연이 벌써 삼십 년 가까이 되었지? 내가 인사과장으로 근무할 때 자네가 산업체 근무를 마치고 막 입사했지. 내 아들 녀석 돌잔치에도 와주었다는 걸 기억하네. 그 녀석이 어떻게 자랐는지는 잘 모르겠지. 중학생 때 개한테 물린 적이 있어. 내 아들은 나도 무서울 만큼 침착하지. 복수를 위해 누군가를 없애버린다는 생각은 하지도 않아. 가장 큰 복수는 희망을 남겨두는 거라는 사실을 잘 알아. 녀석은 자기를 물었던 개를 찾아갔다네. 개줄을 끌고 야산으로 간 뒤 다리만 부러뜨렸다네. 그 개는 죽을 때까지 뒷다리를 질질 끌며 다녔지. 박 상무는 명호에게 눈길을 돌렸다. 우리가 제시하는 협상안을 수용할 건가, 위원장님? 명호는 몸살을 앓는 사람처럼 어깨를 떨었다. 그날 밤 명호는 박 상무와 나눈 대화내용은 언급하지 않은 채 아직 자신이 선언한 열흘까지는 일주일이 남았으니 사측의 더 성실한 교섭을 기대한다고 밝히는 것으로 하루를 마무리했다. 명호는 지금까지 아들과 딸에게 받은 편지를 모두 꺼내 읽었다. 편지를 다 읽은 명호가 그에게 다가왔다.

형님, 책 안 읽어요?

……

글 안 써요?

……

아무 말씀 안하시는 거 맞죠?

……

내가 못 알아듣는 게 아닌가 싶어서요.

……

형님, 나…… 귀에서 피고름이 나와요.

……

죽어도 괜찮을 것 같다는 생각이 들어요.

한번만 더 그런 말을 하면 가만두지 않겠네.

사흘 뒤 새벽 세시. 그와 명호는 경찰이 위원회 사무실을 압수수색하고 농성천막에 있던 동료들을 연행하는 모습을 지켜보았다.

저항하던 집행부원들이 곤봉에 맞고 군홧발에 차여 쓰러졌다. 경찰은 그들을 쓰레기봉투라도 되듯 질질 끌고 갔다. 같은 시간에 집에 있던 동료들도 거주지 관할 경찰서 형사들에게 연행되었다. 오래전 보았던 영화의 한 장면을 다시 관람하는 듯한 기분이었다. 다음 날 아침 탑에서 내려다본 거리 풍경은 주변을 봉쇄한 경찰들만 제외한다면 여느 때와 다름이 없었다. 입술을 깨무는 명호를 그는 불안스레 바라보았다. 명호는…… 죽음을 결심한 게 틀림없었고 그 결심이 너무나 확고하기 때문에 명호를 죽음에서 구하기 위해서는 자신이 죽는 길밖에 없다는 사실을 그는 깨달았다. 그는 저 멀리 서 있는 딸을 보았다. 일행처럼 보이지 않기 위해 딸과 멀리 떨어져 선 소설가도 보았다. 휴대폰 배터리는 방전이 가까웠다. 이제 그들은 광고탑 위에 남은 약간의 식수와 음식만으로 견뎌야 했다. 하루 종일 그들은 글을 썼다. 명호는 편지를 썼고 그는 결코 소설이 될 수 없는 지나온 삶을 썼다. 아마도 최후의 문장일 수도 있는 마지막 문장을 쓰면서 그는 삶을 되돌아보기 위해 시작했던 이 글쓰기가 하나의 유언처럼 끝나야 하는 현실을 이해하지 못하는 스스로가 혐오스러웠다. 그는 자신의 죽음을 묘사하는 중이었고 그 장면이 명백히 죽음을 가리키는 걸 원하지 않았기에 상징적으로 처리하고 싶었다.──그는 아내가 어디서부터 하늘이냐고 물었던 순간부터 어떤 혼란에 휩싸였다. 아내가 죽고 난 뒤에야 그토록 간단한 질문에 대답하지 못한 스스로가 한심스럽기 이를 데 없었다. 그가 탑에 오른 이유를 사람들은 모두 알았으나 진정한 이유는 아무도 몰랐다. 사실 그도 알지 못했다. 그는 단지 아내가 궁금해했던 하늘로 올라가고 싶었다. 여기에 이르면 알 수 있을 것 같았다. 어디서부터 하늘인지. 하지만 그건 어리석은 생각이었다. 그가 하늘이라 믿었던 곳은 하늘이 아니었고 그가 지상이라 믿었던 곳 역시 지상이 아니었다. 지상이거나 하늘이거나 외롭지 않은 곳은 없었다. 그는 명호를 돌아보았다. 죽음을 각오한 명호는 벌써 스무통째 편지를 쓰는 중이었다. 명호는 한통의 편지를 끝낼 때마다 이제다 썼다고 말했으나 조금 뒤에는 편지를 써야 할 다른 누군가가 떠올랐는지 새로운 편지를 시작했다. 그는 명호에게 기억해야 할 사람이 많다는 사실이 다행스러웠다. 어쩌면 한없이 한없이 그런 이들을 떠올려 죽음을 영원에 가까운 시간 동안 미룰 수 있을지도 모르니까.

밤이 이슥했다. 자정 즈음에야 두 사람은 글쓰기를 마쳤다. 명호는 잘 자라는 말을 한 뒤 얇은 침낭 속으로 들어갔다. 이제부터 명호는 잠든 척을 하느라 뒤척일 테고 명호가 정말로 잠들기 전까지 그 역시 뒤척이게 될 거였다. 한시간 뒤 명호는 나지막한 목소리로 물었다. 형님, 주무시죠? 안 자네. 다시 한시간 뒤 명호가 물었다. 형님, 주무시는 거 맞죠? 안 자네. 삼십분 뒤 명호가 물었다. 형님…… 안 자네. 늙으니 잠도 없으시구려. 그만큼 늙지는 않았어. 이십분 뒤 명호가 물었다. 안 주무시죠? 응. 언제 주무시려우. 자네 잠들면. 이런 말 하기 뭣하지만…… 형님은 내게 과분한 사람이었어요. 그런 말은 제수씨한테 하게나. 나 사실 그 소설들…… 에이 관둡시다. 이윽고 명호는 거의 뒤척이지도 않은 채 고르게 코를 골며 잠들었다. 그는 삼십분 동안 명호의 코 고는 소리에 귀를 기울였다. 그가 명호에게 물었다. 아우…… 자는가. 대답이 없었다. 나한테도 자네는 과분한 아우였어. 비로소 그는 침낭에서 빠져나올 수 있었다. 그는 정리함에 사려둔 밧줄을 빼들었다. 광고판 지지대에 한쪽 끝을 묶었다. 다른 쪽 끝엔 올가미를 지었다. 그는 휴대폰으로 딸에게 마지막 문자를 보냈다. 문자메시지가 전송되는 순간 기다렸다는 듯 휴대폰이 꺼졌다. 그는 저 멀리 가로수 쪽을 내려다보았다. 가로등 불빛을 받아 생긴 그림자가 드리워진 가로수 발치는 어두웠다. 어둠 속에 누군가 있을 것만 같았다. 그가 떠나보낸 사람들, 그를 떠나보낼 사람들. 그는 올가미를 목에 걸고 지그시 눈을 감았다. 허공으로 한걸음 다가갔다. 이제 한발만 내딛으면 되었다. 마지막 문장의 마침표를 찍은 기분이었고 남김없이 자신을 설명해버린 기분이었다. 그리고…… 모두가 기억을 잃었다.

그의 삶에서 최초로 일생일대의 사건이 벌어졌다. 그를 비롯해 어느 한순간 모든 사람이 기억을 잃었다. 그는 알지 못했다. 그가 결코 납득할 수 없는 이 사건이 얼마나 중요하고 의미있는지를 말해 줄 이전의 그가 없었으므로.

오십대 후반인 사내와 사십대 중반인 사내가 새벽 도시를 바라

보았다. 동트기 직전에 불어오는 거센 바람이 좀더 나이 든 쪽의
반백인 머리칼을 흩날렸다. 젊은 쪽은 꺼칠한 손을 들어 머리에서
벗겨지려는 모자를 지그시 눌렀다. 바람이 두 사내의 가슴팍을 파
고들었다. 얇은 점퍼의 지퍼를 반쯤만 올려 채운 탓에 등이 돛처럼
부풀어 올랐다. 그들 모두 햇볕과 바람에 그을린 얼굴이었고 그보
다 먼저 세월이 휩쓸고 간 흔적이 역력했다. 젊은 쪽이 나이 든 쪽
으로 고개를 돌렸다.

무슨 생각 하세요.

늘 하던 생각.

아무 생각 안한단 말씀이군요.

자네만큼이나.

오늘이 며칠째죠.

잘 모르겠네.

저 아래 아무도 찾아오지 않게 된 건요.

……백년쯤.

안 내려가세요.

내려가야지.

언제요.

올라온 이유가 사라질 때.

그런 날은 오지 않아요.

죽어야 내려가겠군.

한번만 더 그런 말을 하면 가만두지 않겠어요.

나이 든 쪽이 고개를 돌려 젊은 쪽을 바라보았다. 그 사내의 얼굴에서 새벽빛이 이글이글거렸다.

설령 기억을 잃지 않았다 해도 그는 계획을 실행에 옮길 수 없을 거였다. 그가 눈을 감고 허공을 향해 한걸음 다가서려는 순간 절박하기 짝이 없지만 너무나 나직했기에 머나먼 곳에서 부른 게 아닐까 싶은 목소리가 들려왔다. 형님! 그가 돌아보았을 때 이미 그를 부른 자의 눈빛도 그의 눈빛도 공허했으나 그의 귓가에 구체적인 목소리, 바로 형님이라 부르는 목소리만은 생생하게 남았기에 그는 눈앞에 서 있는 사십대 중반의 사내가 자기와 모종의 관계를 지닌 인물임을, 적어도 그를 형님이라 부르는 아우뻘의 인물임을 알 수 있었다. 만약 그들이 기억을 잃지 않았다면, 그는 놀란 눈으로 명호를 바라보았을 테고 그토록 감쪽같이 잠든 척했던 곰 같은 아우의 애처로운 노력에 한바탕 웃지 않을 수 없을 거였다. 그러나 이 모든 일은 일어나지 않았다. 그들은 기억을 잃었고 동시에 모두가 기억을 잃었으므로. 사십대 중반의 사내 쪽에서도 마찬가지였다. 그가 오십대 후반의 사내를 향해 형님!이라고 외치는 순간 기억이 사라졌으나 그의 귓가에도 자신의 목소리가 생생하게 남았고 그 이유로 눈앞에 서 있는 이 사내와 적어도 자신이 형님이라 부르던 관계였음을 짐작할 수 있었다. 그들은 왜 광고탑과 같은 격리된 공중에 자신들이 머물고 있었는지 알지 못했으므로 마치 운행이 멈춘 에스컬레이터를 한계단 한계단 내려갈 때처럼 멀미를 느꼈다. 광고탑 아래 전경들이 헬멧을 가지런히 내려놓은 채 소풍을 나온 노인들처럼 군데군데 바닥에 앉아 있었다. 그는 목에 걸린 올가미를 벗어냈다. 이로써 한가지는 분명해졌다. 그들은 서로가 누구인지 알지 못했으나 방금 오십대 후반의 사내는 목매달아 죽으려 했던 것이며 사십대 중반의 사내는 이를 막으려 했던 거였다. 그들은 이유를 알지 못했으므로 그럴 만한 절박한 이유가 있었으리라 간주할 수밖에 없었고 그 이유를 기억하지 못한다는 사실에 어느 정도 감사했다. 오래지 않아 그들은 어렴풋하게나마 자신들이 누구인지 알 수 있었다. 실감은 나지 않았으나 상황은 이해할 수 있었다. 오후에 고가작업차가 광고탑 아래 섰다. 양복을 입었고 땀을 많이 흘리는 사람이 탑승함을 타고 올라왔다. 그와 비슷한 또래의 사내였다. 피로한 얼굴이었다. 그 사내는 광고탑으로 내려서지 않았다. 탑승함에 그대로 머문 채 팔을 뻗어 그와 명호에게 명함을 건넸다. 무슨 일로 왔죠. 나도 잘 모르지만 이곳을 찾아와 이 말을 전하는 게 내 의무라는 것만은 알지. 그 사내는 마치 그들을 기억한다는 듯이 혹은 기억하거나 말거나 상관없다는 듯이 무례했다. 시작할 테니 잘 듣게 ……아홉달 가까이 도심의 광고탑을 점거하여 고공농성 중인 두 사람은 이미 오래전 정당한 절차를 거쳐 폐사에서 해고한 사람들로서 폐사는 이 두 사람을 복직시킬 의무가 없을 뿐만 아니라 여러차례에 걸친 업무방해 등으로 심각한 손실을 입었으며 허위사실유포 등으로 명예가 훼손되어…… 더 할까? 그와 명호는 고개를 저었다. 혹시 내려갈 생각이라면 이쪽으로 건너

오게. 그와 명호는 서로를 바라보았다. 고가작업차가 떠난 뒤 명호가 말했다. 우리가 왜 여기에 있었는지는 분명히 알게 되었군요. 그가 말했다. 우리가 그 사람들이라고 어떻게 확신하나. 그들은 빵을 먹고 물을 마셨다. 물은 밍밍했고 빵에는 군데군데 곰팡이가 피었다. 어디선가 날아온 비둘기들이 광고탑에 내려앉았다. 그들은 먹다 남긴 빵을 던져주었다. 자네, 아까 왜 내려가지 않았나. ……모르겠어요. 늦은 오후에 경찰 버스가 오더니 전경들을 싣고 떠났다. 떠나기 전에 지휘관으로 보이는 사내가 그들에게 손나팔을 만들어 소리쳤다. 거기서 뭐하는 겁니까. 그들은 아무 대꾸도 하지 않았다. 무엇 때문에 거기에 있든 아무 소용이 없어요. 그 말에 고개를 끄덕일 수는 있었다. 해질 무렵 저 멀리 어디선가 굉장한 폭음이 일더니 소리가 난 쪽 하늘 위로 검은 연기가 무시무시한 기세로 피어올랐다. 광고탑 철골들이 가늘게 떨었고 함성인지 비명인지 알 수 없는 아련한 소리가 오랫동안 이어졌다. 그들은 라디오 방송에 귀를 기울였다. 그러나 그들이 맞닥뜨린 현실이 무얼 의미하는지 말해주지는 않았다. 거리는 한산했다. 대낮에도 마찬가지였다. 도심이어서 그런 듯했다.

이것들을 모두 읽어보면 내가 누구인지 알 수 있을까요.

잘 모르겠네.

누군가 찾아오기를 기다려야 하나요.

왜 그렇게 생각했나.

여기 그렇게 씌어 있거든요.

무어라고.

반드시 올 테니 기다려야 한다.

막막하군.

막막하죠.

……

이건 형님이 쓰신 건가요.

잘 모르겠네.

내가 좀 읽어도 되겠죠.

물론이네.

형님은요.

난 내가 누구인지 궁금하지 않네.

명호는 그가 썼다고 여길 수밖에 없으나 소설인지 회고록인지 알 수 없는 글을 읽으면서 가끔씩 질문을 던졌다. 그가 대답할 수 있는 질문은 없었다. 그는 열두권의 소설책 가운데 하나를 집어 들었다. 몇장 읽어보긴 했으나 눈에 들어오지도 않을뿐더러 흥미가 생기지도 않았다. 도시에 어둠이 내렸다. 먹물 같은 어둠이 그의 가슴속으로 번져왔다. 가로등은 켜지지 않았고 광고판 역시 캄캄했다. 화재가 발생한 지역의 하늘이 얼룩덜룩했다. 그는 자신도 모르게 중얼거렸다. 어디서부터 하늘이에요. 명호가 고개를 들고 그를 바라보았다. 무슨 말인가를 하려고 입을 달싹거리기는 했으나 이내 입을 다물었다. 그는 광고탑 끄트머리에 걸터앉아 하늘을 올려다보았다. 어둡고 깊은 하늘이었으나 손을 뻗으면 만질 수도 있을 것만 같았다. 명호는 손전등으로 공책을 비춰가며 마지막 장까지 읽은 다음에야 잠자리에 들었다. 명호의 신음에 잠이 깬 그는 무릎걸음으로 다가가 명호의 이마를 짚어보았다. 열이 있었다. 명호의 귓구멍에서 흘러나온 진득한 액체가 뺨을 지나 목덜미까지 이어졌다. 손가락으로 찍어 눈 가까이 대보니 피고름이었다. 그는 밍밍한 식수로 수건을 적셔 명호의 이마에 얹었다. 명호는 과음을 한 뒤 괴로운 잠에 빠져든 사람처럼 뒤척이며 중얼거렸다. 그 말들을 헛소리라고 할 수 없는 이유는 누군가의 이름인 게 분명했고 그 이름이 아마도 명호의 살붙이일 거라는 생각이 들어서였다. 당사자는 기억하지 못하는 이름들일 테고 이제 그가 그 이름을 들었으니 언젠가 명호에게 무슨 말인가를 해줄 수는 있을 거였다.

그는 밤새 명호를 간호하면서 그가 썼다고 여길 수밖에 없는 글을 한줄 한줄 헤아렸다. 거기에는 그가 기억할 수 없으나 그의 지나온 삶이라 여겨지는 이력이 있었고…… 꽤 낯설었다. 설령 그것이 소설 같은 회고록이거나 회고록 같은 소설이거나 무관하게 낯선 누군가의 삶을 기록한 글인 것만 같았다. 그는 아무렇지도 않았다. 기억을 잃은 뒤에도 끈질기게 살아남은 질문의 근원을 알게 되었다 해도 그 말이 무슨 의미인지 알 수 없는 한 그는 무덤덤할 수밖에 없었다. 그는 도로 쪽으로 시선을 던진 뒤 날이 밝기를 기다렸다. 미명이 찾아들 무렵 청소차가 지나갔다. 청소부는 그가 하는 말을 알아들었다며 어디론가 연락을 했다. 오전에 구급차가 왔다.

조금 뒤 고가작업차가 도착했다. 명호는 눈을 가늘게 뜨고 그를 올려다보았다. 명호의 몸은 펄펄 끓었다. 체온이 사십도를 넘긴 듯했다. 그 정도 고열이라면 제정신일 리가 없었다. 명호는 고개를 저었다. 내려가지 않겠다는 뜻인 듯했다. 여기서 죽을 수는 없네, 아우. 명호는 고개를 저었다. 그는 명호의 눈을 들여다보았다. 어차피 아무도 우리를 기억하지 못하는데 내려가봐야 무슨 소용이겠어요. 명호는 이렇게 말하고 싶어 하는 듯했다. 여기 이렇게 중년 사내 하나와 중늙은이 하나가 왜 광고탑에 올라왔는지 알지도 못하고 그들을 광고탑으로 밀어올린 슬픔만 간직한 채 바람과 햇볕과 어둠과 시선에 녹슬어 부서지기 직전에 이르렀다. 하나는 고열에 정신마저 놓친 채로 다른 하나는 자신에 대한 호기심마저 잃은 채로. 명호는 들것에 실려 지상으로 내려갔다. 그는 함께 내려가자는 구급대원의 요청을 정중히 거절했다. 대신 그는 어느 병원으로 가는지를 물었고 구급대원은 친절하게 위치를 설명해주었다. 낮이 깊었다. 소설이거나 아니거나 읽으면 읽을수록 거기에 묘사된 한 사람의 삶을 혹은 그 사람을 둘러싼 다른 이들의 삶을 이해하기가 힘들어졌다. 그는 왜 아내에 대한 감정을 드러내지 않았던 것일까. 그는 아내를 사랑했을까 아니면 증오했을까. 그들은 왜 서로의 고통만을 곱씹은 채 서로에게 말하지 않았던 것일까. 왜 이토록 간단한 감정조차 나누지 못했던 것일까. 그는 왜 자신을 '나'라 하지 않고 '그'라고 했을까. 그는 그가 쓴 소설이라 여겨지는 글을 읽고 딸이 보인 유일한 반응을 묘사한 대목을 곱씹었다. 어느날 갑자기 모든 사람이 기억을 잃는다는 아빠 소설의 설정에 대한 불신을 유보하더라도 소설을 읽는 동안 계속해서 의심이 생긴다면 그 설정 자체에 문제가 있다고 봐야 해요. 너도 그렇게 느끼는구나. 아니에요, 아빠. 난 이 불가능해 보이는 상황 설정이 아빠 소설에서 가장 매력적인 점이라고 생각해요. 그런데 아빠, 생각해보셨어요? 만약 실제로 그런 일이 벌어지지 않는다 해도 아빠가 거기에서 내려오지 않거나 내려올 수 없는 상황에 처한다면 우리가 영영 이별하는 셈이라는 걸요. 그때 우리의 이별이 쓸쓸한 이유는 우리가 서로를 기억한다 해도 서로 완전히 다른 일들을 되새기게 될 것이기 때문이라는 걸요. 아빠와 나는 아주 다른 사람이라서 아마도 우리 사이에 있었던 일 가운데 제가 기억하는 일을 아빠는 하나도 기억하지 못할 테고 마찬가지로 아빠가 기억하는 일 가운데 제가 기억할 수 있는 건 거의 없을 거예요. 어느날 갑자기 기억을 잃지 않는다 해도 사실은 우리 모두 아무것도 기억하지 못하는 거나 마찬가지라는 걸, 우리 모두 스스로를 낯설어하는 이인증 환자나 다름없다는 걸 아빠도 생각해보셨어요? 그는 딸이 했으리라 여겨지는 말들이 담긴 문장을 오래도록 눈으로 쓰다듬었다. 그는 묻고 싶었다. ……우리 딸…… 너 아직 살아 있니…… 기억이 없으면 사는 게 아니라던 내 딸…… 살아 있니.

그는 소설의 제목이 두번 바뀌었다는 걸 알았다. 맨 처음 이 소설의 제목은 '기억을 잃은 자들의 도시'였고 그다음에는 '기억하지 않는 자들의 도시'였으며 마지막은 '기억을 빼앗긴 자들의 도시'였다. 그는 세번째 제목을 지우고 '타오르는 도서관'이라고 썼다. 그는 휴대용 가스버너에 불을 붙였다. 불꽃이 이리저리 흔들렸다. 그는 열두권의 소설책 가운데 하나에 불을 붙였다. 불붙은 책을 내려놓고 불길이 거세어지기를 기다렸다. 나머지 책들을 그 위에 엇갈려 쌓았다. 수그러들었던 불길은 책들 틈으로 기다랗게 혀를 내밀었다. 그는 밧줄을 모두 모아 연결했다. 일 미터 간격으로 매듭을 지었다. 광고판 지지대에 묶어 아래로 늘어뜨렸다. 지상에서 이 미터쯤이 모자랐으나 상관없었다. 그는 손에 장갑을 끼고 밧줄을 잡았다. 그는 하늘을 올려다보듯 어두운 지상을 내려다보았다. 지상은 한없이 높아 보였다. 여보…… 나 이제 내려가네. 당신과 가까이 있고 싶어 올라왔는데 여기가 더 외로워. 저 지상에서만 당신을 온전히 기억할 수 있겠지. 당신이 어디까지가 하늘이냐고 묻지 않은 이유는 죽은 뒤 지상에서 가장 가까운 하늘에 머물고 싶어서가 아닐지도 모른다는 생각이 들어. 당신은 그저 삶에서 처음으로…… 단순해 보이는 문제의 복잡성을 깨달았던 것일지도 모른다는 생각이. 그는 소설의 주인공이 되기라도 한 것처럼 이런 말을 읊조렸다. 그러자 정말 그가 된 것 같은 기분이었다. 그의 품에는 한 사내가 쓴 소설과 또다른 한 사내가 쓴 스물다섯통의 편지가 있었다.

선생님 스스로 구사하려는 언어에 능통하지 못해 말하기를 아예 포기한 외국인처럼 침묵할 줄 알아야 합니다. 선생님은 모국어에 능통하지 못한 듯 굴어야 합니다. 그 언어를 난생처음 대하듯 그 언어에 대해 아는 게 거의 없다고 간주하세요. 그러면 단순하고 간단한 언어에 감정과 내용을 실으려 애쓰게 될 테니까요. ……그러니까 삶을 전혀 모르는 것처럼 써야 진정으로 쓰고 싶은 걸 쓸 수 있다는 건가요. ……아내에 대해서도…… 딸에 대해서도…… 그런 말인가요. 예, 특히 선생님 자신에 대해서요.

　　그는 구급대원이 일러준 길을 따라 기억이 사라진 사람들의 도시를 걸었다. 그는 자신을 알지 못하는 사람들을 지나쳐갔다. 그 역시 그들을 알지 못했으나 어쩐지 정다운 사람들을 스치고 지나가는 듯한 기분이었다. 그는 병원 원무과에서 명호의 이름을 대고 병실을 알아냈다. 명호는 눈을 가늘게 뜨고 그를 보았다. 간호사가 수술에 필요한 서류를 그에게 건넸다. 그는 보호자란에 서명을 했다. 자신의 이름이 낯설지 않았다. 그는 간호조무사를 도와 명호를 이동식 침대로 옮겨 뉘었다. 마취실 앞에 도착할 때까지 명호는 아무 말이 없었다. 그는 명호의 크고 거친 손을 잡았다.

　　형님…… 이런 말 하기 뭣하지만.

　　……

　　……보고 싶었어요.

　　나도…… 그러네.

　　우리 만난 지 하루밖에 안됐는데.

　　그래 하루였지.

정말 하루였나요.

정말 하루였어.

하루로도 충분하군요.

아우…… 지금 우는 건가.

다정한 배회

전소영

1

어느날 문득 그런 순간이 도착하는 것입니다. 스쳐가도 좋을 황혼이 여느 때와 다르게 시선에 머금어지는 순간, 허물어지는 마음을 지하철 의자 같은 데라도 기대야 하는 순간, 신열에 달떠 가물거리는 눈으로 하릴없이 천장만 바라보는 순간, 하루는 과속방지턱에라도 걸린 듯 덜컹입니다. 그렇게 더뎌진 날엔 모르길 바랐던 앎이 구태여 찾아옵니다. 늘어난 옷처럼 헐렁거리는 마음의 틈새로 한껏 왜소해진 영혼이 갑자기 보일지도 모릅니다. 그간 견뎌왔던 남편, 아내, 자녀의 이름이 갑작스럽게 버거워질 수도 있겠습니다. 그러다 당신만은 남편, 아내, 자녀의 자리로부터 이탈할 리 없다고 단정해버리는 주변의 안도를 부당하게 여길 것입니다. 그 끝에서 남편, 아내, 자식으로 사는 곁의 사람을 새삼 돌아보게 될지도 모릅니다. 이것은 시간에 개입한 순간의 다정한 훈계입니다. 이제 펼쳐 들 소설로부터 그렇게 들었습니다.

2

한차례 일어났던 사건은 영원히 반복되면서 존재한다.[1] 보르헤스는 이렇게 적었습니다. 다시 옮기겠습니다. 한차례 쓰였던 소설은 영원히 반복되면서 존재한다. 적어도 "평생에 걸쳐 '단 하나의 작품'을 쓴다"[2]고 단언할 수 있는 작가에게 있어서는 그러할 것입니다. 소설가 손홍규의 이야기입니다. 이 단언은 결코 녹록지 않아 보입니다. 일단 무엇이든 손과 마음이 가는 대로 써놓고, 후에 소급해 '우연히 이렇게 되었다' 말하는 편이 책임을 가볍게 할지 모릅니다. 그런데도 이 작가는 우직하게 그런 선언을 해버리는 것입니다. 이것으로 그는 자신이 쓴 모든 소설을 필연의 슬하에 두었습니다.

필연의 근거는 멀리 『사람의 신화』로부터 비어져나온 '사람'이

---

1) 호르헤 루이스 보르헤스 「마르띤 피에로」, 『칼잡이들의 이야기』, 황병하 옮김, 민음사 1997.

2) 정용준 「손홍규 ─ 서울 변두리를 배회하는 곰 같은 소설가」, 창비문학블로그 '창문' 2014.

라는 심지입니다. 오해하면 안되는 것이, '인간'이라는 건조하고 딱딱한 존재와는 다릅니다. 설사 '인간'이라 쓰였다 해도, 이 말은 물렁하고 다감한 '사람'으로 읽는 것이 좋겠습니다. 손홍규 작가의 소설들은 그 공동의 목적지를 향해왔다는 점에서 여럿인 채로 하나였습니다. 새 천년의 입구쯤에서 첫 소설을 내놓았으니 작가라는 이름으로 지내온 지 십오년이 되어갑니다. 그간 『사람의 신화』(2005) 『봉섭이 가라사대』(2008) 『톰과 톰은 잤다』(2012) 같은 세권의 소설집과 『귀신의 시대』(2006) 『청년의사 장기려』(2008) 『이슬람 정육점』(2010) 『서울』(2014)에 이르는 네권의 장편소설이 묵직하게 당도했습니다. 다작, 과작을 떠나 꾸준했다고 여겨집니다. 쓰는 행위 자체만으로 진정성이 담보되는 것은 아니지만 끊임없이 쓰려는 의지에는 진심이 담깁니다.

그런데 '사람'이라니. 좀 진부합니다. 삶을 미메시스 하는 것이 소설의 본질이라면 사람에 대해 이야기하지 않는 소설이 있을까도 싶습니다. 그러나 이 단어로 기어이 배수진을 치는 작가라면 이야기가 달라집니다. 그는 낡아져 가끔 함부로 다루어지기도 하는 이 단어를 내내 어루만져 피를 돌게 해왔습니다. 사람다운 삶의 기율에 대해 묻고 그것을 방해하는 현실의 부정을 드러냈으며 그 안에서도 사람다워지려는 고단한 노고를 아꼈습니다. 사람에 대한 의심과 믿음이 때론 완강하게 묶이고 때론 가없이 풀려 가끔 이런 언술로 남았습니다. "아름답고 빌어먹을 세계"[3]. 이렇게 말하는 작가

---

3) 손홍규 「작가의 말」, 『서울』, 창비 2014.

의 삶이 얼마나 고될까, 알 리가 없으면서도 넘겨짚어보았습니다.

이제 네번째 단편집 혹은 여덟번째 진심입니다. 기울어져가는 세계의 경사가 더 가팔라져서인지, 그것을 꾸준히 응시해온 작가의 노곤이 깊어져서인지, 예의 그 유쾌한 기색이 옅어지고 촌극마저 비장하게 다가옵니다. 다만 '사람'을 향한 눈만은 더 형형해졌습니다. "혐오스럽지 않은 인간이란 처음부터 불가능했다."(「배우가 된 노인」)거나 "인간이란 이처럼 비루하고 비참하게 존재하여 숭고한 존재라는 생각"(「배회」)이 언제나처럼 단호합니다. 그는 여전히 하나의 소설을 향해 전진하는 중입니다. 문학이라는 운명을 선선히 수긍하는 대신 문학을 운명으로 열띠게 만드는 작가의 일이 이런 것일까, 구태여 짐작해보았습니다.

이런 작가의 책을 받아들려면 여하한 각오가 필요합니다. 소설들을 다수로 또 하나로 아우를 방도를 찾고, 전작(前作)을 뇌리에서 복기하거나 작가가 종내 완성할 문학적 지도에 대해 예견해보아야 합니다. 이것은 즐거운 수고입니다. 부디 오래 감당해주기 바랍니다.

3

삶으로부터 죽음에 이르기까지 순순히 무감각하게 흘러갈 시간을 일러 크로노스(χρόνος)라 합니다. 그 어디쯤에 과속방지턱처럼 솟아오른 순간을 카이로스(καιρός)라 부를 것입니다. "마르게 스주의자"[4]인 이 작가의 마술적 리얼리즘이, 이번엔 크로노스를 틈입하는 카이로스로부터 흘러나옵니다. 거칠게 일별하자면 이런 것들입니다. '파킨슨병'이나 '가출' '가족의 죽음'처럼 현실적 계기들 혹은 '웜홀'이나 '혼인신고서를 작성한 여자들에게만 발생하는 질병' '도시의 기억상실증' 같은 환상적 시공이 무료하되 안전한 일상에 출몰합니다. 외양은 다르나 매한가지로 죽음을 노정한, 비극적인 순간들입니다.

죽음만큼 강한 전류를 지닌 자극도 없을 것입니다. 죽음은 누구에게나, 자비로운 망각이 멀찌감치 치워놓은 진실입니다. 태어나는 순간부터 죽음을 피할 도리가 없지만 살아야 하므로 매 순간 그것을 잊는 것이 사람의 일이라 하겠습니다. 그러다 문득, 죽음의 기척이 가까이 오면 두려워지는 것입니다. 두려움은 별 탈 없지만 별일도 없었던 일상을 환멸 속에 더듬게 합니다. 이윽고 생활에 가려진 실존의 문제들이 만져집니다. "나는 뭐지."(「그 남자의 가출기」)와 같은 물음들, "아내라는 존재가 기이하고도 낯설었으며 이와 결코 다르지 않은 숱한 밤들을 그런 아내와 살을 맞대고 잠들었다는 사실이 아득하게만 여겨졌다."(「아내의 발라드」)는 탄식들. 소설의 카이로스는 안전한 권태의 손아귀에서 이렇게 인물들을 빼냅니다. 그러면 그 순간 존재론적 질문이 울컥 게워지는 것입니다. 이것을 이번 소설집의 첫번째 공통형질로 보아도 좋겠습니다.

가장 기괴한 소설을 먼저 옮깁니다. '발라드' 연작들(「아내의 발라

4) 손홍규 「마르께스주의자의 사전」, 『톰과 톰은 잤다』, 문학과 지성사 2012.

드」 「아내를 위한 발라드」 「발라드의 기원」)은 평범한 일상에 급작스레 닥친 질병에 관한 이야기입니다. 혼인신고를 한 여성만 감염시켜 비(非)인간으로 변하게 하는 것입니다. 참담한 마음으로 읽었습니다. 병에 걸린 여인이 신음이나 흘리는 괴물로 변하는 광경이 잔인해서가 아닙니다. 병의 알레고리가 아내, 남편, 혼인이라는 이름의 배후에 놓인 불행들을 상기시켜서만도 아닙니다.

무엇보다 섬뜩하게 다가왔던 것은, 형언 불가능한 그 현상을 '언젠가 도래했을 미래'라 명명한 소설의 말이었습니다. 남편은 사소한 대화조차 불가능한 아내 곁에서 이렇게 주억입니다. "우리는 오래 살아 서로에게 흥미를 잃거나 혹은 서로를 깊이 증오하게 된 부부처럼 서로에게 등 돌린 채 서로를 견디는 중이었"고, 하여 "아내와 나는 소통할 수 없는 사이였으나 어쩐지 그런 사실이 새삼스럽지는 않았다".(「아내의 발라드」) 우리는 "서로에게서 조금씩 멀어져 완벽하게 타인이 되는 것이었다".(「아내를 위한 발라드」) 새삼스러운 지옥도가 새삼스럽지 않다고 여겨지는 것은 잔인하고 명민한 아이러니입니다.

「기억을 잃은 자들의 도시」에서도 이와 닮은 문법이 발견됩니다. "그쪽이 제 남편이시군요." "그럼 제 아내이신가요?" "아저씨가…… 아빠예요?" 자신의 존재를 담보해주는 기억을 잃고서도 가족일 수 있는 사내와 여자와 딸의 대화가 부조리극 대사처럼 낯설게 들립니다. 그러나 그들은 곧잘 가족을 연기합니다. 이 또한 '도래할 수 있는 미래'였을 것입니다. 작가는 이렇게 아이러니야말로 진실을 털끝 하나 다치지 않게 담아내는 방식이라는 듯, 자주 소설에 끌어들입니다. 고백하자면 전언으로 직진하지 않는 이런 표현법에 번번이 매료됩니다.

지루하긴 했어도 안정적이라 여겼던 삶이 실은 참혹하다는 것을 알아차린 존재들은 고단하고 고독하며 수치스럽거나 쓸쓸해집니다. 소설집에서 가장 자주 시선에 걸리는 표현들을 갈무리했습니다. 다만 모르고 살았다면 맹시(盲視)인 채로 종착역에 도달했을 것입니다. 하여 소설의 카이로스는 서글프되 온기를 지닌 순간입니다. 그러고 보니 카이로스의 다른 이름이 기회였습니다.

4

사랑은 여전히 가장 정의 내리고 싶어 하나 정의 내리기 힘든 명제인 듯합니다. 오늘까지도 끝없이 지어지는 사랑 이야기들이 그 증거입니다. 사랑에 '은'이나 '이' 같은 조사를 붙여 명징하게 규정해주는 소설을 즐겨 읽지만 그다지 믿지 않습니다. 사랑이라는 단어를 아끼고 아끼다 차라리 풍경으로 대신해버리고 마는 소설은 찾기 힘들지만 거의 신뢰하게 됩니다. 이 소설집을 뒤쪽에 두겠습니다. 이 분류법에는 하나의 성급한 전제가 있습니다. 다 사랑 소설로 읽어버려야 한다는 것입니다. 돌이켜보니 『사람의 신화』 때부터 그래왔던 것도 같습니다.

먼저 「배회」를 꺼내는 것이 좋겠습니다. 촘촘하게 중첩된 죽음들이 삶에 개입하고 그것을 나름대로 받아들이는 사람들의 이야기입니다. 그 가운데 아들을 잃은 사내가 서 있습니다. "감상에 빠지는 걸 두려워하는 사람", 슬픔을 슬픔답게 느끼지 못하는 사람, 권태로운 사람입니다. 그는 아들의 죽음을 자살로 여기고 죽기 전 아들의 행적을 추적하기 시작합니다. 그런데 "아들과 관계된 사람들을 하나둘 만날수록 아들에게 가까이 다가간다는 기분이 드는 게 아니라 아들의 주변을 배회하며 한걸음씩 멀어진다는 기분이" 드는 것입니다. 괴물이 된 아내를 바라보는 일이, 기억을 잃고도 가족으로 지내야 하는 일이 이와 다르지 않을 것입니다. 아들에 대한 기왕의 모든 이해는 진짜 이해로부터 미끄러져 있습니다. 결국 아들과 아들의 죽음에 가까이 가려는 그의 노력은 실패합니다. 아들도, 죽음도 그에게 민낯을 확인시켜주지 않습니다.

어쩌면 소설은 타인에 대한 운명적인 불가해를 확인시키려는 것도 같습니다. 그러고 보면 고모의 삶을 복기하던 아들도 그것을 과잉 해석 한 부분이 있었고, 자살한 박 부장의 아들도 아버지의 결정을 온전히 이해하지 못합니다. 소설은 아들이 자살한 이유를 포함하여 수다한 물음표를 품고 있지만 그에 대한 어떤 답도 명징하게 보여주지 않습니다. 이렇게 들립니다. 내가 당신을 읽고 싶다 해도 그것은 오독에 그칠 것입니다. 나는 결국 당신에게 닿지 못할 것이라는 슬픈 예언입니다. 다만, 그것을 알고 난 후의 행동은 자신의 의지에 따라 달라질 수 있습니다.

아들의 일기를 구성하는 모든 문장은 삶의 본질 주변을 배회하는 한숨 같은 것이라는 걸. 그럴 수밖에 없는 이유는 삶의 본질이 무엇인지 알 수 없기 때문이라는 걸. 아들이 살아 있다면 그는 이렇게 말해주었을 것이다. 아들아, 그런 건 누구도 모른단다. 아무도 모르고 누구도 알 수 없어. 알 수 없는 건 알 수 없는 채 내버려둬야 해. 그걸 모르는 게 네 잘못은 아니잖아. 그렇다면 아들은 그에게 이렇게 대답했을지도 모른다. 내버려두지 않기 위해서요. 아무것도 그 무엇도 그냥 있는 그대로 내버려두지 않기 위해서요.(118면)

배회는 방황과 다릅니다. 방황이 이유도 방향도 없이 그저 이리저리 돌아다니는 행위를 의미한다면, 배회는 하나의 중심을 두고 그 근처를 맴도는 행동을 의미합니다. 아무 목적도 댓가도 전제하지 않습니다. 선택지는 이와 같습니다. 나는 끝내 당신의 본질을 알 수 없을 테니 당신을 내버려둔 채 방황할지도 모릅니다. 또는 당신의 본질을 알 수 없다 해도 당신을 내버려두지 않기 위해 배회할 수 있습니다.

유독 여운이 긴 마지막 장면에서 "한평생 배회하고 살아온"고모는 샤먼처럼 배회의 운명을 사내에게 건넵니다. "그 무엇도 그냥 있는 그대로 내버려두지 않"았던 아들과 대화를 해보라는 것입니다. 뒤를 볼지, 보지 않을지 그는 쉽게 선택하지 못합니다. 사실 그가 돌아보든 보지 않든, 뒤에 아들의 유령이 있든 어둠뿐이든 관계 없을 것입니다. "고모가 한평생 배회하며 살아온 것들이 이제 그를 둘러싸고 있었"다는 것만이 진실입니다. 고모와 아들의 배회가 그의 것이 되려는 중입니다. 그후 그는 적어도 감정에 빠지는 것을 두려워하지 않게 되었으리라 넘겨짚어봅니다.

사랑은, 이 배회의 운명을 토양 삼아 피워집니다. 그예 대상의 본질을 알 수 없다는 서글픔 안에서 당신도 나도 마찬가지임을 받아들이는 것. 「정읍에서 울다」와 「그 남자의 가출기」의 마지막 장면이 한가지로 알려주었습니다. 두 작품 모두 다 노년에 접어든 평범한 사내와 아내의 이야기입니다. 사내들은 젊은 날의 꿈과 사뭇 비장하게 헤어졌음에도 결국 남루하게 늙은 보통의 가장이며, 또한 그 남루를 아내 탓으로 돌려 원망을 품는 보통의 남편이기도 합니다.

누군가를 미워할 수 있을 때, 나는 아직 사랑하는 것입니다. 남편들은, 미운 아내들 때문에 각각 '정읍댁 찾기'에 나서거나 '가출'을 감행합니다. 탐문과 도망을 외피 삼고 있으니, 결국 '나 찾기'와 '나에게로의 가출'로 귀결된다는 점에서 같습니다. 그들은 자신의 이력을 되감고 과거의 사람들과 해후하며 지난날을 조감합니다. 제 본질과 의미를 찾아보려고도 합니다. 그러나 거꾸로 넘겨본 삶의 페이지엔 성공보다 실패의 흔적이 많고, 놓쳐버린 것의 목록이 손에 넣은 것의 목록을 훨씬 웃돕니다. 이들을 앙상하게 하고 비루하게 하며, 서로에게 지치게 한 시스템의 음험함을, 이들의 비운 뒤에서 기웃거리는 세계의 부조리를 발견하게 합니다.

다만 그들은 실패했으되 실패하지 않았습니다. 사내는 슬픔을 스크린 삼아 아내의 삶을 영사(映寫)합니다. 「그 남자의 가출기」의 다음 부분에 그런 광경이 있습니다. 아내와 별거를 시작한 사내는 이상한 이야기를 전해 듣습니다. 밭에 대파를 심었는데 양파가 자랐고, 그 때문에 아내가 겁에 질려 있다는 것이었습니다. 그 말을 곱씹다 그는 홀연히 느끼게 됩니다. "날마다 파종되는 슬픔을 지켜보며 거기에서 자랄 새로운 슬픔을 예언하는 심정으로 중얼거렸다. 그리고 아내도 이런 생각을 했으리라 짐작했다. 집을 나온 뒤 처음으로 아내가 그리웠다." 「그 남자의 가출기」의 가장 아름다운 장면을 이쯤에서 내려놓겠습니다.

그날 밤 그는 집에 전화를 걸었다. 아내는 방금 잠이 들었다가 깼는지 잠기가 가득한 목소리였다. 그는 첫마디를 어떻게 해야 할지 알 수 없었다.

대파를 심었는데 양파가 날 수도 있다네.

……

알아들었는가? 걱정하지 않아도 되네.

……간다면서요, 아주 간다면서요?

……

언제부턴가 그는 그렇게 집으로 가출해버렸다. 풀리지 않는

질문을 여전히 가슴에 품은 채 기꺼이 오래 흔들리기 위해.(57면)

남편과 아내가, 내가 그러했으니 당신도 그랬으리라고, 안심시
키고 울어주며 다독이는 광경 안에 온전히 있습니다. 「정읍에서 울
다」에서 이것은 맨발의 아내를 업고 어스름 속을 걷는 남편의 모습
으로 변주되어 있습니다. 「배우가 된 노인」에서는 이 겹침의 애틋
한 수직 확장이 일어납니다. 자신의 청춘을 상기시키는 딸과 사위
에게 남루한 노 신사가 몸을 팔아 결혼 비용을 마련해줍니다. 자신
의 황혼을 예견하는 것 같은 노 신사를 허름한 청년은 어쩐지 자꾸
만 좇습니다. 노 신사가 늘 앉아 있던 벤치에 그의 양복을 입고 꼭
그처럼 앉은 청년의 몸 안에서 웜홀이 열립니다. 노 신사가 청년
안에 거주합니다. 남루함과 허름함으로 서로를 하나의 시공에 초
대한 순간입니다.

실은 거의 모든 소설이 모종의 약속이라도 한 듯, 인물과 인물이
둘로 오롯해진 풍경으로 마지막을 맺습니다. 그 순간은 대개 어둡
거나 외롭고 눈이 오거나 춥습니다. 그러나 지독한 어둠 안에서 더
욱 가열하게 빛을 내는 희미한 별처럼, 뼈를 얼리는 추위 안에서는
더욱 짙어지는 숨처럼, 아픔으로 공명하는 둘의 풍경은 아름답게
글썽입니다. "인간의 의미는 인간에게 있지 않고 인간과 인간 사
이 그 공간, 여백이라 불러도 좋고 무어라 불러도 좋은, 그러나 단
하나 분명한 점은 결코 인간에게 속하지 않는 그 공간에 있다."(「배
회」)는 말을 떠올려봅니다. 바디우라면 '둘이 등장하는 무대'[5]라고

했을 사랑의 시공입니다. 타인에 대한 돌봄이 낡은 유물 같아진 시대에 보기 드문 유대입니다.

세상에는 그런 것들이 있습니다. 도무지 이 세계의 것 같지 않아서 아름다운 것. 그런 것들이 세계에 도래하면 현실의 비참이 도드라질 수밖에 없는 것입니다. 그러나 한편으로는 현실이야 얼마든지 비루해져도 좋으니 그런 것 한번쯤 보고도 싶다는 마음이 솟구치기도 합니다. 비참해질 것을 각오하고 거듭 적겠습니다. 옮겨낸 소설들, 다 사랑 소설입니다.

5

「배회」에 이렇게 적혔던 것을 기억합니다. "어쩌면 문학이란 유서의 수많은 변형태 가운데 하나에 불과할지도 모른다". 「타오르는 도서관」에서 광고탑 고공농성 중인 사내에게도 소설(글쓰기)은 유서입니다. 그들에게 문학은 유언입니다. 무수한 해석은 각자의 몫으로 미루어 두고, 하나만 이야기하려 합니다. 유언은 그야말로 '남기는 말'입니다. 쓰는 사람과 읽는(듣는) 사람의 존재를 상정한 기록이어서 둘 사이의 소통을 조건으로 합니다. 덧붙이자면 그것은, 삶의 마지막 순간까지도 곁의 사람들을 아끼는 마음의 자취이기도 합니다.

---

5) 알랭 바디우 『사랑 예찬』, 조재룡 옮김, 길 2010.

이 소설집에도 그러한 자취들이 있습니다. 오랫동안 공들여 만진 끝에 겨우 내려놓은 소설의 문장들이 그중 하나입니다. 그것은 "다른 형태의 삶을 간접적으로 체험할 수밖에 없기에 필연적으로 빈곤한 구체성"(「배회」)을 보완하려는 시도이자, 읽는 이를 소설 속 삶에 더 밀착시키려는 노고의 결과물입니다. 다른 하나는, 이쯤이면 벌써 눈치챘겠지만, 소설집의 소설들을 연결하는 희미한 고리들입니다. 이를테면 「정읍에서 울다」와 「그 남자의 가출기」의 사내는 모두 폐렴으로 큰딸을 잃었습니다. 「배우가 된 노인」과 「배회」에는 윤희라는 여자친구가 등장합니다. '발라드' 소설이야 자명한 연작입니다. 「기억을 잃어버린 도시」라는 이름의 소설은 「타오르는 도서관」에도 등장합니다. 모든 소설 속의 인물들은 서로의 과거나 미래일 수도 있고 전생일 수도 있습니다. 그들에게 일어난 일은 각자의 것이자, 그들 모두의 것이며, 우리의 것이기도 합니다. 공명의 풍경은 소설 안에서 소설 사이로, 소설 바깥으로 확장됩니다. 소설이 손을 내밀어 우리마저 저 처연하고 따뜻한 풍경 속으로 불러들입니다. 기꺼이 초대받겠습니다.

여기까지 쓰고 보니 지금까지 한 이야기, 그냥 다 잊어도 좋겠다는 생각입니다. 그저 이렇게 적고 말아야겠습니다. 사랑 소설을 사랑하는 마음으로 읽었습니다. 영혼이 왜소해진 어느날, 이 다정한 배회의 풍경 속에서 우리, 다시 만납시다.

曺昭映 | 문학평론가

네번째 소설집이다. 첫 소설집을 묶은 뒤 십년이 흘렀고 소설가로 살아온 건 십오년이 되었다. 그만큼 나이를 먹었으나 현명해지지는 못했다. 현명해지지 않아도 괜찮다고 여긴다. 사람은 나이를 먹어가는 존재가 아니라 사연을 쌓아가는 존재이니까. 내 사연은 이렇다. ―돌아보니 벗들은 떠나고 소설만 남았다. 이렇게 삭막할 줄 알았더라면 나도 벗들을 따라갔으리라. 어린 시절 마을 앞을 흐르는 시냇가를 서성이다 미래의 동전을 주운 적이 있다. 아직 오지 않은 것들을 이미 사랑해버린 그 시절 이후로 나는 소설가다. 소설가가 서러운 이유는 소설이 소설가 자신의 것이 아니기 때문이지만 소설은 본래 누구의 것도 아니었으므로 서러워할 필요가 없다는 사실을 알게 되기까지 오랜 세월이 걸렸다.

「정읍에서 울다」와 「그 남자의 가출기」는 고향에 계신 부모님과 여전히 그곳에서 늙어가고 죽어가는 이들이 구술한 것이라 여겨도 무방하다. 「배우가 된 노인」은 터키에 체류하던 시절에 썼다. 눈 쌓인 앙카라 대학 기숙사 앞마당을 홀로 걷던 흑인 청년을 잊을 수가 없다. 「배회」는 가족사에서 일부분을 각색했는데 내가 스무살이 되었을 때 세상을 떠난 고모를 그리워하며 썼다. 「아내의 발라드」 「아내를 위한 발라드」 「발라드의 기원」은 아내를 위해 썼다. '난 아내가 없다'고 절규하던 오셀로의 목소리가 귓가를 떠나지 않았다. 「기억을 잃은 자들의 도시」 「타오르는 도서관」은 나의 메타픽션이다. 어쩌다보니 소설마다 우는 사내들이 등장한다. 손등으로 눈물을 쓱 닦아내고 씽긋 웃는 이들이 나는 여전히 좋다.

소설보다 다정한 해설을 써준 전소영 형에게 깊이 감사드린다. 애정을 가지고 원고를 매만져준 박준 형을 비롯해 창비 편집부에도 감사드린다. 우리의 사연은 이렇다. ─소설은 온기가 남은 아궁이와 같아 그 앞에 쭈그리고 앉은 사람은 언제나 손바닥을 앞을 향해 내보인다. 손바닥에 와 닿아 일렁이는 부드러움. 사람의 숨결이다.

2015년 겨울
손홍규

정읍에서 울다 ······『그 길 끝에 다시』(바람 2014)

그 남자의 가출기 ······『실천문학』2012년 겨울호

배우가 된 노인 ······『한국문학』2012년 봄호

배회 ······『문학사상』2014년 9월호

아내의 발라드 ······『문학사상』2012년 12월호

아내를 위한 발라드 ······『창작과비평』2013년 겨울호

발라드의 기원 ······『21세기문학』2014년 가을호

기억을 잃은 자들의 도시 ······『문학동네』2013년 여름호

타오르는 도서관 ······『현대문학』2015년 5월호

그 남자의 가출

초판 1쇄 발행 • 2015년 12월 18일
초판 2쇄 발행 • 2021년 6월 2일

지은이 / 손홍규
펴낸이 / 강일우
책임편집 / 박준
조판 / 신혜원
펴낸곳 / (주)창비
등록 / 1986년 8월 5일 제85호
주소 / 10881 경기도 파주시 회동길 184
전화 / 031-955-3333
팩시밀리 / 영업 031-955-3399 · 편집 031-955-3400
홈페이지 / www.changbi.com
전자우편 / lit@changbi.com

ⓒ 손홍규 2015
ISBN 978-89-364-3736-7 03810

* 이 책은 서울문화재단의 2014년도 문학창작집 발간지원사업의
  지원을 받아 발간되었습니다
* 이 책 내용의 전부 또는 일부를 재사용하려면
  반드시 저작권자와 창비 양측의 동의를 받아야 합니다.
* 책값은 뒤표지에 표시되어 있습니다.